HAYMON taschenbuch 71

HAYMON tb **71**

Ungekürzte Taschenbuchausgabe
Haymon Taschenbuch, Innsbruck-Wien 2011
www.haymonverlag.at

ISBN 978-3-85218-871-3

Umschlag- und Buchgestaltung, Satz:
hoeretzeder grafische gestaltung, Scheffau/Tirol
Coverfoto: johnnyflash_photocase.com
Autorenfoto: Ernst Reichenfelser/WoW

Gedruckt auf umweltfreundlichem,
chlor- und säurefrei gebleichtem Papier.

Folke Tegetthoff

Alles Liebe!

Alle Liebesmärchen von Folke Tegetthoff

Folke Tegetthoff

Alles Liebe!

Für Margarethe,
weil ich aus ihrer Liebe geboren wurde.
Astrid,
weil sie immer noch die Quelle meines Liebesmärchens ist.
Tessa, Sophie, Kira und Floris,
weil sie die Materialisation unserer Liebe sind ...

Von der Liebe und dem Märchen

Um Liebesmärchen zu schreiben, muss man verliebt sein, das heißt, wenn man verliebt ist, kommen Liebesmärchen wie von alleine ...

Aber natürlich gestaltet sich der Weg zu der Gewissheit, die Liebe gefunden zu haben, als ein langer Prozess, der sich in dem Augenblick, wo man meint, diese Gewissheit erlangt zu haben, auf einen Augenschlag verkürzt: Alles erscheint mit einem Mal so selbstverständlich wie das Aufgehen der Sonne am Morgen, Zeit und Raum sind aufgelöst und die Unendlichkeit wird in einem langen Blick durchmessen.

Mein Weg dorthin begann schon während meines Jahres auf Ibiza. Ich kam in Kontakt mit der Idee der Synchronizität. Vereinfacht erklärt besagt diese Lehre, dass es den Begriff des „Zufalles“, wie er üblicherweise definiert ist, nämlich als „von keiner menschlichen Beeinflussung verursachtes Zusammentreffen von Ereignissen“, nicht gibt.

Vielmehr, so die Theorie, sei ein jeder unserer Augenblicke als Teil eines Gesamtablaufes, den wir „Leben“ nennen, zu sehen, stehe folglich ein jeder dieser Augenblicke in enger Symbiose mit anderen, die sich finden, bündeln, verknüpfen und zu den Ereignissen führen, die wir „schicksalhaft“ und „zufällig“ nennen, Bezeichnungen, mit denen wir uns Liebe und Tod, Glück und Unglück zu erklären versuchen.

Das Hier und Jetzt ist das (vorläufige) Ziel von solch verknüpften Ereignissen, die eine nicht genauer definierte Zeit zurückliegen, und ist gleichzeitig auch der Beginn eines Weges, dessen weiteres (vorläufiges) Ziel ebenfalls noch im Dunkeln liegt, ein Ziel, das irgendwann eintritt und entweder „schicksalhafte Momente“ ergibt, oder weiter durch die Unendlichkeit rast, so lange, bis es auf seine weitere Bestimmung trifft.

Mir schien diese Idee faszinierend. Weniger des Gedankens einer „höheren Macht“ wegen, die alles lenken und leiten solle, als vielmehr weil die konsequente Umsetzung und Weiterführung nicht mehr und nicht weniger bedeuten musste, dass jeder Augenblick, jedes Zusammentreffen von Ereignissen, jede Begegnung eine Wichtigkeit enthält, deren Tragweite und Auswirkung irgendwann, morgen oder erst in 20 Jahren, erkennbar wird. Es existierte folglich kein „unwichtig“ mehr, keine Respektlosigkeit, keine Unachtsamkeit Menschen oder Handlungen gegenüber, alles und jedes müsste bewusst wahrgenommen werden, denn – es könnte eine entscheidende Rolle in meinem Lebensschauspiel spielen.

Ich wurde geradezu gefesselt von dem Gedanken, mich in einen Zustand höchster Sensibilität zu versetzen, in dem es mir möglich sein sollte, Wegkreuzungen, Augenblicke bewusst und gezielt wahrzunehmen.

Als ersten Schritt postulierte ich, dass nach der Theorie der Synchronizität irgendwo auf diesem Planeten das Gegenstück zu mir, der Mensch, mit dem zusammen ich eine Lebensbalance bilden könne, existiert. Und es weiter klar war, dass ich IHR irgendwann, irgendwo begegnen müsse. Um diesen Augenblick zu erkennen, dachte ich weiter, wäre es unabdinglich und erforderlich, diese höchste Stufe an Sensibilität zu erreichen und zu erhalten, um jederzeit vorbereitet zu sein.

Meine feste Überzeugung war es, dass ich, um in diesen Zustand zu gelangen, völlig zölibatär und rein leben müsse. Was ich wahrhaftig umsetzte: Von Ende 1977, als ich mit dieser Idee zum ersten Mal in Berührung kam, bis Mai 1980, also für mehr als drei Jahre, hatte ich keinerlei körperliche Kontakte mit Frauen – wohl Bekanntschaften, doch weil ich dabei nie dieses überzeugte Gefühl, das ich für mich selbst definiert hatte, verspürte, wusste ich auch jedes Mal sofort, dass es noch nicht der richtige Augenblick sein könne.

Bis zu diesem Tag im Mai 1980 ...

Ich bin seit über 18 Monaten wieder in Graz, meine ersten beiden Bücher („Der schöne Drache" und „13 und 1") und meine Arbeit als Märchenerzähler sind so erfolgreich, dass ich bereits beachtlich gut vom Märchen leben kann. An jenem Tag treffe ich mich im Gastgarten eines Restaurants mit einem bekannten Illustrator, der mir anbietet, mit mir gemeinsam ein Buch zu machen. Er zeigt mir seine Arbeiten, erzählt von seinem bisherigen Schaffen, ich höre aufmerksam zu. Plötzlich betritt ein – wie es den Anschein hat – Pärchen den Garten, mein Blick erfasst diese wunderschöne junge Frau, der Illustrator redet und redet, ich unterbreche ihn mit einer Handbewegung und sage, wie in plötzliche Trance versunken, mehr zu mir selbst als zu ihm: „Das ist die Frau, die ich heiraten werde."

Ich hatte sie noch nie zuvor gesehen, aber weiß in dieser Sekunde, dass der Augenblick, auf den ich drei Jahre lang hingearbeitet habe, gekommen ist: SIE ist mein Gegenstück!

Ich treibe diese Sicherheit, dieses hundertprozentige Bewusstsein noch auf die Spitze, indem ich augenblicklich den Entschluss fasse, nichts aktiv zu unternehmen, um an sie „heranzukommen". Ich würde sie nicht ansprechen, würde nicht versuchen, ihren Namen und Adresse ausfindig zu machen: Ich wollte das Schicksal nicht „herbeiflirten".

Fast eine Stunde sitze ich regungslos da, aus weiter Ferne höre ich jemanden, der von Zeichnungen und Büchern spricht, während meine Gedanken eine Zukunft zu ordnen versuchen. Hier und jetzt, weiß ich, wird sich alles entscheiden: nicht nur ob ich jemals heiraten würde, vor allem auch ob die Theorie, die ich drei lange Jahre geübt hatte, zu einer Praxis fähig wäre, die mein weiteres Leben mitbestimmen würde.

Nach einer Stunde steht das Pärchen auf, doch statt direkt den Weg zum Ausgang zu nehmen, nimmt die junge Frau einen Umweg durch den ganzen Garten, um an meinem Tisch vorbeizukommen, bleibt stehen und fragt mich: „Kennen wir uns nicht?“ Und was antworte ich völlig ruhig und gefasst?! „Nein, ich glaube nicht.“

Die Arme verlässt mit ihrem noch ärmeren Verehrer mit schnellen Schritten das Lokal und wie ich heute weiß, dachte sie damals dasselbe wie ich: Was für ein Idiot!

Einige Tage nach diesem Erlebnis fahre ich nach München, um dort mit einer Freundin und Illustratorin, Hanna Stauffenberg, ein neues Buchprojekt zu beginnen („Und eines Tages war es nicht mehr so wie immer“, erschienen 1981).

Ich durchlebe die schrecklichsten neun Wochen meines Lebens: Gegen mich selbst gerichtete Vorwurfsattacken wegen meines wahrlich idiotischen Verhaltens wechseln sich ab mit tiefer Niedergeschlagenheit. Das Wissen, IHR begegnet zu sein, und nur einer Idee, einer Theorie wegen nicht zugegriffen zu haben, noch dazu, wo sie mir ja sogar die Hand entgegengestreckt hatte, treibt mich fast in den Wahnsinn.

Am 2. Juli erreicht mich ein Brief, nachgesandt von meiner Mutter, eine Einladung zur Hochzeit von Freunden in Graz.

Am 12. Juli fahre ich frühmorgens in München los, um rechtzeitig um elf Uhr vor der Basilika zu Mariatrost den Einzug des Hochzeitspaares mitzuerleben.

Zehn Minuten nach elf springe ich aus dem Auto, renne zum Eingangstor und krache dort mit einem Mädchen zusammen, das auch zu spät dran ist ...

Die junge Frau kannte Elisabeth und Max, das Brautpaar, gar nicht – ihr Bruder war Max' Studienkollege und hatte, da er verhindert gewesen war, seine Schwester gebeten, doch von Klagenfurt, wo sie lebte, nach Graz zu der Hochzeit zu fahren. Eigentlich war ihr der ganze Aufwand für jemanden, den sie nicht einmal kannte, zu mühsam gewesen, aber im letzten Augenblick hatte sie sich dann doch entschieden ...

... und krache dort mit einem Mädchen zusammen, das auch zu spät dran ist: das Mädchen aus dem Restaurant vor neun Wochen!!!

Am 13. 11. 1982 heiraten wir.

So fuhr ich, unfassbar verliebt, im Februar 1981 in die Provence, um auf dem Landsitz einer Freundin, Mas Laval, ein neues Buch zu schreiben. Natürlich wurden es „Liebesmärchen", das erste, das ich schrieb, war die „Einsamkeit", das letzte der „Olivenbaum".

Als mich Astrid Ende Mai besuchen kam, lag das Manuskript von „Wie ein Geschenk auf flacher Hand" (Titel der ersten vier Ausgaben) als Geschenk auf dem Tisch. Wie in kitschigen Dreigroschenromanen beschrieben, saßen wir am ersten Abend vor dem großen offenen Kamin und ich las die Märchen vor. Wir saßen da und weinten beide vor Glück. Weinten und spürten, dass mit diesem Buch wieder eine dieser Wegkreuzungen, derer wir noch so vielen begegnen sollten, erreicht war.

Von Mas Laval fuhr ich im Juli direkt nach Stuttgart zum Spectrum Verlag, der mich mit meinen drei ersten, selbst produzierten Büchern (inzwischen hatte ich noch „Die

Schlabberschlops" veröffentlicht) auf der Buchmesse in Bologna entdeckt hatte. Wir wollten die bevorstehende Neuauflage des „Schönen Drachen" besprechen. Eher beiläufig (ich wollte es noch überarbeiten) erwähnte ich das neue Manuskript, Ulli Höfker, der Verleger, gab es gleich an seine Frau, die als Cheflektorin arbeitete, weiter. Sie verschwand damit im Nebenzimmer, um es durchzublättern.

Nach einer Stunde kam sie zurück, legte das Manuskript vor ihren Mann auf den Tisch und sagte nur: „Wann können wir dieses Buch frühestens auf den Markt bringen?"

Das Unglaubliche geschah: Die „Liebesmärchen" erschienen exakt drei Monate nach diesem Treffen im September 1981 und wurden mein erster großer Bestseller (bis 2010: 21 Auflagen und rund 400.000 verkaufte Exemplare)!

Erstmals sind nun alle Märchen, die ich in 30 Jahren, von 1980 bis 2010, zum Thema „Liebe" geschrieben habe, in einem Band versammelt. Und jedes dieser Märchen ist eine Hommage an die Liebe, die wir nach 30 Jahren noch immer erleben dürfen ...

Olivenbaum

Wer kann sich sein Schicksal schon aussuchen?

Reiche Prinzen müssen in armen Königshäusern leben, faule Bauern in fleißigen Ländern, Leute, die meinen, sie seien Besseres, unter Leuten, die Besseres sind. Ein Vogel hat mal gesagt, unter Adlern sei er ein Adler und unter Fliegen eine Fliege. – Ich glaube, dieser Vogel liebte das Leben! Und auch die Raupe, die auf einem Olivenbaum wohnte, war glücklich und zufrieden. Sie wusste ja nicht allzu viel von der Welt. Sie hatte ihre Nase, und die erzählte ihr vom Duft der schwarzen Oliven.

Sie hatte ihre Ohren, und die hörten die aufregenden Geschichten des Windes. Das war alles, und glaubt mir, das ist schon recht viel im Leben einer Raupe.

Dem Olivenbaum ging es ähnlich. Er war ein alter Herr und wusste deshalb ein bisschen mehr von den Vorgängen rund um ihn. Nichts schien ihn aufzuregen, er nahm alles hin, wie es kam. Sein Freund Mond berichtete ihm die Neuigkeiten, Klatsch und Tratsch, weil der ja viel herumkam.

Und ab und zu hörte er auch seltsame Stimmen, die immer dann auftauchten, wenn seine Oliven verschwanden. Na, und damit wäre auch schon alles erzählt. Deshalb schien es wirklich nicht verwunderlich, dass Olivenbaum verwirrt war, als er eines Tages so ein merkwürdiges, aber durchaus angenehmes Kitzeln auf seinem Stamm spürte. Es war die Raupe. So etwas hatte Olivenbaum noch nie erlebt, er konnte sich jedenfalls nicht daran erinnern. Er versuchte, mit der Raupe ins Gespräch zu kommen. Aber glaubt mir, das war gar nicht so einfach.

„Hallo“ schien ihm eine unverbindliche Anrede zu sein.

„Hallo Sie, wer sind Sie denn?“

Erschrocken drehte sich die Raupe nach allen Seiten um, sie wusste ja nicht, ob sie gemeint war. Warum hatte die Natur oder sonst wer ihr auch keine Augen geschenkt!

„Sollten Sie mich meinen, ich bin eine Raupe. Und mit wem habe ich das Vergnügen?“

„Ich bin ein Olivenbaum. Sehr angenehm, Ihre Bekanntschaft zu machen.“ Das hatte er irgendwann mal gehört, und jetzt schien ihm der passende Moment gekommen, es anzubringen. Die Raupe war sehr beeindruckt, kein Wunder, es war ja das erste Mal, dass jemand richtig mit ihr sprach. Und Olivenbaum empfand es auch als äußerst angenehm, dass man seine Klugheit und Gewandtheit zu schätzen wusste. Es entwickelte sich eine richtige Freundschaft. Man tauschte Erfahrungen untereinander aus, redete über dies und das. Naja, und es blieb natürlich nicht nur bei einem Gedankenaustausch. Sie sagten sich Zärtlichkeiten und Komplimente. Ob das nun ein: „Nein, wie stark Sie doch sind!“ der Raupe war, wenn der Wind mal wieder betrunken herumkurvte und sie sich gerade noch hinter den Stamm retten konnte, oder ein lustvolles Lachen des Olivenbaumes: „Wie zart Sie immer an meinen Blättern knabbern. Ach, wie ist das aufregend!“ Nun, so ging das den ganzen Tag hin und her.

Aber noch etwas beschäftigte beide in gleichem Maße: Der eine wusste vom anderen nicht, wie er aussah. Sie vermieden dieses Thema. Die Raupe gehörte nicht gerade zu den schönsten Geschöpfen, und so ein Olivenbaum ... Er persönlich hielt sich nicht für besonders attraktiv. So schwiegen beide.

Wahrscheinlich hätte diese Romanze das übliche Ende genommen, kennt ihr ja, wenn man sich nichts mehr zu sagen hat und so – wäre nicht folgendes passiert: Ein Vogel hatte die Raupe entdeckt und war drauf und dran gewesen, sie zu verspeisen. Nur ein allerletztes Eingreifen Olivenbaums, mit Unterstützung des Windes, verhinderte das Schlimmste: Olivenbaum hieb mit einem Ast auf den Vogel ein, der ohnmächtig zu Boden fiel. Von diesem Moment an sprachen alle in der Umgebung nur noch von der Liebe zwischen der Raupe und dem Olivenbaum. Und, glaubt mir, nicht alle nahmen sie ernst. Dieses Erlebnis aber machte die beiden mutiger im Zeigen ihrer Gefühle. „Sag, Olivenbaum, wie siehst du eigentlich aus?"

Diese Frage hatte er einerseits befürchtet, andererseits gab sie ihm Gelegenheit, sich auch nach ihrem Aussehen zu erkundigen. „Raupe, ich weiß es auch nur aus Erzählungen, aber man sagt ... man sagt (hier stockte er kurz), es geht ein silbernes Licht von meinen Ästen aus. Und meine Blätter bilden eine strahlende Krone." Glaubt mir, es war nicht einfach, die Erzählung über sein Aussehen ein bisschen auszuschmücken. Aber es war doch nur, weil er seine Raupe nicht erschrecken wollte und weil er dachte, dass sie sowieso nie erfahren würde, wie er wirklich aussah.

„Aber jetzt, Geliebte, musst du mir auch endlich von deinem Aussehen erzählen."

Die arme Raupe. Als Freundin eines so wunderschönen Baumes konnte sie ihn nicht mit der Wahrheit enttäuschen.

„Mein Olivenbaum, auch ich weiß es nicht genau, aber ich habe gehört, ich soll ein buntes, farbiges Kleid tragen. Und ich soll Flügel haben wie ein Vogel, und ich könnte, wenn ich wollte, auch fliegen." Was sie sich zum Schluss ausgedacht hatte, schien der Raupe selbst sehr gewagt, aber es sollte diesem edlen Baum zeigen, wie sehr sie ihn liebte. Denn fliegen zu können und trotzdem auf seinem Stamm zu bleiben, das beeindruckte sie sogar selbst! Olivenbaum und Raupe atmeten auf. Keiner hatte des anderen kleinen Schwindel durchschaut. Sie waren glücklich, erzählten sich weiterhin Geschichten, und der Mond, der Wind und auch die Vögel waren ihre Freunde.

Und wenn sich nichts geändert hätte, wäre es noch heute so ...

Eines Tages erkrankte die Raupe. Sie rührte sich nicht mehr von der Stelle, sagte kein Wort, ja, sie aß sogar nichts mehr von den Blättern.

Olivenbaum war traurig, wusste nicht, was geschehen war und rief immerzu nach ihr. Er fragte die Freunde, aber auch die verhielten sich eigenartig, gaben nichtssagende Antworten und trösteten ihn. Sie sagten, es würde schon alles wieder in Ordnung kommen. Seine Raupe schliefe, das müsse so sein. Keiner brachte es übers Herz, ihm zu sagen, dass sein Rufen, seine Hoffnung umsonst waren. Dass er seine geliebte Raupe niemals mehr hören und spüren würde.

Es war ein wunderschöner Frühlingstag, als der Wind ganz vorsichtig und zart über die Raupe strich: „Raupe, erschreck dich nicht, Frühling hat dir ein neues Kleid angezogen und hat ... deine Füße ein bisschen verwandelt. Und er hat dir noch etwas mitgebracht: Etwas, womit du deinen Olivenbaum wirst sehen können – Augen. Mach sie auf und schau dich um!" Und die Raupe öffnete ihre Augen. Sie sah die Sonne und den Himmel. Sie sah ihr farbiges Kleid, sah die Freunde und ... ihren Olivenbaum. Wie schön er doch war. Noch viel schöner, als er ihr erzählt hatte. Die Blätter, die sie sah, waren aus Silber, und die Äste bildeten eine Krone, die heller strahlte als ... als alles andere!

„Olivenbaum! Hallo Olivenbaum, ich bin wieder gesund!"

Olivenbaum, glaubte zuerst an einen Scherz, aber dann wusste er, es war die Stimme seiner Raupe. Sie war wieder da, er hatte es gewusst, nein, er hatte es gehofft.

„Sag, was war los mit dir?“

Und Raupe erzählte. Von ihrem neuen Kleid, von den Flügeln, den Augen, von ihrem neuen Namen. Glaubt mir, als Olivenbaum das hörte, meinte er, ein Blitz würde in seine Krone schlagen. Nun würde sie seine „silbernen“ Blätter sehen, seine krummen, grauen Äste, die nichts von einem Licht an sich hatten. Wahrscheinlich würde sie keine Minute länger bei ihm bleiben. Und als er spürte, wie seine Raupe ihre Flügel spannte und aufflog, ging ein derartiges Beben der Trauer durch ihn, dass einige Oliven zu Boden fielen – so etwas passiert einem Olivenbaum sonst niemals. „Olivenbaum, ich kann fliegen, fliegen, fliegen!!!“ Ja, sie konnte wegfliegen, und er musste bleiben. „Flieg nur, Raupe, flieg.“

Raupe flog. Von einem Ast zum anderen. Sie umflog die Krone und küsste den Stamm. Und wenn der Wind ein kleines Spiel mit ihr treiben wollte, da packte sie eines der silbernen Blätter und hielt sich daran fest. Sie verließ niemals die Arme ihres Olivenbaumes. Für ihn begann ein neues Leben. Ein Leben so schön, wie er es bisher nur geträumt hatte. Er wusste es jetzt, alle wussten es: Was der Mond immer erzählt hatte, war keine erfundene Geschichte: Die Liebe gibt's wirklich! Und weil sich nichts geändert hat, ist es auch noch heute so.

Übrigens, sagt nichts und freut euch, wenn ihr mal einen Schmetterling von silbernen Blättern und leuchtenden Bäumen erzählen hört. Für ihn ... sind sie silbern.

Holunder

Der Wolf hatte ihm alle seine Schafe gefressen. Da ging der Schäfer auf Wanderschaft. Den Bach entlang, der Nase nach, manchmal mit dem Lauf der Sonne.

Doch es kam alles ganz anders.

Auf seinem Weg kommt er an einem Haus vorbei. Ein Mann steht vor einem kleinen Baum, eine Axt in der Hand. „Du kommst mir nicht mehr wieder!“, brüllt er und holt aus. Nur eine Sekunde lang bleibt der Arm oben, und in dieser Sekunde geschieht es: Der Schäfer ohne Schafe hört ein Rufen – hoch und fein, keine Stimme, wie ein Schwingen in der Luft: „Hilf mir, du sollst es nicht bereuen!“ Er sieht, wie der Arm mit der Axt nach unten saust, und schreit: „HALT!“ Die Axt fährt in die Erde.

Der Mann sieht böse auf – wer hat ihn bei der Arbeit gestört? – und ruft: „Was soll denn das?“ – „Ich nehme den Baum“, sagt der Schäfer ohne Schafe. „Was willst du damit, du Tölpel?“, lacht der Mann. „Der wächst dir über die Ohren.“ – „Ich nehme ihn, leih mir eine Schaufel.“ Und er gräbt den Baum sorgsam mit allen Wurzeln aus und macht sich wieder auf den Weg. Lange noch hört er das Lachen des Mannes hinter sich. Den Bach entlang, der Nase nach, manchmal mit dem Lauf der Sonne. Vorbei an Häusern, Kirchen, Menschen hütet er den Baum, gibt ihm alle Stunden zu trinken. In einem Dorf begegnet er dem Trommelmann: „Hört ihr Leute! Holt das Schwarz aus euren Truhen. Der König liegt im Sterben.“ – „Was hat er denn?“, fragt der Schäfer mit dem Baum.

„Sein Wasserfall steht still – sein Fluss staut sich und droht das Land zu überschwemmen.“ – „Wie? Welcher Wasserfall?“ Und der Schäfer sucht mit den Augen das Land nach einem ab. „Aber nein“, flüstert das Volk, „du Dummer, verstehst du nicht? Der König kann nicht aufs Klo – zu, verstopft!“ – „Beileid“, wünscht der Schäfer und will weiterziehen, bevor ihn Trauerzüge stören. Da hört er ein Rufen – hoch und fein, keine Stimme, wie ein Schwingen in der Luft: „Schneide die Wurzel und gib ihm davon zu trinken." – „Halt!", ruft der Schäfer mit dem Baum. „Sag dem König, ich werde ihm helfen!" Die Leute lachen, doch er schneidet die Wurzel, gibt sie in Wasser, bis es sich braun färbt. Der Zustand des Königs ist hoffnungslos, und so trinkt er den Saft des Schäfers ohne Schafe mit dem Baum. „Wenn er stirbt, verlierst du den Kopf!", rufen die Leute. Doch zwei Tage später rufen sie: „Hoch der Schäfer!" Denn das Brünnlein des Königs fließt wieder. „Sag, was du dir wünschst", befiehlt der König, „Juwelen, Gold, Pferd oder Schiff." – „Nein", sagt der Schäfer, „Erde für meinen Baum." Alle lachen über den dummen Kerl. „Gebt ihm ein Stück Land für seinen Baum." Es ist ein schönes Stück Land, auf das er seinen Baum pflanzt. An dem Tag, an dem die Sonne am höchsten steht, schläft der Schäfer unter einem Dach aus feinen, weißen Blüten. Da hört er wieder den Trommelmann aus weiter Ferne rufen: „Hört ihr Leute! Heute bekamen die Hauslöwen des Königs etwas Besonderes gekocht: den Koch des Königs! Der König ist außer sich! Keine Speise will ihm schmecken, keine Speise ist ihm recht. Köche, kommt aus euren Häusern!" Alter Fettsack, denkt sich der Schäfer unterm Baum. Da hört er ein Rufen – hoch und fein, keine Stimme, wie ein Schwingen in der Luft: „Pflücke die Blüten und backe sie in Mehl." – „He, ho", ruft der Schäfer, „ich möchte dem König etwas kochen!" – „Wohl eine Erdsuppe mit Grasnudeln ohne Schale", spotten die Leute. „Hier mein König", sagt der Schäfer, „wohl bekomm's." Der König beißt vorsichtig in das braune Fremde, schluckt, schmatzt, schmatzt immer lauter, brüllt „mehr, mehr!", der Schäfer rennt, pflückt und bäckt. Der König blüht, er strahlt, er küsst den Schäfer. „Sag, was du willst: Juwelen, das halbe Reich, den

Hofstaat!“ – „Nein“, sagt der Schäfer, „ein kleines Häuschen neben meinem Baum.“ „Hihi, hoho“, lacht das Volk, „so ein dummer Kerl! Ein kleines Häuschen gegen das halbe Reich!“ Es ist ein hübsches kleines Haus auf dem Land neben dem Baum. Dort lebt der Schäfer ohne Schafe glücklich und zufrieden. Als die Sonne den Zug in Richtung Winter nimmt, hängt sein Baum voll mit schwarzen Beeren. Da hört er abermals den Trommelmann: „Hört ihr Leute! Die Prinzessin wohnt seit dreizehn Tagen schon an einem stillen Ort. Sogar die Speisen reicht man dort, und Bad und Bücher wurden dorthin geschafft. Ihr Bräutigam, der Prinz von Soundso, ist abgereist, und der König verspricht dem die Schatzkammer, der ihr helfen könne.“ – „Was für ein stiller Ort?“, fragt der Schäfer. „Ach, bist du dumm“, sagen die Leute, „den Durchmarsch hat sie. Kommt vom vielen Fressen!“ Da hört der Schäfer ein Rufen – hoch und fein, keine Stimme, wie ein Schwingen in der Luft: „Pflücke die Beeren und trockne sie für die Prinzessin.“ Bald darauf steht der Schäfer ohne Schafe mit dem Baum, dem Land und dem Haus vor dem Palast. „Ich will zur Prinzessin.“ – „Du schon wieder“, ruft der König, „gut, lasst ihn zu ihr.“ Die Quacksalber, Doktoren und Sterndeuter werden mit all ihren Säften und Tinkturen fortgeschickt. Dann tritt der Jüngling ein. „Wie schön sie ist“, denkt er sich, „wenn auch ein bisschen blass.“ Er gibt ihr die Beeren, und noch bevor der Mond die Bäume und das Land und die Häuser silbrig färbt, fällt die Prinzessin dem Schäfer ohne Schafe um den Hals. „Du bist ein Zauberkünstler“, jubelt der König. „Was wünschst du dir diesmal? Ich gebe dir alles, was du verlangst!“

„Alles?“, fragt der Schäfer.

„Alles“, sagt der König.

„Ich habe einen Baum. Und Land mit einem Haus drauf. Was fehlt, ist eine Frau. Die Prinzessin würde mir schon gefallen!“ Dem König bleibt die Freude im Hals stecken. „Niemals“, röchelt er, „Schurke!“ Dann sinkt er, blaugefärbt, zu Boden. Die Ärzte kämpfen, die Zauberer hexen und die Sterngucker rechnen. Da hört der Schäfer ein Rufen – hoch und fein, keine Stimme, wie ein Schwingen in der Luft: „Schabe die Rinde – von unten nach oben – schnell!“ Der Schäfer tut es und presst dem König, der schon mehr tot als lebendig ist, das Stückchen Rinde in den Mund. Der König würgt, hustet, spuckt und speit die Freude vor die Füße des jubelnden Volkes. Als die rosa Farbe wieder in sein Gesicht zurückkehrt, fragt er: „Wer hat mich gerettet?“

„Ich“, sagt der Schäfer bescheiden.

„Gut, du sollst meine Tochter haben – wenn sie dich will!“

Natürlich will sie, und die beiden liegen sich in den Armen. „Was kannst du meiner Tochter bieten?“, will der König wissen. „Einen Wunderbaum, mein König – ich kann ihr einen Wunderbaum bieten!“ – „Und was kannst du meinem Volk bieten, wenn es einmal deines sein wird?“ – „Einen Wunderbaum, mein König, ich kann meinem Volk einen Wunderbaum bieten!“ Und so geschah es. Jeder im Land bekam einen Trieb des Wunderbaumes, und nun wisst ihr, warum man bei jedem Haus noch heute einen Holunderstrauch stehen sehen kann.

Ich wollte dir von meinem Baum erzählen

Aber vielleicht hast du es auch schon gehört? Es ist ja seit Wochen Thema Nummer eins in der ganzen Gegend. Die Vögel sitzen in den Dachcafés und zwitschern darüber, die Zwerge wussten es natürlich als Erstes und der Uhu soll die ganze Sache schon vor einem Jahr vorausgesagt haben.

Ich muss zugeben, mir war gar nichts aufgefallen. Erst als die Schmetterlinge augenzwinkernd meinten, das Grün seiner Blätter wäre doch auffallend grün, die Blüten würden gar so duften und die Äpfel hätten dieses Jahr Herzform. „*Herzform,* verstehst du endlich!?!"

Ich verstand gar nichts.

„Herrgott, er ist verliebt, unser Baum!", kicherten die Elfen und schlugen ganz aufgeregt mit ihren Flügeln. – Das war allerdings eine Überraschung. Es hatte niemand mehr damit gerechnet, den Baum noch unter die Haube zu bringen. Er war ja auch nicht mehr der Jüngste, obwohl er die besten Früchte weit und breit trug. „Und", fragte ich neugierig, „mit wem ... na ja, ihr wisst schon ..."

Alle sagten, ich solle ihn mir genau ansehen, dann würde ich es schon erraten. Und da fiel es mir auch auf: Er war so schön wie nie zuvor, seine Äpfel hingen wie Juwelen im sauber frisierten Blätterkopf. Den Bräutigam konnte ich jedoch nirgends entdecken. Da nahm mich der Boskabauter bei der Hand, führte mich ein paar Meter ins hohe Gras, blieb an einer lichten Stelle stehen und bog die Halme ein bisschen zurück: Da wuchs ... ein winzig kleines Apfelbäumchen, hatte gerade drei Blättchen auf seinen zwei Zweigen! „Ich verstehe", meinte ich lächelnd und spürte den Wind, der stolz sein Kind wiegte. Ich sah zum Baum hinüber, der ein bisschen rot geworden war – na ja, sie waren noch nicht verheiratet. Aber da nun alle vom „großen Geheimnis" wussten, blieb dem Baum und dem Wind nichts anderes übrig, als vor den Traualtar zu treten. Mann, wurde das eine Hochzeit, da blieb einem der Atem weg!

Tja, für manche „Geheimnisse" gibt's eben kein Versteck!

Dreizehn

„Wie", so dachte sich der Schafhirte, dessen Leben arm und dennoch in die reichsten Farben des Glücks getaucht war, „wie nur kann ich dies Märchen wahr werden lassen ..."

Ja, es war ein Märchen, in das er unversehens geschleudert worden war:

21 – Der Bursche zählt Schafe vor sich hin – aber nicht um Schlaf zu finden, sondern um mit jeder Zahl berauscht sein Glück zu mehren.

22 – Da plötzlich stolziert durch das friedliche Bild eine Erscheinung, feengleich, engelshaft, erster Sonnenstrahl am Meeresstrand.

23 – Die Erscheinung lächelt und augenblicklich ist's dem armen Jungen, als würde er in einem bunten See versinken.

24 – Die Erscheinung wirft ihm einen Blick zu, der ihn augenblicklich fesselt und ihn wieder unverzüglich aus der bunten Tiefe holt, in der er vor einer Sekunde noch zu versinken drohte.

25 – Seit unsagbar langen vier Sekunden ist sie nun in seinem Leben und er spürt in ihrem Lächeln eine seltsame Traurigkeit und er fühlt in ihrem Blick eine Frage ...

26 – ... die er ihr gerade beantworten will, doch sind inzwischen schon fünf Schritte getan, fünf Schritte, die reichen, das Mädchen wieder aus seinem Bild verschwinden zu lassen.

27, 28 – „Hab ich geträumt?", fragt sich der Bursche.

29 – Hört er eine Stimme wie aus weiter Ferne rufen: Komm morgen auf das Schloss und bitte den König um die Hand der Prinzessin!

34 – 13 Sekunden sind vergangen und sein Leben ist ein anderes, unversehens geschleudert in ein Märchen ...

Was kümmert einen Burschen, der seine Schafe liebt und für jeden Augenblick seines Lebens das Glück zu hüten scheint, was sich in der fernen Stadt abspielt. Doch aufgeweckt durch die Sekunden, die ihm wie ein Traum erschienen, hört er es nun: vom König und seiner Not. Die Not bereitet ihm die Tochter. Die Prinzessin. Zwar gesegnet mit allem, was die Zauberstäbe der Feen und Boskabauter zu vollbringen vermochten – Schönheit, Klugheit und dank Gottes Gnaden auch manch Schatzkistchen –, doch was nützt dies alles, wenn das Kind einfach nicht glücklich sein kann.

Alle Wesen des Märchenreiches waren damals an die Wiege geeilt, die Prinzessin – wie es sich gehört – mit ihrem Sternenglitzer zu umhüllen. Einzig die Glücksfee war nicht erschienen.

Die hatte sich – immer schon engagiert in sozialen Fragen – geweigert, nur des hohen Standes wegen einem Kind ewiges Glück zu zaubern. Stattdessen hatte sie beschlossen, in einen armseligen Stall einzukehren, in der gerade eine Magd ihren neugeborenen Jungen glücklich in den Armen wiegte.

Und nun werdet ihr dies wahrlich Märchenhafte schon erahnen: Der Junge – richtig – war der wunderhübsche Schafhirt', dessen Leben von diesem Tag an in die reichsten Farben des Glücks getaucht sein sollte ...

Zurück zur Not des Königs. Schnell in Erfahrung gebracht, weiß der Bursche, wie der König seit geraumer Zeit versucht, seine Not zu lindern: „Hiermit wird kundgetan, dass derjenige die Prinzessin zur Frau erhält, der es vollbringt, ihr, und somit mir und somit uns, wahres Glück zu schenken!"

Um den sowieso schon komplizierten königlichen Tagesablauf nicht noch mehr zu belasten, wurde weiters festgelegt, dass ab sofort täglich (außer Sonn- und Feiertag) von 20 bis 24 Uhr die Prinzessin für Versuche, ihr höchstes Glück zu schenken, zur Verfügung stehe.

Von nun an ging es rund in der Stadt und im Palast! Gezählte 751 Männer und acht Frauen (!) hatten es bislang versucht – vergebens. Sie hatten sich mit Kutschen voller Gold und Hosen voller Kraft beworben. Hatten Glück in Versen beschrieben und in Liedern besungen. Es kamen von Schönheit Geküsste und von Hässlichkeit Geschlagene.

759 waren hoffnungsvoll erschienen und 759 waren nach Mitternacht entmutigt davongeschlichen: keine Spur von Glückseligkeit auf dem Antlitz der Prinzessin ...

„Wie", so denkt sich der Schafhirte, während diese gestrigen 13 Sekunden wie ein rot pulsierender Planet auf einer Umlaufbahn um sein Hirn kreisen, „wie nur kann ich dies Märchen wahr werden lassen ..."

So sitzt er zwischen seinen Schafen und zählt, als – noch nie zuvor passiert während der Arbeit – ihm mit einem Male ist, als würde er hinüberwandern in das Reich der Träume: Als Erstes kommt – klar, völlig natürlich, seltsam, wenn es anders wär – die Prinzessin – nackt – dahergehopst und verschlingt ihren warmen, wunderschönen Purpurkörper mit dem seinen.

Aber dieses Bild wird jäh zerrissen, als mit einem Mal von links etwas heranschwebt: ein hauchdünnes, wie aus feinstem Sternenglitzer gewebtes Gewand, in dem ein Wesen steckt, daran besteht kein Zweifel, das ebenfalls mit allen guten Gaben Gottes ausgestattet ist. „Welch Glück", denkt sich der Bursche, der sich ja immer noch in einem Traume wähnt.

„Es ist kein Traum", hört er jetzt das Wesen flöten, während es sich – schwerelos – auf seinem Schoß niederlässt und ihn sanft mit seinen Armen – unspürbar – umschlingt.

„Vor 23 Jahren warst du auserkoren, das Zauberlicht des Glücks zu empfangen. Nun bin ich gesandt, dieses Märchen, das längst begonnen hat, zu vollenden und es damit wahr werden zu lassen!“

Der Schafhirte starrt verdutzt, kein Wort hat er verstanden, sieht zu, wie sich zeitlupig langsam nun ein Arm des Zauberwesens in sanften Kreisen über ihm bewegt und ein feiner Regen, wie Millionen von Sternschnuppen, sich über ihn ergießt.

Nur einen Lidschlag später, mit einem leisen „Ping“, ist die Gestalt verschwunden, verflogen, verflüchtigt wie Morgentau im Herbst. Und als erwachte er aus einem jahrelangen Traum, weiß der Bursche plötzlich alles: sieht strahlend klare Bilder. Hört Stimmen, die sein Inneres wie sphärische Musik durchdringen.

Es ist der 760. Tag der Brautwerbung. Um 19 Uhr 58 erscheint im Schloss des Königs ein wohl gekleideter, junger Bursche.

(Wenn ihr euch nun fragt, wie ein Schafhirte ruckizucki zu solch edlen Kleidern kommt, so bedenkt, dass die gesamte Märchengesellschaft nun dem Geheiß der Glücksfee folgt. Folglich auch die Weber und Schneider des ganz besonderen Stoffes aus „Des Kaisers neue Kleider“. Nur allzu gern waren sie bereit gewesen, dem Helden dieses Märchens ein Kleidungsstück zu verpassen, dem nichts und niemand zu widerstehen imstande sein würde ...)

Keinem der 49 versammelten, wartenden, schon leicht genervten Freier wäre auch nur der Gedanke gekommen, den Neuankömmling daran zu hindern, an der Warteschlange vorbei an das Eingangstor zur Audienzhalle zu eilen, um dort heftig klopfend Einlass zu begehren.

Auch keiner der sonst gestrengen Wärter wagt das Wort an ihn zu richten. Mit tiefer Verbeugung, als wäre er schon König, gewähren sie ihm unverzüglich Eintritt.

Selbst der König, der, gelangweilt und verärgert ob der nervtötenden Prozedur, seiner Tochter das vorenthaltene Glück zu bescheren, lustlos im Thronstuhl lungert, fährt hoch, als er den Jüngling erspäht, der mit sicherem Schritt, als wolle er nicht nur die Prinzessin, sondern die ganze Welt erobern, nun auf ihn zukommt.

„Wir haben auf dich gewartet", hört sich der Regent sagen, völlig erstaunt, verwirrt, wie dieser Satz auf seine Lippen kommt. „Doch bedenke, bis Mitternacht muss meine Tochter eine andere sein!"

Die Augen der Prinzessin haben sich zu schmalen Sehschlitzen verengt: Ihre Erinnerung beginnt, ein stark pulsierendes SOS zu senden, den Burschen kennt sie, ihm hatte sie doch vor zwei Tagen eines ihrer raren Lächeln, einen ihrer seltenen Blicke geschenkt. Schon versucht ein Glücksgefühl, ein unwirklich kleines, zu ihrem Herzen vorzudringen, als die grauen Bilder der letzten 759 Tage aufmarschieren, unbarmherzig ihre Pflicht erfüllen und der Prinzessin eine Antwort diktieren: „Wenn es sein muss" – und sie lässt sich vom Schafhirt aus dem Thronsaal führen.

„Alles bereit", ruft die Glücksfee ihren Kollegen aus dem Reich der Märchen zu. „Nun wollen wir beweisen, dass das Märchen lebt und Teil der Wirklichkeit der Menschen ist!"

Das Paar tritt aus dem Schloss und tritt geradewegs in die für es inszenierte Geschichte …

„Bin ich schon dran?!", fragt der Mond, den man aus seinem Halbschlaf holen musste, denn ein volles pralles Silberlicht ist für Liebesszenen unentbehrlich. Und mit dem ersten Strahlen erklingt auch schon sein unvergleichlich unhörbares Lied, gleich einem Netz, gewoben aus tausend kitschig schönen Bildern, das die beiden gefangen nehmen und sie vor die glücksgedeckte Tafel wirbeln wird.

Die glücksgedeckte Tafel, an der schon alle Platz genommen haben: die vermeintlich bösen Stiefmütter, Edelmänner, Zauberwesen, die endlich aus ihren Rollen schlüpfen und ihr wahres Antlitz zeigen dürfen. Hans, der sofort bereit war, seinen allergrößten Schatz für dieses Spiel zu teilen. Und inmitten dieser irrwitzig schönen Szenerie: die Glücksfee.

„Komm“, schenkt sie der Prinzessin Mut und Gewissheit, „nun ist auch für dich der Augenblick gekommen, an der glücksgedeckten Tafel Platz zu nehmen.“

Doch weil die Glücksfee weiß, dass nur Selbstgeschmiedetes länger als einen Hoffnungsschimmer währt, ruft sie der Prinzessin zu: „Welche der dreimal dreizehn Zahlen ist der Schlüssel zum Schloss der Tür, hinter der du alles finden wirst, wonach du dich schon immer sehntest?!“

Die Prinzessin, bereits gefangen von dem Burschen, dem Mond, dem ganzen Märchenspiel, bereits entfacht in ihr das bisher unbekannte Feuer des Glücks, die Prinzessin weiß die Antwort, doch ihr vergangenes Leben hat noch nicht aufgegeben, flüstert ihr heimtückisch ins Ohr, diese Zahl, an die sie denkt, sei die Zahl des Verderbens, flüstert ihr ins Ohr, sie solle doch die brave Zwei oder die liebe Acht erwählen, doch nicht …

„DREIZEHN!“, ruft die Prinzessin und mit diesem Ruf scheinen alle Fesseln durchbrochen, scheint das Kind befreit vom Fluch.

„Nun denn“, lacht die Glücksfee, „du hast gewählt!“ Holt die Kugel hervor, die die Macht hat, über Glück oder Unglück zu entscheiden.

Gebannt verfolgen alle Augen die Kugel, wie sie mit den Zahlen spielt, kokett nahezu innehält, als hätte sie sich schon entschieden, um dann doch noch ihren Weg fortzusetzen. Nun hat es den Anschein, als würde die Bewegung endgültig zum Stillstand kommen, schon spürt, hört, sieht man diesen atemlosen Augenblick.

Aber – da erbebt die Kugel noch einmal durch eine Kraft, die aus dem Nichts aufzutauchen scheint, und kommt ... auf der Dreizehn zur Ruhe!

Der Schrei des Jubels wechselt mit dem Moment erschrockenen Schweigens, denn zeitgleich mit dem Ruhen der Kugel zeigt der Finger der Zeit mahnend auf die Zwölf – erinnert an des Königs Worte: Beim letzten Glockenschlag muss die Prinzessin ein Schoßkind des Glückes sein.

Entrissen dem glücksträumenden Rasen, in dem sie schon fast – einen Augenlidschlag entfernt – versunken wäre, wird sie von den Mächten der Obrigkeit und des Gehorsams in die Wirklichkeit zurückgeworfen – wäre die Kugel doch einen Augenlidschlag früher in das Haus der Dreizehn gefallen.

Dem Ruf des Unglücks folgend, läuft die Prinzessin aus dem Spiel des Märchens. Verloren. Verloren.

Nur noch zwei Schritte trennen sie von dem Tor, das zurück in die Welt der letzten 22 Jahre führt. Doch das Märchen wäre kein Märchen, würd' es sich so schnell geschlagen geben: „Cinderella!", ruft, schreit, fleht die Glücksfee.

Und wahrhaftig: Die Erinnerung an dieses Märchen hält einen Atemzug lang die Zeit an, Cinderella erreicht das Mädchen – die Treppe, der Schuh, der Blick, ER – alles wie damals – und hüllt es in die warme Decke der wahr gewordenen Wunder und gibt damit dem Kind, was es hat entbehren müssen: das Glück in seine Hand.

Glück: Ob es das Schweben eines Vogels über Meereswellen ist. Bilder, gemalt von den Klängen sphärischer Musik. Oder das Näherrücken und das Atemspüren im Augenblick reiner Liebe. Glück.

Als Schafhirte und Prinzessin durch das Eingangstor in die Audienzhalle treten, müssen weder König noch Hofstaat nach der Erfüllung der Aufgabe fragen. Ein jeder sieht, spürt, erkennt: Hier ist ein Märchen wahr geworden ...

Nacktes Märchen

Es geschah während eines königlichen Empfanges: Plötzlich und ohne Vorwarnung sprang die Prinzessin, wohlgebaut und wunderhübsch, von ihrem Stuhl, riss sich alle Kleider vom Leib und verschwand, nackt, wie man es von Prinzessinnen gar nicht kennt, unter den Tisch. Dies allein würde schon reichen, um Märchen genannt zu werden. Doch es kam viel schlimmer ...

Die Prinzessin weigerte sich, unter dem Tisch hervorzukommen. Und das letzte, was sie an menschlichen Lauten von sich gab, war: „Ich bin ein Huhn und bleibe so lange in meinem Stall, bis ich ein Ei gelegt habe." Von diesem Moment an hörte man im königlichen Prunksaal nur noch lautes Gackern. Staatsbankette mussten abgesagt werden. Die klügsten Köpfe des Landes, Doktoren, Psychologen, Minister, traten zusammen und diskutierten wochenlang das Problem. Aber sie standen vor einem Rätsel.

König und Königin waren verzweifelt. Ja, es war sogar schon von einer Abdankung des Königs die Rede.

Da tauchte eines Tages ein Bursche im Schloss auf, der von der nackten Prinzessin unter dem Tisch im Prunksaal gehört hatte. „Lasst mich nur machen", sagte er sehr gelassen, und was blieb dem armen Königspaar anderes übrig, als den jungen, wunderschönen und natürlich mittellosen Schafhirten sein Glück versuchen zu lassen.

Verfolgt von hundert gelehrten Augen betrat der Jüngling den Saal und näherte sich dem Tischstall. Hundert gelehrte Augen weiteten sich entsetzt, als sie beobachteten, wie sich der Hirte all seiner Kleider entledigte und nackt, wie man es von einem Schafhirten sehr wohl kennt, und mit einem lauten „Kikeriki" ebenfalls unter dem Tisch verschwand.

Stunden später flüsterte die Prinzessin ihrem Schafhirten ins Ohr: „Das Ei wäre gelegt. Was hältst du davon, wenn wir zum Brüten nach Florida fliegen?!"

Das fand der Schafhirte eine wirklich fabelhafte Idee.

Als sie nach rund einem Jahr wieder in das Königreich zurückgekehrt waren, ward dem König und der Königin ein wunderschöner Enkelhahn geboren!

Die ganze Welt im Fingerhut

Eines Tages kam ein Bäckerbursche völlig durcheinander in die Backstube und rief: „Ich bin soeben dem schönsten Mädchen der Welt begegnet!" „Oho", lachten die anderen Bäckerburschen. „Wie heißt sie? Wo wohnt sie? Und was treibt sie so den ganzen Tag?"

„Ach, was soll ihr Name. Ich kenne ihre Augen! Kenne ihre Stimme! Das reicht!"

Am nächsten Morgen kam der Bäckerbursche völlig durcheinander in die Backstube und rief: „Seid froh, dass ihr mich noch lebendig seht, es hätte auch anders kommen können." Die Freunde rücken näher, verstehen nicht. „Ich habe sie wieder gesehen. Als ich ihr meine Liebe gestehen will, stürzen vier, fünf, sechs Soldaten herbei, prügeln auf mich ein und brüllen, wie ich es wagen könne, der Prinzessin nahe zu treten."

„Die Prinzessin!", ruft der Bäckerchor. „Aber sag, wie kommt es, dass du hier bist und nicht im Kerker schmachtest?!"

„Sie lächelte mich an und sagte: ‚Komm morgen auf das Schloss und trage meinem Vater dein Begehren vor.'" Viele Stunden sitzen sie zusammen und überlegen, bis der Bäckerbursche endlich eine Lösung weiß. –

Der König kennt die Launen seiner Tochter und sieht gelangweilt auf den Mehlwurm. „Du weißt doch sicher", beginnt er seine Rede, „was verlangt wird von denen, die Prinzessinnen begehren." „Ich nehme an, die üblichen drei Aufgaben", sagt der freche Bursche und gähnt dabei.

„Das Gähnen wird dir noch vergehen, die Aufgaben werden dich dein Leben kosten!" – Der König fährt schon ein bisschen aus dem Hermelin ... „Gern schenke ich Eurer Tochter mein Leben, nachdem ich Eure Bitten erfüllt habe. Was soll ich tun?" Der König schäumt, die Prinzessin jubelt, und der schweigende Hofstaat grinst ... „Thema: Drachenkopf. Aber nicht einen, sondern *sieben*. Hast du gehört: *sieben!* Bis morgen früh. Und: Sie müssen frisch sein." Ich wusste es ja, denkt sich der Bursche, Könige sind einfallslos. Kein Wunder, dass die Drachen ausgestorben sind. Aber – wenn sie ausgestorben sind, wo krieg' ich dann meine Köpfe her?! Zum König aber sagt er: „Reizvolle Aufgabe. Bis morgen früh!" Und zur Prinzessin: „Nur noch Stunden trennen uns. Ich spüre schon deinen Atem auf meinen Lippen!" Ein gebrülltes, königliches *„Hinaus"* weht den Bäckerburschen zurück auf die Straße und von dort geradewegs zu seinen Freunden in die Backstube.

„Ich bringe sieben Drachenköpfe“, poltert es um sechs Uhr morgens durch das Schloss. Und an das Bett des schlafbemützten Königs bringt der Bäckerbursche sieben Drachenköpfe, frisch, duftend, gerade aus dem Rohr genommen, goldbraun und wunderhübsch anzusehen.

„Wie? Was?!“, ruft der König. „Köpfe aus Brot?“

„Ich habe Euch das gebracht, was Ihr von einem Mehlwurm erwarten könnt. Außerdem habt Ihr nichts anderes verlangt.“ Der König will schon sein Zepter auf den Kopf des zukünftigen Schwiegersohnes sausen lassen, als die Prinzessin ruft: „„„Vater, endlich Drachenköpfe, mit denen sich was Nützliches beginnen lässt.“ Und sie beißt in das Gebäck, dass es nur so kracht. „Na warte, Bürschchen“, röchelt der König. „Die zweite Aufgabe wird dir nicht mehr so leicht von der Hand gehen! Vierundzwanzig Stunden gebe ich dir Zeit, dieses Rätsel zu lösen. Was ist besser als Gott, schlimmer als der Teufel, und wenn man es isst, stirbt man!“ Wieder eilt der Bäckerbursch in seinen Laden, und viele Stunden sitzen sie zusammen und überlegen, und wieder gibt es am nächsten Morgen kein Brot, und darüber werden die Leute auf der Straße langsam ärgerlich. Es ist zwei Stunden vor Ablauf der Frist, als der Meister brüllt: „Potz Blitz! Deine Liebesgeschichte bringt uns alle noch um unsere Arbeit. Nichts erledigt. Stunden versessen für nichts!“ Der Liebesbäcker hört das letzte Wort seines Meisters, sieht es mit einem Mal durch den Raum schweben, direkt auf sich zu. Und plötzlich springt er hoch und brüllt und tobt und stürzt aus dem Laden. Der König lungert siegessicher auf seinem Thron, als der Bäckerjunge in den Thronsaal schlendert. „Nun mein Freund, kommst du, dir die Schlüssel zum Kerker abzuholen?!“

„Daraus wird nichts. Nichts wird mich aufhalten, Eure Tochter in die Arme zu schließen. Nichts.“ „Was soll die freche Rede“, fährt der König hoch. „Die Antwort, rasch!“ „Nichts!“ „Nun reicht es mir aber, Soldaten, führt ihn endlich ab!“ „ Die Soldaten haben ihn schon in sicherem Griff, als der Bursche ruft: „Hört Ihr schlecht, Majestät. Ich sagte doch schon: *nichts!* Das ist die Antwort!“ Der König wird leichenblass, sinkt in sich zusammen, und von weitem hört er schon die Hochzeitsglocken dröhnen. Nun liegt mein Schicksal und das meines Landes in der dritten Aufgabe, denkt der König still vor sich hin. Und laut sagt er: „Ich will dir Schonung zugestehen vor der letzten und schwierigsten Aufgabe. Du wirst sie morgen zur Bearbeitung erhalten.“ Natürlich weiß jeder, dass er die Zeit nutzen muss, um seine Tochter nicht endgültig an einen Mehlsack zu verlieren. Mit tiefen Ringen unter den Augen betritt der König am nächsten Morgen den Thronsaal. Nun ist er wieder der alte, starke, mächtige, und verkündet: „Bursche! Kurz und bündig. Klipp und klar. Bringe mir die ganze Welt im Fingerhut!“ Während sich die Diener um die Prinzessin kümmern, die ohnmächtig vom Thron gerutscht war, eilt der Bäckerbursche zurück in den Laden. Dort warten schon die Freunde.

Ja, Freunde sind sie geworden, auch der Meister ist jetzt einer von ihnen.

Als sie jedoch die Aufgabe hören, sinken sie zu einem Haufen Elend zusammen. „Dieser Königkerl verlangt, was einfach nicht zu schaffen ist“, schreit der Meister in solcher Wut, dass die letzten wenigen Kunden, die noch kommen, fluchtartig das Geschäft verlassen. Der Bäckerbursche schleicht hinaus, unter die Menschen, vielleicht hält die Liebe für ihn die Antwort irgendwo bereit. Da sieht er plötzlich in einer Gasse eine Menge Leute, große und kleine, in einem Kreis zusammenstehen. Er streckt den Hals, stellt sich auf die Zehenspitzen, und dann sieht er, was dort vor sich geht: Ein Geschichtenerzähler steht an einer Ecke und erzählt. Und hält dabei etwas in seiner Hand. Als der Bäckerbursche sieht, was sich da zwischen den Fingern des Erzählers dreht, schießt es glutheiß durch seinen Körper. Der Bäckerbursche betritt den Thronsaal in der schneeweißen Tracht der Bäcker. Hinter ihm die Freunde, allen voran der Meister. „Respekt", flüstert der König seiner Tochter zu, „er teilt den Schmerz mit seinesgleichen. Das erste Mal, dass mir an ihm etwas gefällt." Der Bäckerbursche fühlt sich stark und mächtig wie noch nie zuvor in seinem Leben. Was, so denkt der König, der dies spürt, und kalter Schweiß erscheint auf seiner Stirn, hat das zu bedeuten? Und eine schreckliche Ahnung schleicht sich durch den königlichen Körper, als er sieht, wie der Bäckerbursche einen Schritt zur Seite tritt und seine Freunde es ihm gleichtun und mit einem Mal der Mann, der Geschichtenerzähler von der Gasse, in der Mitte steht.

Nun haben sich die Augen des Königs zu schmalen Sehschlitzen verengt. Was hat dieser Mann mit der unlösbaren Aufgabe zu tun?

Und plötzlich haben die königlichen Augen etwas an der rechten Hand des Fremden entdeckt – einen Fingerhut. Der Mann geht nun langsam auf den König zu, und als er vor ihm steht, zieht er den Fingerhut von seinem Finger und beginnt langsam, ihn zu drehen.

„Die ganze Welt steckt in diesem Fingerhut!" Und mit diesen sieben Worten hat er bereits sein Netz aus feinen Fäden über alle Menschen im Saal geworfen.

Außer über den König, der ein letztes Mal brüllen wird: „Das musst du mir erst beweisen!" „Sobald Ihr, mein König, bereit seid, werde ich damit beginnen." Der König setzt sich, und der Erzähler beginnt.

Genau neununddreißig Tage wird es dauern, unterbrochen nur von Mahlzeiten und von dem, was auch

Monarchen wieder von sich geben müssen, dann wird der König, ein anderer Mensch geworden, die Hand seiner Tochter in die des Bäckerburschen legen. Der König aber wird, nun gefangen von den feinen Fäden, niemals mehr aufhören, den Geschichten des Erzählers zu lauschen ...

Der König der Käfige

Erwacht, findet sich der König in einem Käfig wieder. Gefangen und verschifft übers weite Meer, übers weite Meer. Wie oft hatte er vom Singen der Wellen geträumt, nun tragen sie ihn fort, aus seinem Reich, fort von den Untertanen, den geliebten König tragen sie fort. In der neuen Welt ist er kein König mehr, zum Diener, Sklaven, Bettler hat man ihn schnell gemacht. „Alles nur ein Traum", träumt er, „du wirst erwachen und im Schatten der Mangroven liegen. Ein Untertan wird kommen und dich um Rat fragen, und derselbe Untertan wird morgen vielleicht deinen Magen füllen, und der Mond wird nicht vom Himmel fallen." Früher, als er noch ein König war, kannte er keine Angst. Nun ist sie sein Atem. Die Angst vor dem Ende seines Traumes. Denn öffnet er die Augen, steht der Untertan wirklich neben ihm, ist gefangen wie er, nur länger schon, denn er träumt nicht mehr – er beobachtet jetzt das Wachsen der Bäume, zählt die Umdrehungen der Erdkugel und verfolgt die Bewegung von Kieselsteinen. Schnell schließt der König seine Augen wieder, verjagt die Angst und sagt laut vor sich hin: „Verliert man seine Königswürde, weil man sein Reich verloren hat? Krönen dich Großmut, Edelsinn und Demut oder Krone, Zepter, Hermelin? Richtet sich der Blick des Allmächtigen weiterhin auf deine Taten oder forscht er tiefer, dringt ein in dein Innerstes, dorthin, wo sich das wahrhaft Königliche befindet?" „Ja", ruft der König aus. „Ja, so ist es. Mein Königreich ist jetzt in mir. Gute Taten muss ich in mir setzen. Trübsal, Einsamkeit, Angst sind nun die Untertanen, die auf meine Hilfe hoffen."

„Was brüllst du so?", fragt eine Stimme. „Geht es dir nicht gut in meinem Zirkus? Dein Reich ist es nicht, das weiß ich, doch verstehe die Menschen! Du bist für sie König, der Starke, der Kluge, der Mächtige, der jetzt, endlich besiegt, endlich gefangen, in einem Käfig sitzt. Und sie ... sind frei! Verzeih ihnen, Löwe."

Er ist mein Bruder, denkt der Löwe. Ich, der König der Freiheit, er, der König der Käfige. Brüder sind wir.

Nichts anderes, nicht die Qualen, nicht das Futter, nicht sein Käfig, nicht die Einsamkeit seiner Mitgefangenen, beschäftigen den Löwen mehr als sein Denken, als die Hingabe aller seiner Sinne für den Bruder ...

Und mit jeder Stunde, die er mit seinen wiedererwachten Augen den Bruder verfolgt, versteht er dessen Leben und versteht seine Rede und versteht die traurigen Augen. Gefangen ist er, entdeckt der Löwe bald, gefangen in einem unsichtbaren Käfig, der viel schlimmer ist als meiner, weil er nur in seinem Inneren zu existieren scheint. „Ja", brüllt der Löwe, „der Thron eines Königs der Käfige ist ein Gefängnis." Wenn ich nur wüsste, denkt er sich, worin das Geheimnis seiner Unsichtbarkeit liegt ...

„Was brüllst du so?", fragt der Zirkusdirektor, seltsam hingezogen zu diesem Käfig mit der Bestie, die anders als alle anderen Bestien ihn beschäftigt. „Sei zufrieden mit deinem Leben. Du hast doch zumindest deine Träume von Mangroven und Zebras. In dir muss doch noch der Duft der Freiheit wohnen. Sieh mich hingegen an: gefangen in Zeit und Raum, in Plan und Ordnung. In mir sind zarte

Gesten und feine Worte. Aber sie dringen als Peitschenhieb und grobe Sprache nach außen.

Die Nacht, die einsame, zieht den König der Käfige hin zu seinen Untertanen – längst sind sie Vertraute geworden. Trübsal, Einsamkeit und Angst, die ihn sein Leben lang begleiteten, scheinen beim Anblick der stillen Bestie aus ihm herauszuwollen.

Der Löwe liegt und lauscht – längst ist das König-Sein in ihn zurückgekehrt. Und je stärker diese Kraft in ihm wächst, desto schwächer wird sein Bruder. „Du liegst so ruhig, Löwe", sagt der Zirkusdirektor eines Tages, „brauchst nicht mehr zu brüllen, mich zu rufen, weil du weißt, ich komme von alleine. Doch fühle dich nicht zu sicher, Löwe – ich verehre dich, ja, liebe dich, doch ahne ich, was deine Augen fragen, was dein majestätisches Ruhen spricht – öffne den Käfig – das ist's doch, was du bezweckst. Das ist es."

Der Gedanke wird zum Wahn. Der König der Käfige verbringt die Hälfte seines Tages vor dem Käfig des Löwen, mittlerweile nie ohne seine Peitsche. „Ich durchschaue dich. Du hast dir mein Vertrauen erschlichen, glaubst, mich in der Hand zu haben, weil du meine Gefühle kennst. Nun wartest du auf die Gelegenheit, mir zu entkommen. Mich allein in meinem Gefängnis zurückzulassen." Schon beginnt er den Löwen mit der Peitsche zu quälen. Die Menschen kommen gelaufen, verstehen nicht, begreifen nicht: Gelacht hatten sie gerade noch über die nie zuvor gesehene Liebe eines Zirkusdirektors zu einer Bestie.

„Es ist so weit", brüllt der Löwe. Erhebt sich bedächtig, öffnet mit einem Prankenhieb, als wär's nicht Eisen, als wär's nur Porzellan, das Tor des Käfigs und kehrt zurück in sein Reich der Freiheit. Die Menschen sind zurückgewichen, bewegungslos verstummt – warten auf eine Tat des Königs der Käfige. Doch die Peitsche erstarrt, der Schrei auf den Lippen verstummt, schon spürt der Peiniger die Nähe des Todes. Nur einen Schritt ist der Löwe noch entfernt, als der Mensch plötzlich in den Augen der Bestie das wiederfindet, was ihm so vertraut war: Er sieht, spürt den Bruder. Dann, nur noch atemweit entfernt – die anderen, bewegungslos verstummt, verstehen nicht, begreifen nicht –, beugt der Löwe seinen Rücken, als wolle er den Menschen, den Bruder, aufnehmen, und wirklich – verstehen nicht, begreifen nicht – ist mit einem Satz der König der Käfige auf dem Rücken des Königs der Freiheit, und Augenblicke später jagen sie davon, die Brüder ... und waren nie mehr gesehen.

Dill

Als Gott zuerst die Frau und dann den Mann erschuf, hätte er sich nicht gedacht, dass später einmal die Wirtshäuser voller Männer und die Kirchen voller Frauen sein würden. Und wahrscheinlich hatte er auch nie geplant, dass die Männer sagen, so ist das, und die Frauen tun müssen, was sie sagen. Gott sah dieses Missgeschick und beschloss, schnell etwas Neues zu entwerfen, dass diese Ungerechtigkeit beseitigt werde. Er schnippte mit dem Finger und es gab ein Kräutlein, nur geschaffen für solche Fälle. Und er schnippte noch einmal mit dem Finger und da gab es Menschen, die dieses Kräutlein finden konnten und auch wussten, wozu es gut war. So wurde es Brauch, dass die Braut, bevor sie zum Traualtar ging, dem Kräuterweibl einen Besuch abstattete. Dieses wohnte immer im nächstgelegenen Wald, denn Beton und Glas nahmen ihm die Kraft, mit den Pflanzen zu sprechen. Auch kümmerte es sich nicht um Lacoste und Bluejeans, es trug abgelegtes Gewand, Blätter und Zapfen, und das kleidete es sehr hübsch. Wenn die jungen Dinger mit glühenden Liebesköpfen zu ihm kamen, wusste es schon, was sie plagte! „Mein allerliebster Schatz, er ... und ich heiraten doch bald, aber ich weiß nicht ..." – „Alles klar, Mäuschen", antwortete das alte Weibl und zwinkerte wissend. „Setz dich und beantworte mir einige Fragen. Dann werde ich dir das richtige Kraut schon finden. Also: Geht er ins Wirtshaus?" – „Ja." – „Kommt spät heim und stinkt aus dem Mund?" – „Ja, kennst du ihn etwa ..." – „Schweig, Kind, ich kenne die Männer. Furzt und rülpst wie nur was?" – „Nun, nicht immer, aber ... ja!" – „Wenn er mal zu Hause sitzt, will er von dir nichts wissen, außer er will sich zu dir kuscheln?" – „Ja, schon, nur ..." – „Ist leicht aufgebracht und isst nur, was ihm schmeckt?" – „Nein, mach ihn nicht so schlecht ... ja." – „Und du liebst ihn wirklich?" – „Nach all dem, was du mich da gefragt hast und was ich geantwortet habe, weiß ich es nicht mehr so recht ... doch, ja, ich liebe ihn!"

„Gut, mein Kind, du hast Glück. Für diesen Kerl brauchen wir nur ein gewisses Kräutl. Komm." Das Kräuterweibl nahm das Mädchen bei der Hand, führte es ins hohe Gras, durchs Dickicht, unter junge Föhren, bis das arme, hübsch herausgeputzte Kind schon ganz zerzaust aussah. Endlich kamen sie auf eine weite Lichtung, die die Sonne goldgelb angepinselt hatte. Es roch unwahrscheinlich nach Wald, und trotzdem gelang es einem Geruch, sich durch alle anderen hindurch zur Nase vorzukämpfen.

„Hier finden wir dein Zauberkraut!" Das Kräuterweibl bog das Schilfgras zur Seite und zeigte auf ein hohes Kraut mit gelben Blüten und zarten grünen Blättern. „Lieber Dill, ich bringe dir wieder so ein armes Wesen, das in wenigen Tagen von so einem rauen Burschen zum

Traualtar geschleppt werden wird. Du musst ihm bitte helfen!" Es murmelte einige unverständliche Worte, wiegte den Kopf dreimal nach rechts, dreimal nach links, dreimal in den Nacken und dreimal nach vorne.

Dann ging das Weibl rückwärts auf das Kraut zu und schnitt zwischen den Beinen hindurch den Dill. „Ich danke dir, Dill, dass du uns helfen willst." Die sieben abgeschnittenen Stempel schwang es über seinem Kopf und überreichte sie dann dem Mädchen, das vor Staunen den Mund weit offen hielt. „Höre: Wenn du dich auf den Weg zur Kirche machst, lege ein Zweiglein in deine Schuhe. Den ganzen Weg murmle: Ich hab Hirn und hab Dill, mein Mann muss machen, was ich will! Vergiss aber nicht das *Ja* – sonst war alles umsonst. Normalerweise müsste er dann brav wie ein Lämmchen sein, aber höre: Stinkt er wieder mal aus dem Mund, lass ihn die Körner des Dills kauen. Will er dich nicht küssen, koch ihm einen Tee aus den Samen. Rumpelt ihm der Magen und das Gedärm, als hätte Luzifer Geburtstag, muss er einen Tee aus den Blättern trinken. Und will er nicht das essen, was du ihm auf den Tisch setzt, würze die Speisen mit den feinen Stängelchen. Glaub mir, es hilft!" Und so ist es bis heute geblieben ... probier es aus!

Die Reise der Feen mit Seàn Palmer nach Irland

Am St. Patrick's Day 2003 war ich in New York. Als mein Freund Allan hörte, dass ich an einem Buch über Irland arbeitete, meinte er, es wäre ein Wink des Schicksals, dass ich den wichtigsten Tag der Iren gerade hier, in New York, erleben dürfe.

Wir machten uns also auf zum Times Square, sahen die Parade und zogen dann durch ein paar der sicher mehreren hundert „Irish Pubs".

Die Inspiration zu einem Märchen hielt sich in Grenzen, obwohl jeder, der erfuhr, woran ich arbeitete, sagte – eher grölte –, dass alles, was sich hier abspiele, doch ein Märchen sei ...

Aber dann traf ich Seàn.

„Ein Märchen suchst du?", fragte er und lächelte. „Kennst du das Märchen von Seàn Palmers Reise mit den Feen nach Amerika?"

„Natürlich", antwortete ich, „eine fantastische Geschichte. So eine, von der man sich wünscht, man hätte sie selbst geschrieben!"

„Und was meinst du", fragte er weiter, „hat seine Reise wirklich so stattgefunden, wie es erzählt wird?"

Ich machte eine bedeutungsvolle Pause zwischen seiner Frage und meiner Antwort und sagte dann: „Es gibt keinen Grund, daran zu zweifeln!"

Spontan nahm er meine Hand: „Ich heiße Seàn. Seàn Palmer. Der Vierte. Ich bin sein Urenkel!"

Ich glaube an Schicksal. Und ich glaube daran, dass wir einen vorgezeichneten Weg zu gehen haben, der uns immer wieder an entscheidende Wegkreuzungen bringt. Jetzt spürte ich, dass ich wieder an eine solche Kreuzung gekommen war!

Allan, mein Freund, hatte keine Ahnung, wovon wir sprachen und wie es kam, dass sich zwei Männer, die sich gerade zwanzig Minuten kannten, mit einem Schlag so taten, als wären sie Brüder – denn das waren wir: Uns verband der Glaube an eine Geschichte, von der die meisten Menschen annahmen, sie sei ein nett erfundenes Märchen.

„Könnt ihr mich an eurem Glück vielleicht teilhaben lassen?", fragte Allan etwas genervt. Und Seàn begann sofort mit einer Zusammenfassung der Geschichte seines Urgroßvaters.

„Seàn Palmer lebte in Rinneen Ban und war Bauer und Fischer. Als ihm eines Abends der Tabak ausging, sagte er seiner Frau, meiner Urgroßmutter Mary, er würde nur schnell in den Laden von Seàn Murphy The Lock laufen – eine Viertelmeile entfernt –, um sich etwas zu kaufen. Der alte Seàn war süchtig nach seinem Tabak, müsst ihr wissen, und trotzdem wurde er fast 100 Jahre alt!

Aber weiter mit der Geschichte: Als er unten am Hafen ankam, hörte er Stimmen, die ihn mit seinem Namen ansprachen und ihm Tabak anboten. Er sollte zu ihnen in ihr Boot steigen, dort könnte er sich nehmen, was er wolle. Kaum saß er im Boot, legte es auch schon ab, und kaum, dass er zehnmal geblinzelt hatte – genauso erzählte er es immer wieder –, sah er auch schon die Lichter einer großen Stadt auf ihn zukommen. Das Boot legte zwischen riesigen Dampfern an und als die Männer, die mit ihm im Boot waren, sahen, wie Seàn sich erstaunt umblickte, sagten sie nur, er könne sich in New York ruhig ein bisschen umsehen, könne auch seinen Bruder besuchen, wenn er wolle.

Und sie führten ihn zu seinem Bruder, Onkel Paddy, der nicht schlecht staunte und ihm Kleider gab, weil Seàn ja so herumlief, wie er vor nicht mal einer Stunde sein Haus in Rinneen Ban verlassen hatte.

‚Hast du auch Lust, deine Schwester Cait zu besuchen?‘, fragten die netten Männer, die ihn begleiteten.

‚Lust hätt ich schon‘, rief Seàn, ‚aber die lebt doch in Boston!‘

Mit einem mitleidigen Lächeln, ob er ihnen so wenig zutraue, nahmen ihn die Männer bei der Hand, bogen um eine Ecke und waren auch schon in der Straße, in der Cait wohnte ...

Wisst ihr, wenn Urgroßvater davon erzählte – ich habe das noch miterlebt, war zehn Jahre alt, als er starb –, also, wenn er davon erzählte, und das tat er sehr oft, gegen Ende seines Lebens sicher zwei, drei Mal die Woche, tat er das mit einer solchen Selbstverständlichkeit, wie heute einer sagen würde, er fährt ein paar Stationen mit der Metro von der Upper East Side zum Central Park. Ich fasste es damals nicht, wie ein alter Mann, der sein ganzes Leben hart gearbeitet hatte, der kein Träumer war, sondern durch und durch Realist, von solchen Dingen wie seiner Reise als junger Mann mit Feen, versteht ihr, mit Feen!, so sprechen konnte.

Seine Begleiter brachten ihn wieder zurück nach New York, wo er auch noch eine Jugendliebe besuchte – eine Passage, die er besonders liebte und darüber immer etwas ausführlicher berichtete. Aber nur, wenn Mary nicht dabei sei, wie er mit einem Augenzwinkern meinte.

Er erzählte, wie er in einem Hauseingang den neuen Anzug überzog, den er von Paddy bekommen hatte, um nicht gar so lächerlich dazustehen, und dann mit klopfendem Herzen die Treppen hinauflief und Cait Stroghair ihn sofort erkannte und ihre erste Frage war, ob er schon verheiratet sei – was der alte Seàn natürlich so interpretierte, dass sie ihn nicht vergessen hatte ...

Als die Sonne unterging, drängten Seàns Begleiter zum Aufbruch. Mit einem neuen Anzug, ein paar Dollarscheinen und – hier spannte Urgroßvater seine Hände weit auseinander – mit einer solch großen Kiste mit feinstem amerikanischen Tabak sprangen sie auf das kleine Boot, das zwischen den riesigen Schiffen am New York Kai auf sie wartete. Und kaum, dass er zehn Mal geblinzelt hatte, sah er schon wieder die einzelnen Lichter von Lohar auftauchen, und einen Augenblick später legte das Boot mit ihm und den fremden Männern am Rinneen Ban Kai an.

Seàn packte seine Geschenke, stieg an Land und als er sich umdrehte, um sich zu bedanken, da war kein Boot mehr da und keine Männer.

‚Und da habe ich', pflegte mein Urgroßvater an dieser Stelle zu sagen, ‚abwechselnd auf meine Geschenke und dann hinaus auf das offene Meer geschaut und habe mir gedacht, das werden wohl die Feen gewesen sein, aber warum haben sie gerade mich erwählt, eine solche Reise zu unternehmen? Warum nicht die Erzähler, die in Seàn The Locks' Laden für ein paar Schilling ihre Märchen zum Besten gaben, oder die Dichter, die in Dublin für ihre Bücher gefeiert wurden? Warum ich? Das habe ich mich mein ganzes Leben lang gefragt, denn sie sind nie mehr wiedergekommen, die Feen. Nicht als unser ältester Sohn Keen krank wurde und starb, nicht als wir Rinneen Ban verließen, um unser Glück in New York zu versuchen. Diese verdammten Feen waren mir wegen eines Fingers Tabak erschienen.'

Gegen Ende seines Lebens wurden die Gedanken rund um diese Geschichte ellenlänger als die Geschichte selbst. Als wäre er wieder auf dieses Boot gestiegen und fortgetrieben, suchte er nach Erklärungen und nach Bildern, bis er dann plötzlich wieder zum Ende der Geschichte zurückkehrte: ‚Ein Hahnenschrei', so fuhr er hier immer wieder fort, ‚riss mich aus meinen Gedanken. Was, so spät?, denke ich mir und laufe nach Hause. Und da war die Hölle los, sage ich euch!' – An dieser Stelle schien es immer, als wäre er wieder 25 Jahre jung. – ‚Ich komme rein ins Haus, feiner Anzug, blitzblank polierte Schuhe, einen Panamahut auf dem Kopf und unter dem Arm eine riesige Kiste mit Tabak.'

Urgroßvater machte Mary mit hoher Stimme nach, wie sie mit ihm schimpfte, dass er wohl die ganze Nacht bei Seàn The Lock gesoffen habe, schimpfte, wo er diese ganzen Sachen geklaut habe, und wollte gar nicht mehr aufhören – bis er ihr ganz ruhig die ganze Geschichte erzählte. Er sagte, er wäre mit den Feen mal kurz in New York und auch in Boston gewesen, und zog dabei das Bündel Dollarscheine aus der Tasche und legte die Kiste mit dem Tabak auf den Tisch.

Und meine Urgroßmutter – wisst ihr, was sie tat? Sie begann nicht etwa ihn auszulachen oder ihm vorzuhalten, dass er sich da wohl die dämlichste Ausrede habe einfallen lassen, die sie je gehört hätte. Nein, Mary nahm ohne ein weiteres Wort zu sagen die Dollars und roch daran, dann nahm sie die Kiste, ging mit ihr zum Fenster und las Namen und Ort der Ernte und das Datum und stellte sie schweigend ihrem Mann wieder auf den Tisch.

‚Ja', lächelte sie, ‚manchmal kommen sie, die Feen. Aber nur zu Menschen, die es verdienen, die ihnen gut genug erscheinen. Du bist so einer, Seàn Palmer aus Rinneen Ban. Deshalb liebe ich dich ja auch.' Und dann umarmte sie ihn.

Urgroßvater hielt an dieser Stelle immer kurz inne: Wie aus weiter Ferne holte er sich die Bilder seiner Mary wieder zurück, die ein paar Jahre, nachdem sie nach New York gekommen waren, gestorben war und ihn fast 60 Jahre allein gelassen hatte – er nahm sich nie wieder eine andere Frau.

Mary hat nur noch einmal davon gesprochen", beendete Seàn seine Geschichte, „als sie sich damals in Dover einschifften und ein letztes Mal zurück auf die Insel schauten.

‚Ob sie mit uns kommen?!', fragte sie.

‚Wer?!', fragte er.

‚Deine Feen!'

‚Vielleicht', hat Urgroßvater geantwortet. ‚Wer weiß.'"

„Wow!“ – Allan atmete tief durch. „Was für eine Geschichte! Wurde sie schon von jemandem aufgeschrieben?“

„Es ist so etwas wie eine irische Nationalgeschichte!“, gab ich Allan zur Antwort und sah, wie Seàn, der Nachkomme, seine Schultern voller Stolz gerade setzte und sich damit ein bisschen größer machte.

In all dem Trubel, der um uns herum immer mehr anschwoll, verfielen wir drei in ein tiefes, wunderbares Schweigen – wir waren wohl zu sehr damit beschäftigt, mit Hilfe unserer Fantasie ein paar Bilder dieser Geschichte heraufzubeschwören, als dass wir deren Betrachtung mit Worten stören wollten.

Nach einiger Zeit wandte ich mich an Seàn: „Mich würde interessieren, was mit den Feen passierte. Sie waren doch sicher mit nach Amerika gekommen?“

Seàn lächelte, als hätte er diese Frage erwartet.

„Es wird Zeit, dass wir gehen“, sagte er plötzlich und zog uns hinaus auf die Straße.

Wieder schweigend – wohl weil wir alle drei, wahrscheinlich auf sehr unterschiedliche Art, mit meinem letzten Satz und mit Seàns überraschender Reaktion darauf beschäftigt waren – liefen wir hinter Seàn her; zwischen Straßenschluchten, durch die die Feiernden wie ein Fluss wogten und wir Mühe hatten, darin nicht zu ertrinken ...

Wir betraten ein Haus, liefen mehrere Stockwerke hoch und standen schließlich in einem großen Appartement.

„Hast du Folke und Allen mitgebracht?“, rief eine Stimme; es musste die Stimme eines alten Mannes sein.

„Ja, sie sind hier“, gab Seàn zur Antwort.

Dann öffnete er eine Tür und wir kamen in ein Zimmer, in dem zwei Männer in Ohrensesseln saßen, beide mit Mantel und Hut bekleidet und in einer Haltung, die keinen Zweifel offen ließ, dass die beiden in wenigen Minuten nach irgendwohin abreisen würden.

„Das ist Seàn Palmer der Zweite, mein Großvater, und das, Seàn Palmer der Dritte, mein Vater. Darf ich vorstellen, Folke und Allan."

Wir gaben beiden die Hand und der Gedanke, der mich so bewegte und faszinierte, als ich die Hand des mindestens Hundertjährigen und des vielleicht Achtzigjährigen drückte, war der, dass diese verrückte, absurde Szene für uns alle so selbstverständlich war.

„Dann können wir also endlich", sagte Seàn der Zweite und erhob sich mühevoll aus seinem Stuhl. Auch Seàn der Dritte stand auf und alle zusammen traten wir aus dem Zimmer. Hinter uns fiel die Wohnungstür ins Schloss und wir gingen langsam und schweigend die Treppen hinunter.

Seàn, der Jüngste, öffnete die Eingangstür und wir traten hinaus und gingen den Weg von Rinneen Ban Kai hinauf zu Seàn The Lock.

„Yakkee", riefen die drei Seàns dem Innkeeper Seàn The Lock zu, „gib uns fünf Bier und fünf Finger Tabak."

„Schön, dass ihr auch mal wieder vorbeischaut. Was gibt's Neues in New York? Und was machen die Feen ..."

(Mit Motiven eines Volksmärchens aus Irland)

Sehnsucht

Irgendwann war das große Wasser dagewesen und hatte das Land geteilt.

Und der mächtige Fluss hatte Herrn Bär und Frau Bär getrennt. Bruder Wolf und Schwester Wolf und die Python von ihrer Lieblingsspeise, dem Hasen.

Auch Fuchs und Füchsin waren nicht mehr eins.

Eines Tages erschien der Fuchs am Ufer und zog ein Boot über den Sand, das er gezimmert hatte, um damit die andere Seite des Flusses zu erreichen.

„Bist du verrückt geworden“, riefen die alten und weisen Tiere. „Der Fluss ist zu breit, die Strömung zu schnell. Die Gefahren zu groß!“ Der Fuchs aber hörte nicht auf sie, bestieg sein Boot und fuhr los.

Während des ganzen Kampfes mit den Fluten starrte der Fuchs zur Füchsin, die auf der gegenüberliegenden Seite auf und ab lief. Aber wie von einem unsichtbaren Seil gezogen erreichte das kleine Boot wirklich unversehrt das andere Ufer.

Ermutigt durch den Erfolg des Fuchses versuchten es nun auch Frau Bär, dann Bruder Wolf. Ja, sogar die Python schaffte es, das Wasser zu überwinden.

„Ein Wunder“, sagten die Tiere, die auf beiden Seiten des Flusses standen und beobachteten, wie immer mehr, denen der Fluss das Band der Liebe durchschnitten hatte, das Boot bestiegen und, unter Aufbietung all ihrer Kräfte, das Ziel erreichten.

„Nun lasst mich mal“, brüllte es plötzlich, und ein starker Löwe drängte sich vor.

„Gib Acht“, sagte der Fuchs. „Es ist gefährlich, weil auf der anderen Seite niemand auf dich wartet.“

„Das Abenteuer wartet. Das reicht. Wenn ihr es schafft, wer sollte mich dann aufhalten!“

Und er sprang ins Boot und ruderte los. Seine Kraft brachte ihn bis zur Mitte des Flusses, dann geschah es: Eine Welle kam, warf das Boot zur Seite und der Löwe wurde in die Fluten geschleudert und nie mehr gesehen.

Nun wisst ihr, was es braucht, um breite Flüsse zu überwinden!

Till erzählt eine Geschichte

Als Till in die Stadt kam, hörte er von einem Geschichtenerzähler, der die Leute so begeistern konnte, dass sie alles rundherum vergaßen. Die Gelegenheit, sich gut zu unterhalten, wollte Till natürlich nicht verpassen.

Er trat in das Zelt ein, das der Mann auf dem Hauptplatz aufgebaut hatte, zahlte seinen Eintritt, setzte sich in den Kreis der Zuhörer und lauschte.

„Es war einmal ein Zauberer“, begann der Erzähler, „einer von der guten Sorte, der wanderte durch die Welt. Eines Tages kam er an einer Schmiede vorbei, hörte lautes Weinen und Klagen, dachte sich, hier kann ich vielleicht ein bisschen Hilfe zaubern, und trat ein.

Der Schmied, seine Frau und die Kinderschar weinten um die alte Großmutter, die tot in ihrem Bett lag. Ach wär’ sie doch nicht gestorben, jammerte die ganze Familie.

Der Zauberer hatte Mitleid mit ihnen und fragte, ob er sie denn wieder lebendig machen solle – für ein gutes Stück Kuchen wäre da schon was zu machen.

‚Ja, freilich‘, rief der Schmied und konnte sein Glück nicht fassen, dass der Zauberer gerade an seinem Haus vorbeigewandert war. Der Zauberer nahm die Tote, trug sie in die Werkstätte, legte sie zuerst ins Feuer und dann auf den Amboss. Unter lauten Beschwörungsformeln und rätselhaften Gesängen nahm er schließlich den Schmiedehammer und klopfte so lange auf dem Körper der Toten herum, bis sie plötzlich ihre Augen aufschlug, sich erhob und jung und schöner als je zuvor ihrem Sohn, der Schwiegertochter und ihren Enkelkindern in die Arme fiel.

Viele Jahre waren vergangen. Aus der Frau des Schmiedes war ein altes Mütterchen geworden. Als sie starb, war die Familie gar nicht sonderlich betrübt.

‚Ich kann mich haargenau an alles erinnern, was der gnädige Herr Zauberer damals mit meiner Mutter aufführte', sagte der Schmied. ‚Das wird mit meiner Frau wohl auch funktionieren!' Er legte sie zuerst in das Schmiedefeuer, dann auf den Amboss, sprach Beschwörungsformeln und sang und hieb mit seinem schwersten Hammer auf den Leib der Toten ein. Aber – oh Schreck, der unglückliche Schmied hatte seine Frau in tausend Stücke geschlagen!

Zufällig kam der Zauberer auch dieses Mal an der Schmiede vorbei, hörte lautes Weinen und Klagen, dachte sich, hier muss ich vielleicht wieder ein bisschen Hilfe zaubern, und trat ein.

Der Schmied flehte ihn an, ihm noch einmal zu helfen. Der Zauberer erkannte sogleich, was hier vor sich gegangen war, und sagte: ‚Schmied, was habt Ihr nur mit Eurer armen Frau angestellt. Habt sie zerschlagen. Was von ihr übrig geblieben ist, reicht nicht, um daraus wieder eine Frau zu machen. Es reicht kaum, um ein Tier zu schaffen. Aber ich will es versuchen.'

Und der Zauberer arbeitete lang, und der Zauberer arbeitete schwer, und dann hatte er aus den Resten der toten Frau einen Affen erschaffen – so kamen diese Tiere auf unsere Erde ..."

Die Zuhörer, vor allem die männlichen, kugelten am Boden vor Lachen, einige von ihnen riefen: „Stimmt", worauf sie von den Frauen, die neben ihnen saßen, Kopfstücke fingen. Die Stimmung im Märchenzelt war wirklich auf dem Höhepunkt.

Till, der Narr, der Spaßvogel, war der Einzige, der nicht lachte. Plötzlich stand er auf, ging nach vorne, wo der Geschichtenerzähler gerade mit seiner nächsten witzigen Geschichte beginnen wollte, und sagte: „Mit Eurer Erlaubnis, großer Erzähler, möchte ich diese köstliche Geschichte, die Ihr begonnen habt, zu Ende erzählen!"

„Wieso zu Ende erzählen?!", riefen die Zuhörer und rief der Erzähler, „sie hat doch schon ein wunderbares Ende!" Und wieder dröhnte es vor Lachen im Zelt.

„Da werdet ihr sicher auf die Fortsetzung neugierig sein. Ich bin natürlich kein Meistererzähler wie dieser Mann hier, aber ich werde mein Bestes geben."

„Es war an einem strahlenden Sonnentag gewesen. Gott schaute auf seine Erde und war glücklich und zufrieden. ‚Bravo', sagte er immer wieder zu sich selbst. ‚Wirklich!' Und aus purer Freude und Schöpferlust schuf er zum Abschluss den Paradiesbaum: mit Blättern, die wie tausend Sonnen strahlten, mit Blüten, die an Diamanten und Saphire erinnerten, und Früchten, deren Äußeres nicht nur dem Paradies entsprach, die nicht nur den süßesten Geschmack hatten, sondern die auch demjenigen, der von ihnen aß, Weisheit, Güte und Großmut schenkten.

Gott hatte es den Tieren streng untersagt, sich in die Nähe seines Paradiesbaumes zu wagen – der sollte eines Tages eine besondere Aufgabe übernehmen – welche, wusste Gott selbst noch nicht so recht.

Eines Tages hatte sich eine Äffin so weit von ihrer Familie entfernt, dass sie den Weg nicht mehr zurückfand. Sie irrte in den Wäldern umher, bis sie plötzlich von einem magischen Licht angezogen wurde. Sie folgte dem Glitzern und entdeckte den Paradiesbaum.

Obwohl sie von Gottes Verbot gehört hatte, konnte sie einfach nicht widerstehen und aß von den Früchten.

Als Gott das sah, wollte er zuerst einen kleinen Blitz zur Erde senden, um das ungehorsame Geschöpf zu bestrafen, doch dann überlegte er, dass die wunderbaren Eigenschaften, die er den Früchten eingehaucht hatte, ja nur dann einen Sinn hätten, wenn sie auch weitergegeben werden können. Um jedoch die Äffin, in deren Innerem bereits die edlen Eigenschaften der Frucht zu erwachen begannen, von ihren Artgenossen zu unterscheiden, wäre es klug, dachte Gott, ihr auch eine ihrem neugewonnenen Wesen entsprechende Hülle zu verpassen.

Es war wieder mal ein strahlender Sonnentag gewesen, Gott bestens gelaunt und stolz auf seine Schöpfung, und das Wesen, das er an diesem Tag schuf, entsprach exakt der Stimmung dieses paradiesischen Tages: die weise, gütige, großmütige Äffin wandelte sich zur ersten Frau auf Erden!

Da sie all die Eigenschaften besaß, die sich Gott von einem Wesen, das Mensch heißen sollte, wünschte, wurde die Frau zur Hüterin des Paradiesbaumes.

Nun verirrte sich eines Tages ein besonders starker, aber auch ebenso dummer Esel in die Nähe des Baumes. Er sah das Leuchten, sah das Glitzern, stieß mit seiner rohen Gewalt die Frau zur Seite und versuchte, auf seinen zwei Hinterbeinen stehend, eine Frucht zu erreichen. Mit seinen Vorderhufen hatte er bereits eine abgerissen, als die Frau, mit einem Stock bewaffnet, gerannt kam und ihm mit all ihrer Kraft auf die Vorderbeine schlug, dass diese brachen. Mit der Frucht im Maul, auf den Hinterbeinen laufend, versuchte der Esel zu flüchten. Aber da er es ja nicht gewohnt war, nur auf zwei Beinen zu rennen, hatte ihn die Frau bald eingeholt und riss ihm die Frucht aus dem Maul.

Dabei blieb ein kleines, eigentlich ein winzig kleines Stückchen der Frucht zwischen seinen Zähnen hängen, das das Tier gierig verschlang.

Da nun auch der Esel von der wertvollen Frucht gekostet hatte, blieb Gott nichts anderes übrig, als auch diesem Wesen eine neue Hülle zu geben."

Till stand auf und ging zum Ausgang. Er blieb aber noch einmal stehen und sagte: „Übrigens: Dieser Tag, von dem ich euch zuletzt erzählte, war ein regnerischer, trüber Tag und Gott war verdammt schlecht gelaunt. Welche Folgen das für die Schöpfung hatte – schaut euch um, Frauen, dann seht ihr es!"

Ich wollte dir vom Streicheln erzählen

Aber das Streicheln meint, es sei Blödsinn, davon zu *reden*. Es nimmt meine Hand, schüttelt sie, bis sie ganz locker ist, schleicht mit ihr über die Seiten, aus dem Buch heraus, und von dort fliegen die Finger bis zu deinem Kopf, landen sanft, dass du es kaum spürst, legen sich eng aneinander, spazieren über die Haarwiese, schnuppern da ein bisschen, dort noch mehr, finden das Ohr, fahren eine Runde auf dem Muschelringelspiel und noch eine, hüpfen auf die Wange – vorsichtig, ganz vorsichtig –, laufen den Nasensteg hinunter, und die Fingerspitzen köpfeln – vorsichtig, ganz vorsichtig – in den Mundsee, rutschen über den Halshang, landen auf den Armalmen und schweben dort wie ein Drachenflieger in sanften Runden bis ins Tal.

Ein jeder Haarbaum und -strauch will ihnen winken und die Hautmaulwürfe bauen schnell viele kleine Hügelchen – alle wollen das Streicheln spüren. Und weil das Streicheln das spürt, macht es kehrt und nochmals geht's den ganzen Weg zurück!

Nun warte ich, bis es wieder bei mir ist. Aber es kommt nicht. Es ist weg!!!

Wo, wo, wo hat es sich versteckt???

Brennnessel

Zwei hatten sich ineinander verliebt. Wollten vor den Traualtar treten und sich ein „Ja" küssen. Wäre es so einfach gegangen, wäre die Geschichte schon wieder vorbei. Aber sie fängt gerade erst an und ihr könnt sicher erraten, warum: Ein Vater sagte nein und der andere wäre froh gewesen, hätte er die Hochzeitsglocken gehört. Der Brautvater – halt, so weit sind wir ja noch nicht –, der Vater des Mädchens, war der reichste Bauer des Landes. Sein Wald wurde nur vom Horizont begrenzt, seine Felder lagen wie glitzernde Meere in der Sommerhitze und in seinen Ställen wohnte so viel Vieh, dass er es aufgegeben hatte, es zu zählen. Alles war im Überfluss vorhanden, fast alles: Es fehlten die Kinder. Er hatte nur eine einzige Tochter. Und die hatte sich nicht etwa den Sohn des zweitreichsten Bauern oder den Sohn des Bankdirektors ausgesucht, sondern es musste ausgerechnet ein völlig verarmter Königssohn sein. „Wenn der meinen Hof übernimmt, ist er bald nicht nur ein armer König, sondern auch noch ein armer Bauer. Nein, dieser Lump kommt für dich nicht in Frage."

Eine traurige Geschichte.

Doch wer liebt, kennt keine Hindernisse und schon gar nicht in Form eines Geldsackes. Der Bräutigam – halt, so weit sind wir ja noch nicht –, der arme Prinz, hatte noch eine zweite Liebe. Nein, denkt nicht schlecht, seine andere Liebe waren die Pflanzen und Kräuter. Während die Verwandtschaft an anständigen Königshöfen mit edlen Pferden, goldenen Figuren und fremdländischen Gauklern ihre Zeit totschlug, waren dem Prinzen nur der Schlossgarten und seine Bewohner zum Zeitvertreib geblieben. Er kannte jede Pflanze, wusste alle beim Namen zu nennen, woher sie kamen und wozu sie zu gebrauchen sind. „Ach, ich bin ja so unglücklich", seufzte das arme reiche Mädchen, „mein Vater wird uns nie erlauben zu heiraten."

„Geduld", flötete der Prinz, „ich habe bereits einen wunderbaren Plan!"

Das Schnellste, was es auf der Welt gibt, sind Gerüchte. Der Prinz wusste, dass es keine Stunde dauern würde, bis sein Schwiegervater – halt, so weit ist es ja noch nicht – erfahren würde, was sein Schwiegersohn – halt – ausgeheckt hatte. „Man erzählt sich", murmelte ein Mündchen in ein Öhrchen, „aus ganz sicherer Quelle, mit eigenen Augen gesehen, hundertprozentig, dass der Prinz eine Pflanze besitzen soll, die reines Gold wert ist. Reines Gold! Jawoll!"

Dieser arme Schlucker, dachte der Bauer, das kann nicht sein. Dann müsste er doch Säcke voll Gold besitzen. „Hört weiter, was man sich erzählt: Diese Pflanze ist so edel, dass nur derjenige ihr Gold ernten kann, dessen Hände noch nie Unrecht getan haben. Die Pflanze erkennt jede Lüge und holt ihren Verbündeten, den Teufel, zu Hilfe, der die unehrlichen Hände verbrennt."

„Und das Gold?", rief der Bauer ungeduldig. – „Wer die Pflanze richtig zu behandeln weiß, dem fließt das

Gold wie Blut, es wird immer mehr. Und hört: Ihre Wurzeln sollen wie goldene Dukaten sein."

„Ja, aber sagt: Warum zeigt er seinen Reichtum nicht und lässt meine arme Tochter und mich in Unwissenheit?" „Seid Ihr blind?", flüsterte das verschwiegene Mündchen und rückte noch ein Stück näher ans taube Öhrchen. „Seht Euch den Prinzen doch an: Wangen wie ein Kind in der Wiege, die Augen strahlen wie Sterne und seine Kräfte sollen übermenschlich sein. Sieht so aus, wer arm ist? Seht in den Spiegel! Diese Beschreibung könnte auch auf Euch passen. Und seid Ihr arm?" Der Bauer sah in den Spiegel und sah tiefe schwarze Ringe unter stumpfen Augen, graue Wangen und schlaffe Arme, die wie Presssäcke vom Körper baumelten. „Jaja, du hast wohl recht. So ... sieht ... kein ... Armer aus ..." Ganz überzeugt war der zukünftige Schwiegervater noch nicht, zu unglaublich schien das, was er da gehört hatte. Er nahm sich deshalb vor, den zukünftigen Schwiegersohn auf die Probe zu stellen. Er spitzte seinen Mund zu einem Mündchen und schickte ein Gerüchtchen auf die Reise, dass irgendein Sterndeuter irgendwann mal vorausgesagt habe, seine Tochter werde mit dem vermählt werden, der eine Pflanze, die reines Gold wert sei, neben das Gutshaus pflanze.

Der Prinz lachte sich halbtot! Sein Schwiegervater – fast war es so weit – war ihm in die Falle gegangen. Schnell lief er in seinen Garten und grub dort seinen mächtigsten Brennnesselstrauch aus. „Er wird euch nicht erkennen", flüsterte er seinen Brennnesseln zu. „Er hat euch schon vor langer Zeit von seinem Besitz vertrieben und ausgerottet. Auf reichem Land darf doch kein Unkraut stehen! Hoho!" „Werter Herr", begann der Prinz seine Werbung, „die Kunde berichtet, dass der Eure Tochter zur Frau bekäme, der eine Pflanze wie pures Gold neben Euer Haus setzt. Lange konnte ich mein Geheimnis bewahren, doch nun ist der Moment gekommen, es für Euch zu lüften: Ich besitze eine solche Pflanze. Und für Eure Tochter will ich sie Euch schenken." „Gut, grab sie nur dort draußen ein", antwortete der Bauer und ließ sich seine Erregung nicht anmerken. „Dann werden wir schon weitersehen." Der Prinz grub seinem Brennnesselstrauch dicht am Haus ein Loch, wo nicht allzu viel Licht hinkam.

„Ach, etwas Wichtiges hätte ich fast vergessen", sagte der Prinz. „Ihr müsst jeden, der keine unschuldigen Hände hat, davor warnen, meine Pflanze zu berühren. Der Teufel höchstpersönlich wird sie ihm verbrennen. Ihr aber, werter Vater – ich darf doch so sagen –, dürft natürlich jederzeit ihr Gold ernten!" Kaum war der Prinz auf sein Armenschloss zurückgekehrt, rief der Bauer seine Bediensteten zu sich: „Wer von euch hat reine, unschuldige Hände?" Etwas empört traten alle einen Schritt vor und hielten ihre Hände hoch: „Ich!", rief ein jeder. „Das habe ich auch von euch erwartet. Ihr geht nun zu dem Strauch vor dem Haus und bringt mir davon ein Blatt. Aber nur eines." Es dauerte keine Minute, bis der Bauer ein jämmerliches Geschrei und Gewimmer von draußen hörte, dass ihm ganz angst und bang wurde. „Sapperlot, da scheint was Wahres an der Geschichte dran zu sein."

Mit dick geschwollenen, glühend roten Händen kamen die Knechte und Mägde zurück. „Die Blätter sitzen fest wie angenagelt", verteidigte sich der eine.

„Sie haben laut gebettelt, nicht abgerissen zu werden, da hab ich mich erbarmt", rief eine andere. „Lumpenpack!", schrie der Bauer und holte seine Peitsche. „Kein Einziger von euch hat unschuldige Hände, das ist es!" Und er jagte alle aus seinem Haus. Natürlich wusste er, dass auch seine Hände nicht gerade die reinsten waren, aber der Gedanke, dass nur ein paar Meter von ihm entfernt eine unerschöpfliche Goldquelle lag, machte ihn fast verrückt. Sobald die Dunkelheit Haus und Land in ihren schwarzen Sack gesteckt hatte, schlich er zum Busch, um sein Glück zu versuchen. „Vielleicht geschieht ein Wunder", hoffte er. Um unentdeckt zu bleiben, war er ohne Licht hinausgegangen – schon sah er die silbrigen Blätter leuchten, die sich sogleich in goldene verwandeln würden, noch ein Schritt ... ZACK, KLESCH – gab's ein fürchterliches Gepolter, einen schrecklichen Schrei wie von tausend Teufeln, ein Knacksen und Rascheln: Die Knechte und Mägde hatten nach ihrer „Goldsuche" in Panik ihre Schaufeln und Besen und Mistgabeln fallen gelassen, über die ihr Herr beim Anpirschen gestolpert war. Und nun lag er mitten in den Brennnesseln!

„Ich habe gehört, werter Schwiegerpapa, dass Euch eine seltsame Krankheit über Nacht ereilt hat. Hoffentlich nachdem Ihr meinen Goldstrauch ausprobieren konntet. Und? Seid Ihr zufrieden mit dem Gold?"
„Äh, ja, es geht, es geht. Ich werde es mir überlegen, ob du würdig bist, die Tochter eines Mannes mit so reinen Händen zu heiraten."

„Überlegt nicht zu lange, es warten viele, die meinen Strauch auch haben wollen!" Der Prinz wollte schon zur Tür hinaus, als er sich nochmals umdrehte. „Übrigens, ich habe Euch ein Geschenk mitgebracht." Und er holte aus seiner Rocktasche einen Strauß junger Brennnesseln. Der Bauer starrte ihn entsetzt und fassungslos an – das Kraut, das ihn gestern Nacht so verbrannt hatte! „Oh, danke, zu lieb von dir, aber im Moment sind schon alle Kisten voll mit Gold. Nimm du nur, du brauchst es jetzt, lieber Schwiegersohn, du brauchst es!" Keine Woche verging, da wurde Hochzeit gefeiert und der reiche Bauer konnte nicht umhin, seiner Tochter als Mitgift eine Kiste voll Gold, metallenes Gold, zu schenken.

Der Bauer wurde aber dadurch getröstet, dass seine „Goldquelle“ hinter dem Haus wuchs und wuchs und wuchs ...

Und er ist sicher noch nicht gestorben, denn er trinkt jeden Morgen eine Tasse „heißes Gold“!

Das Märchen von der Unzufriedenheit

Jemand wollte einem anderen eine Geschichte erzählen, die begann mit: „Es war einmal ein sehr unzufriedener Mann.“

„Wie bitte?“, rief einer, der zufällig dazu kam und den Beginn mitangehört hatte. „Was meinst du mit ES WAR EINMAL? Und was meinst du mit EINEM unzufriedenen Mann? Willst du uns auf den Arm nehmen?!“

„Ich erzähle ein Märchen. Nichts weiter. Du kannst es glauben, oder nicht. Das überlasse ich dir! Und jetzt unterbrich mich nicht mehr.“

Schon war ein Dritter stehen geblieben und sagte: „Er hat Recht. Solche Geschichten können gefährlich sein – ob sie nun wahr sind oder nicht!“

Nun hatte sich bereits eine kleine Ansammlung gebildet, die heftig darüber diskutierte, ob es in diesem Land überhaupt möglich war, ein Märchen über einen Unzufriedenen zu erzählen, denn das hieße ja, dass die Geschichte zwei Drittel der Bewohner dieses Landes beträfe.

Zehn Minuten später standen an die hundert Menschen zusammen und es wurde lautstark über die politische Situation und über diejenigen diskutiert, denen man solche Geschichten zu verdanken hatte.

Dann landete die erste Handtasche auf dem Kopf eines jungen Uniformierten, geschwungen von einer alten Dame, die aufgeregt schrie, sie hätte noch ganz andere Zeiten und ganz andere Menschen erlebt, und dann bewegte sich ein Fuß in Richtung eines Popos und eine Handfläche in Richtung einer Wange und ehe man sich versah, war eine Schlägerei im Gange. Dann heulten die Sirenen und dann schlagstockten Polizisten und später am Abend fragte ein Kommissar den vermeintlichen Anführer des Aufruhrs: Was war denn das nun eigentlich für eine Geschichte?

Und der Mann begann noch einmal, mit einigen Stunden Verspätung und trotz eines schmerzenden blauen Auges, mit seiner Geschichte über einen unzufriedenen Mann.

„Also ... es war einmal ein unzufriedener Mann. Nichts passte ihm, nichts konnte man ihm recht machen und alles, was auch nur den geringsten Anschein von Freude, Lachen und Hoffnung trug, wurde von ihm sofort mit einem aschgrauen Tuch überzogen. Aber wie die Sonne zum Morgen gehört zur Unzufriedenheit auch die tiefe Überzeugung, dass alle, nur nicht man selbst, daran schuld seien, dass sich das Glück nicht und nicht bei einem blicken lasse.

‚Warum schenkt mir das Leben nur Pech und Verdruss', maulte er vor sich hin, ‚während alle anderen sich daran erfreuen dürfen. Das nennt man dann Gerechtigkeit!'

Einer, der dieses Gejammere nicht mehr hören konnte, sagte: ‚Wenn du unzufrieden bist, gibt es nur einen Einzigen, bei dem du dich beschweren kannst: bei Gott. Der wird dir sicher helfen!'

Diese Idee fand der Unzufriedene gar nicht so übel: ‚Ja, warum eigentlich nicht! Gott ist ja derjenige, der für Glück oder Unglück zuständig ist. Der hat mich vielleicht all die Jahre übersehen oder verwechselt mich mit jemandem!'

Er machte sich unverzüglich auf den Weg zu Gott, der, wie ja jeder weiß, in fast jeder Kleinstadt schon eine Niederlassung hat.

Unterwegs traf er einen Bären, einen großen, braunen, schrecklich abgemagerten Bären.

‚Ich hab solchen Hunger', jammerte das Tier, ‚aber kann einfach nichts zu fressen finden. Wo immer ich auch hintapse, alles flüchtet vor mir. Wenn ich nicht bald was zwischen die Zähne kriege, sterbe ich!'

Der unzufriedene Mann dachte sich, man braucht sich nur auf den Weg zu machen, und schon trifft man welche, denen es noch schlechter geht.

‚Hör zu, Bär, dir scheint es ja noch schlechter zu gehen als mir. Ich bin gerade auf dem Weg zu Gott, um ihm mal gehörig die Meinung zu sagen und mir mein Glück abzuholen. Wenn's dir recht ist, leg ich auch für dich ein gutes Wort ein!'

Mit einem Hauch von – ja, von gerade so etwas wie Freude, einen noch Ärmeren als sich selbst getroffen zu haben, rannte der Mann weiter.

Da kam er an einem prachtvollen Garten vorbei, in dem ein ebenso prachtvolles Haus stand. Dieser Anblick stimmte ihn gleich wieder etwas missmutiger, weil er sich ein solches Haus und einen solchen Garten schon immer gewünscht hatte, und seine Wut auf Gott, der ihm dieses Glück vorenthielt, schwoll wieder an – als er ein Weinen hörte. Er blieb stehen und entdeckte ein Mädchen, das übertraf das Prachtvolle des Gartens und des Hauses bei weitem: Noch nie hatte er derart Schönes und Anmutiges gesehen.

‚Aber was ich nicht verstehe', dachte er, während er sich ihr näherte, ‚wie kann jemand, der so wunderschön ist, der in einem derartigen Garten und Haus wohnt, nur so traurig sein und weinen? Da muss sehr Schlimmes dahinterstecken!'

Als der Mann dem Mädchen entgegentrat, hielt sie inne und starrte ihn aus ihren verweinten Augen an.

‚Liebe Frau', wandte sich der Unzufriedene an das Mädchen, ‚sagen Sie nichts. Ich weiß alles. Auch Ihnen scheint Gott etwas vorzuenthalten, was Ihnen eigentlich zustünde. Um da mal Ordnung zu schaffen, bin ich gerade auf dem Weg, ihm mal gehörig die Meinung zu sagen und mir mein Glück abzuholen. Wenn's Ihnen recht ist, leg ich auch für Sie ein gutes Wort ein!'

Verglichen mit der armen Haut geht's mir ja noch richtig gut, dachte sich der Mann und beschleunigte seinen Gang, um bald vor Gott treten zu können.

In der Ferne sah er schon das Büro Gottes glänzen, als er durch ein Wäldchen kam, das durch irgendetwas Außergewöhnliches seine Aufmerksamkeit auf sich zog. Er blieb stehen und entdeckte wahrhaftig etwas höchst Eigenartiges: Inmitten einer Gruppe von prächtig blühenden Bäumen stand ein einsamer, blätterloser Baum mit hängenden Ästen.

Jetzt verstand der Mann auch, warum ihn dieses Bild zum Stehenbleiben verführt hatte: ‚Dem geht es ge-nauso wie mir. So ein armes Schwein. Das Unglück des Welkenden wird durch das Glück des Blühenden noch viel dramatischer.' Und er rief dem Baum zu: ‚Keine Sorge! Da ich sowieso schon bei der großen Abrechnung mit Gott bin, werde ich das für dich gleich miterledigen. Wir Unglücklichen müssen doch zusammenhalten!'

Fast hätte man es ein Lächeln, zumindest eine Andeutung eines Lächelns nennen können, das der Unzufriedene auf seinem Gesicht trug, als er nun mit großen Schritten seinem Ziel entgegenlief.

‚Sodala', sagte der Mann und ballte schon einmal seine Fäuste, ‚jetzt wird abgerechnet!' Und er trat durch das hohe Tor in das Büro Gottes.

‚Ja, bitte?', fragte Gott erstaunt, als sie den Unzufriedenen sah, der sich mit verbissenem, wutentbranntem Gesicht vor ihr aufzupflanzen begann.

Na, das hätte ich mir ja denken können! Kein Wunder, dass hier nichts funktioniert, wenn eine Frau am Steuer sitzt!, dachte er. Und laut sagte er äußerst unfreundlich: ‚Du scheinst mich wohl vergessen zu haben! Aller Welt schenkst du Glück und Zufriedenheit, nur mir nicht! Ich verlange, dass du mir jetzt und auf der Stelle das gibst, was mir zusteht!'

Schweigend wies Gott mit ihrer Rechten auf die große Uhr, die über dem Eingang hing, und sagte sehr gelassen: ‚Sorry, mein Freund, aber erstens ist es zwei Minuten nach sechs und um sechs will auch Gott einmal ihre Ruhe genießen. Und zu deiner Anfrage, mein Freund: Es ist dein Pech, wenn du blind und vergrämt durch die Welt läufst und nicht bereit bist zu erkennen, welche Schätze ich täglich vor deine Füße werfe. Ich würde dir raten, du bewegst deinen Arsch so rasch als nur irgendwie möglich aus meinen Augen, bevor ich es mir anders überlege und meinen kleinen Bruder anrufe, damit er schon mal ein Feuerchen für dich schürt. Und jetzt hau ab und such dir dein Glück gefälligst selbst!'

Der unzufriedene Mann war fassungslos – so hatte noch niemand gewagt mit ihm zu reden. Wortlos machte er kehrt und ging zum Tor, als ... als ihm Gott nachrief: ‚He, du Schwachkopf, hast du vergessen, was du deinen Freunden, die dir auf dem Weg hierher begegnet sind, versprochen hattest? Weil du aber sowieso gleich alles wieder vergessen würdest und weil ich außerdem keine Sekunde meiner kostbaren Freizeit mehr mit dir verschwenden will, habe ich dir alles auf einem Zettel aufgeschrieben.'

Der Mann riss den Zettel an sich, warf Gott noch einen letzten bösen Blick zu, sagte: ‚Ich gehe jetzt und suche mein Glück, aber ich sage dir gleich, wenn ich es nicht finde, komme ich wieder!', und rannte zurück, da er nicht noch länger auf sein Glück verzichten wollte.

Als er bei dem armseligen, verkümmerten Baum vorbeikam, stoppte er und fischte den Zettel aus der Tasche. ‚Ich soll dir ausrichten, du sollst nicht so wehleidig sein: Gott könne sich noch gut daran erinnern, wie stolz du warst und vor deinen Brüdern und Schwestern prahltest, dass man dich auserwählt hatte, neben deinem Stamm tief in der Erde einen Schatz zu vergraben. Aber weil der jetzt schwer auf deinen Wurzeln lastet, geht's dir schlecht. Doch du kannst beruhigt sein: Es wird jemand kommen, den Schatz finden und dann wirst du wieder blühen.'

‚Wahnsinn, hab ich ein Glück!', rief der Baum.

‚Na, nach Glück siehst du nicht gerade aus', grinste der Unzufriedene hämisch.

‚Wieso! *Du* bist ja gekommen und kannst den Schatz ausgraben!'

‚Dir geht's wohl nicht gut?! Ich hab doch keine Zeit, hier in der Gegend herumzubuddeln? Ich muss mein Glück suchen!'

Und kopfschüttelnd über so viel Unverschämtheit rannte der Mann weiter.

Schon von weitem hörte er das Schluchzen und Weinen des Mädchens. ‚Jetzt beruhige dich', sagte er unwirsch, setzte sich ungeduldig neben das Mädchen und las, was Gott ihm für das arme Ding mitgegeben hatte.

‚Gott schreibt, es sei dir alles in die Wiege gelegt worden, was sich im Glücksregal hatte finden lassen. Aber was nützen Schönheit, Reichtum und Güte, wenn du niemanden an der Seite hast, mit dem du dieses Glück teilen kannst. Was dir fehlt, ist Liebe. So einfach ist das. Aber ich soll dir ausrichten, die Liebe wird kommen, sie wird eines Tages neben dir stehen.'

Das Mädchen hörte auf zu weinen und auf ihrem Gesicht erschien ein unwiderstehliches Lachen.

‚Wie wunderbar Gott doch ist!', strahlte es.

‚Na, das sehe ich anders! Was soll da Wunderbares daran sein?!'

‚Gott hat mir dich geschickt. Du bist der Mann, auf den ich gewartet habe!'

‚Aber hallo! Moment mal. Dazu gehören doch wohl zwei. Ich habe etwas äußerst Dringendes vor, ein Riesending: *Ich muss mein Glück suchen!* Verstehst du?! Wenn ich es gefunden habe, kann ich ja mal wieder vorbeischauen. Ciao!'

Und kopfschüttelnd über so viel Unverfrorenheit rannte der Mann weiter.

Schon etwas außer Atem erreichte er schließlich den Bären. ‚Das ist aber lieb von dir', sagte das Tier mit schwacher Stimme, ‚dass du mich nicht vergessen hast!'

‚Ja, ich war bei Gott und er hat mir auch für dich etwas mitgegeben.' Und während der Mann in seinen Taschen nach dem Zettel suchte, erzählte er dem Bären, was er auf seinem Weg bisher erlebt hatte. Erzählte von diesem unverschämten Baum und dem unverfrorenen Mädchen.

‚So, hier habe ich es: Hier steht, es täte Gott leid, dass du so viel Hunger hast leiden müssen, aber dafür wird sie dir eines Tages einen großen, saftigen und saudummen Menschen schicken, der sein Glück einfach nicht sehen will. Und sie schreibt, sie wünscht dir guten Appetit.'

Nach einer kurzen Nachdenkpause sagte der Mann: ‚Hm, das verstehe ich nicht ganz.'

‚Ich schon', antwortete der Bär. ‚Es tut mir echt leid, aber ich nehme an, dass kein Dümmerer als du jemals wieder bei mir vorbeikommen wird. Und wenn Gott das so schreibt, wird es auch so stimmen ...' Und kurze Zeit später war der Bär nicht mehr hungrig ..."

Der Kommissar und noch ein paar andere auf der Polizeistation, die sich um den Erzähler während seiner Geschichte versammelt hatten, starrten den Mann an.

„Das ist wirklich eine gefährliche Geschichte", sagte der Kommissar endlich, „denn sie ist – wahr. Verdammt wahr. Ich werde sie deshalb in Schutzhaft nehmen müssen, damit ihr nichts geschieht. Aber es wird der Tag kommen, an dem solche Geschichten unseren Leuten das Glück und die Zufriedenheit wieder zurückbringen werden ..."

(Mit Motiven eines Volksmärchens aus Estland)

Erbse, Tisch und König

Teil I

Es waren einmal eine Erbse, ein leerer Tisch und ein nackter König. Das Schicksal, so unglaublich es auch klingen mag, hatte die drei zusammengeführt. Und das kam so:

Kaum war die Prinzessin, die man ja von der unglaublichen Geschichte mit der Erbse kennt, zur Königin gewählt, entpuppte sie sich als grausame Herrscherin, die ihrem Volk hart zusetzte.

Das königliche Schloss zu stürmen, das ungerechte Herrscherpaar vom Thron zu stürzen, war unmöglich, doch wollte das Volk irgendein Zeichen der Empörung setzen.

Nun wusste man aus den Erzählungen der Alten, dass der Königin liebster Schatz eben jene Erbse war, der sie die Thronbesteigung zu verdanken hatte. Einem wackeren Handwerksburschen gelang es nun wahrhaftig, das

Gemüse, das auf rotem Samt gebettet war, aus der Kunstkammer zu rauben.

Die Erbse wurde, unter dem Gejohle des tobenden Volkes, zum Richtplatz in der Nähe des Flusses gebracht, dorthin, wo Woche für Woche der Scharfrichter die Urteile der grausamen Königin zu vollstrecken hatte.

Der beste und mutigste aller Scharfrichter war angereist, die Erbse in Stücke zu spalten. Er hob das Beil, schon sauste der Arm herab und traf die Erbse. Aber – und dies hatten die Aufrührer nicht bedacht – die Erbse war hart wie Stahl, wie sonst hätte ein Mensch – und sei es eine Prinzessin – sie unter zwanzig Matratzen und zwanzig Eiderdaunendecken erfühlen können. Vom Beil nur am Rande getroffen, wurde die Erbse in die Luft geschleudert, hoch in die Luft, tausende Augenpaare folgten ihr atemlos, bis die Ursache aller Tyrannei mit einem „Platsch“ in die Fluten des Flusses einschlug.

Dies, doch davon nur ein Satz, war der Beginn einer Revolution, die das Ende der Königsherrschaft bedeuten sollte …

Dass sie ein zweites Mal die Geschichte des Königreiches beeinflusst hatte, ahnte die Erbse nicht. Gemütlich schaukelnd zog sie dem Meer entgegen. Doch nicht lange sollte ihr Friede gegönnt sein, denn schon nach kurzer Seereise kam es zur Begegnung mit einer Ente, die das Gemüse zusammen mit einer Fliege und einem Gänseblümchen kurzerhand und sehr respektlos verspeiste.

Fliege und Gänseblümchen mögen verzeihen, die Aufzeichnungen ihrer Schicksale wären durchaus auch erzählenswert, würden aber den Rahmen dieses Märchens sprengen, weshalb darauf verzichtet wird …

Am Flussrand lag ein nackter König. Fast nackt – ein Stückchen Hermelin, seine Lenden zu bedecken, war alles, was die Revolution ihm gelassen hatte. Ein böser Streich zweier Betrüger, die sich als Weber eines ganz besonderen Stoffes ausgegeben hatten, eigentlich nur als Scherz mit dem eitlen König gedacht, hatte in diesem Königreich dazu geführt, den König von seinem Thron, aus seinem Reich zu verjagen.

Jetzt lag er am Flussrand und hatte Hunger. Da sah er eine fette Ente daherschwimmen und mit Hilfe seines Hermelins als Lockvogel gelang es ihm, die Ente zu erbeuten. Nun saß er mit dem fetten Tier da und wusste nicht, was tun. Wann hatte ein König jemals mit der Zubereitung von Speisen zu tun gehabt?! So machte er sich auf den Weg und erreichte bald ein Wirtshaus, in das er eintrat.

Der Wirt staunte nicht schlecht, als er den nackten König sah (die Krone trug er noch am Kopf als Zeichen seiner Würde). Doch hatte er Mitleid und obendrein lockte das Angebot, die Ente gemeinsam zu verspeisen. Er zog den vertriebenen Monarchen in die Küche und holte ihm aus der Abstellkammer einen alten, wackeligen Tisch und hieß ihn niedersitzen.

Nun saß der nackte König an einem Tisch, der einst ein ganz besonderer war. Vor vielen Jahren war er in die Abstellkammer des Wirtes gekommen. Ein junger Bursche hatte ihn bei sich getragen und eine abenteuerliche Geschichte erzählt: dass er ein Zaubertisch sei, der Speisen und Getränke auf einen Spruch hin schenkt – was natürlich niemand glaubte. Er selbst sei der Sohn desjenigen, der den Tisch gewann, der ihm und seiner Familie großen Reichtum eingebracht hätte. Doch sei die ganze Familie, der Großvater und seine drei Söhne, einem Raubverbrechen zum Opfer gefallen, und alles, was ihm, dem Sohn und Enkelsohn, geblieben sei, war dieser Tisch gewesen. Doch ohne Zauberspruch, den er nie erfahren hatte – war er doch erst ein Jahr alt, als die Mordtat geschah – funktionierte das Tischlein nicht.

Damals hatte der Wirt Erbarmen mit dem Verrückten gehabt und ihm für das Tischchen eine Woche Quartier und Essen geboten. „Majestät, wohl bekomm's", lachte der Wirt und stellte dem nackten König die gebratene halbe Ente auf den Tisch.

Gierig biss der König in den Braten – schrie voll Schmerzen auf – und spie neben seinem Zahn auch etwas Eisenhartes auf den Tisch. „Eine Erbse, hart wie Stahl?!", rief er und konnte es nicht fassen.

Und niemand, weder Erbse noch Tisch, weder der König noch der Wirt, auch der Herd nicht, nicht die Fliegen, weder Suppentopf noch Fenster ahnten, welch unglaubliche, unfassbare, ja wahrlich märchenhafte Fügung die drei hier zusammengeführt hatte ...

Das Wunderding

Ein kleines Land wie Luxemburg bekommt auch nur eine ebenso kleine Geschichte ... also, hört zu:

An den Hof des Grafen von Luxemburg kam, während der Herr auf Jagd weilte, ein französischer Händler und ließ der Frau Gräfin ausrichten, diesmal hätte er ihr etwas ganz Besonderes anzubieten!

Neugierig geworden empfing die Gräfin den Händler, der ihr eine edle Holzschatulle in die Hand legte und sie aufforderte, diese in einem bestimmten Winkel zu halten und dann zu öffnen.

Als sie den Deckel geöffnet hatte, stieß Ihre Durchlaucht einen spitzen Schrei aus, klappte das Kistchen sofort wieder zu und bekreuzigte sich.

Völlig ungehörig lachte der Händler laut auf, nahm das Geschenk, hielt es nun mit seinen Händen vor das Gesicht der Gräfin und öffnete dann nochmals vorsichtig und langsam das hölzerne Behältnis.

Verunsichert, aber doch neugierig öffnete die Gräfin ihre Augen und wagte nochmals einen Blick in das Innere. Und begann nun auch zu lachen! „Das ist ja unglaublich!", rief sie entzückt aus, „ich weiß zwar weder, was es ist, noch, wie es funktioniert, aber so etwas muss ich unbedingt haben!"

Der Händler zog glücklich mit einem Beutel voller Goldmünzen für die Schatulle weiter und die Gräfin zog sich glücklich mit ihrem Kästchen in ihr Schlafgemach zurück und ließ den Deckel zu diesem Zauberding nicht mehr zur Ruhe kommen!

Ganz früh morgens am nächsten Tag kehrte der Graf von Luxemburg von seinem Jagdausflug zurück, schlich in das Schlafzimmer seiner Gemahlin, die im Schlaf glücklich vor sich hin säuselte, und entledigte sich seiner Kleider. Da entdeckte er beim Fenster, in dem soeben die ersten Strahlen des neuen Tages erschienen, eine edle Holzschatulle, die er nie zuvor gesehen hatte.

„Was ist denn das?", fragte er sich verwundert und zehenspitzte zum Fenster. Er nahm das Kästchen, öffnete es vorsichtig und starrte hinein. „Ich dachte es mir ja", murmelte er wütend, „sie hat einen Liebhaber! Der einzige Trost – er sieht erbärmlich aus!"

Zornig warf er den Deckel zu und warf die ganze Schatulle auf den Boden.

Und im Inneren zersprang das Wunder in tausend Stücke: ein Spiegel ...

(Mit Motiven einer flämischen Geschichte)

Estragon

Die Leute sagen: Die großen Drachen starben aus, weil die Jungfrauen sich nicht mehr verfüttern lassen wollten.

Die Menschen atmeten auf.

Die Wahrheit aber ist: Drachen waren von Beginn ihres Erdenlebens an Vegetarier. Sie fraßen Blätter, Blüten, Rinden und Pilze. Die Menschen aber verlachten die großen Viecher, weil sie grüne Blättchen fraßen, und trieben dumme Späße mit ihnen. So lange, bis es den Drachen reichte und sie sich wehrten. Sie husteten den Menschen etwas, das heißt, sie spien ein bisschen Feuer, versengten dabei Haarschöpfe oder brannten auch mal ein kleines Dorf nieder.

Und weil die Menschen aus kleinen Feuerchen gern riesige Brände machen, entstanden wilde Geschichten über schreckliche Drachen.

Auch die Geschichte mit den Jungfrauen verhielt sich natürlich ganz anders: Die Drachen dachten, reine, unschuldige Wesen würden sie verstehen, würden ihr zartes Wesen erkennen, und deshalb verlangten sie mit Vorliebe nach jungen Damen. Die Drachen hatten Recht: In den meisten Fällen verliebten sich die Mädchen in die großen Tiere und blieben freiwillig bei ihnen. Äußerst selten kam es vor, dass durch heftiges Küssen und Umarmen eine Jungfrau verstarb – im Allgemeinen waren die Drachen trotz ihrer Größe sehr zärtlich und behutsam.

Nun also ist die Wahrheit über den Verbleib der großen Drachen ausgesprochen.

Plötzlich tauchte ein winzig kleiner Drache auf, kaum größer als ein Dackel, aber er benahm sich wie seine großen Vorfahren. Er raste auf seinen Stummelbeinchen durch die Dörfer, immer auf der Suche nach etwas Fressbarem – so sah es zumindest aus.

Daher wundert es nicht, dass ihre Nachfahren, die Dackeldrachen, nicht nur zwergenhaft, sondern auch von schlechter Gesundheit waren. Besonders eine Krankheit machte ihnen zu schaffen: Sie litten unter ständigem Schluckauf. Alle sieben Sekunden schoss ein Feuer strahl, winzig wie ein Streichholzflämmchen, aus dem Mund, und ihre Körper hoben bei jedem „Hicks" ein bisschen vom Boden ab.

Wenn der Dackeldrache vor lauter Bauchgrimmen und Halsbrennen durch die Dörfer raste, sah es wirklich furchterregend aus. Er bewegte sich ja nicht nur vorwärts, sondern durch den Schluckauf auch nach oben. Und der Grund seiner Raserei war nicht etwa ein Biss in die Waden der Menschen, sondern die Suche nach Hilfe.

Aber alle liefen sofort in ihre Häuser und ließen sich nicht mehr blicken.

Der Dackeldrache hatte in einem sehr alten Buch, einem Erbstock einer Urgroßtante, die noch ein richtig großer Drache gewesen war, über einen „wahren Freund" des Drachengeschlechts gelesen. Von allen Kräutern, Blättern, Wurzeln war ihnen der Estragon am liebsten. Drachen liefen hunderte Kilometer für ein Stängelchen des feinen Krauts. Es war ihnen höchster Genuss, daran zu lutschen, es zu kauen, ja sie flochten sogar Kränze daraus und hängten sie sich um die Ohren. In dieser Geschichte stand auch, dass der Estragon das allerbeste

Mittel gegen die typische Drachenkrankheit war: den Schluckauf!

„Dieses Kraut – hicks – muss ich unbedingt – hicks – haben", rief der winzige Drache. Aber wo sollte er es finden? Schon seine Mutter hatte nichts mehr darüber gewusst und war im blühenden Alter von dreihundertsiebenundvierzig Jahren jämmerlich an Schluckauf zugrunde gegangen. So raste der Dackeldrache über das Land, immerzu auf der Suche nach Estragon.

Einmal stand er wieder ganz armselig vor einer verschlossenen Tür und brüllte und spie Flämmchen und hickste und hopste, als ein Fenster aufging und ihm ein Topf mit irgendeiner Suppe auf den Kopf geworfen wurde. So weit war es mit dem stolzen Geschlecht der Drachen also schon gekommen! Die Suppe rann an dem Dackeldrachen herunter, es war ein erbärmlicher Anblick. Notdürftig säuberte er sich mit der langen Zunge den stacheligen Rücken, den gepanzerten Schwanz, das Gesicht und trottete kleinlaut davon. Trottete dahin, bis ihm plötzlich auffiel ...: „Ich muss ... ja nicht mehr ... hicksen! Mein Schluckauf ist weg!"

Inzwischen waren die Leute aus ihren Häusern gekommen und beglückwünschten die tapfere Frau, die den Drachen mit der Kohlrabisuppe besiegt hatte. Sie freuten sich aber zu früh, denn der Dackeldrache kam ins Dorf zurückgeschossen, feuriger, lauter, schneller als je zuvor! Er bremste bei dem Haus, vor dem der Suppenüberfall stattgefunden hatte, und untersuchte die Reste der Suppe. Er fand feingeschnittene Blättchen: „Das muss der Estragon sein!", jubelte er, dass die Fenster und Türen wackelten und die Leute vor Schreck erstarrten, welche Kraft in diesem Minidrachen steckte.

„Gebt mir das Kraut!", brüllte er mit schrecklich verstellter Stimme. „Dann lasse ich euch für immer in Ruhe!"

Nun wollte es das Schicksal, dass in eben diesem Haus eine Hochzeit bevorstand. „Die Braut will er, hört ihr, die Braut!“, jammerte die Familie.

„Das Kraut, aber sofort, sonst hole ich meinen großen Bruder und der wird euer Dorf zermalmen!“

„Wenn wir ihm nicht die Braut geben, wird großes Unglück über unser Dorf kommen.“ Und sie schoben die verängstigte Braut bei der Tür hinaus und wünschten ihr viel Glück.

Aber statt sie auf der Stelle zu fressen, kam der Dackeldrache ganz nah an sie heran und schmiegte sich an ihre hübschen Beine: „Bringst du mir das Kraut?“, säuselte er.

„Nein, ich bin die Braut.“

„Wie bitte, du bist Estragon?“

„Nein, ich heiße Helene.“

„Wieso Helene?“

„Wieso Estragon?“

So wäre es wahrscheinlich noch eine ganze Weile hin und her gegangen, wäre dem Drachen nicht plötzlich ein seltsamer Duft in die Nase gefahren. Er schnupperte, der Duft führte ihn unter den Rock der Braut, bis knapp übers Knie, wo im Strumpfband ein Büschel Blätter hing.

„Was is'n das?“, fragte der Dackeldrache.

„Das ist ... äh, wie soll ich sagen ...“, stotterte Helene und getraute sich nicht mit der Wahrheit heraus. Es war nämlich ein altes Zaubermittel, sich Estragonbüschel unter den Rock zu hängen, als Schutz gegen ... Drachen, Schlangen und ähnliches Getier. Als Helene endlich sagte: „Das ist Estragon!“, schlug der Minidrache vor Freude einen Salto und klatschte in die Pfoten!

Von diesem Tag an bekam er einmal in der Woche ein riesiges Büschel Estragon, hatte nie wieder Probleme mit Schluckauf und wurde der allseits geliebte Dorfdrache.

Vom Zauber der Geige

Wer jemals miterlebt hat, wie ein Musikant und sein Instrument es schaffen, mit ihren Tönen alle Fragen über Schönheit, Reichtum und Last der Schöpfung mit einer Melodie zu beantworten, hat einem Ungarn und seiner Geige gelauscht …

Und wenn diese Klänge nun tief in die eigene Seele eindringen und dort die Saiten der Fantasie zum Schwingen bringen, wird, verborgen hinter den von virtuosen Musikerfingern hervorgeholten Tönen, die Geschichte der Geige zu hören sein, ihre Geschichte, die nicht die Geschichte eines genialen Instrumentenbauers mit seinen Plänen, hunderten Versuchen und logischen physikalischen Erklärungen sein kann, sondern die ein Märchen, ein fantastisches, wunderschönes Märchen sein muss!

Das Märchen führt uns nach Ungarn, genauer in die hügelige Gegend rund um Kecskemét. Es führt uns an einen Waldrand, in eine armselige Hütte, in der ebensolche Bauersleute leben. Es sind gute Leute, die Gott vertrauen und trotz ihrer Armut nie klagen. Fast nie klagen: Nehmen sie es ohne Murren hin, dass der Schöpfer ihnen einen größeren Acker, zwei statt ein Stück Vieh, ein paar Stunden weniger harter Arbeit verwehrt, so ist es hart und bitter und schwer zu verstehen, dass auch ihr allergrößter Wunsch, der Wunsch nach einem Kind, nicht und nicht in Erfüllung gehen will.

„Gott weiß, warum“, sagt der Mann.

„Warum?“, sagt die Frau und geht in den Wald, um still und einsam zu weinen über ihr Schicksal.

Da kommt ihr eines Tages an der Lichtung, wo normalerweise nur das Johanniskraut wild in die Höhe schießt und, so lange sie hier lebt, noch nie irgendeine Seele zu erblicken gewesen war, ein altes Weib entgegen.

Es kommt direkt auf die Bauersfrau zu und sagt, ohne einen Gruß, ohne eine Frage, so als wäre sie einen weiten Weg gegangen nur für diese Begegnung mitten im Wald bei dem Johanniskraut: „Du sollst nicht mehr weinen müssen. Du gehst nach Hause und pflanzt diesen Samen in die Erde hinter eurem Haus. Schon am nächsten Morgen wirst du eine Frucht ernten können. Sieben Nächte später, wenn der volle Mond über dem Wald erscheint, schneidest du die Frucht in der Mitte entzwei, füllst beide Hälften voll mit frischer Stutenmilch, schließt die Frucht wieder und vergräbst sie genau dort, wo sie der Erde entsprungen war." Dann drückt ihr die Alte ein Samenkorn in die Hand und es reicht die Dauer eines erstaunten Blickes auf das seltsame Geschenk, um die Fremde wie vom Erdboden verschluckt verschwinden zu lassen ...

Die Bauersfrau hat nun ein Geheimnis, das erste Mal, dass sie etwas nicht mit ihrem braven Mann teilt. Sie pflanzt heimlich den Samen ein – und wirklich: Als die Sonne am darauffolgenden Morgen die armselige Hütte mit Goldstaub überzieht, liegt da auf der harten Erde eine Frucht, groß wie zwei Bälle, rosa schimmernd und rund, weich und appetitlich anzusehen. Rasch wird sie in Sicherheit gebracht unter einem Busch.

Sieben Tage später bittet sie im Dorf um eine Kanne Milch von einer Stute. Kann kaum erwarten, bis die Nacht endlich den Tag ablöst und über dem Wald der Strahlenkranz des vollen Mondes sichtbar wird.

„Geh du schon mal zu Bett", flüstert sie ungewohnt zärtlich ihrem Mann ins Ohr. „Muss nur noch schnell etwas besorgen, dann komme ich."

Nun ist die Mondlaterne voll entzündet – schnell die Frucht hervorgeholt, geöffnet, die Milch hineingeleert, verschlossen und in dem Loch versenkt, das schon, vorbereitet an der richtigen Stelle, auf das Geschenk gewartet hat.

„Was dieser seltsame Zauber wohl auf sich hat“, denkt sich die Frau und rennt zurück ins Haus, ihren Mann, der schon laut schnarcht, von den Toten zu erwecken und ihn heftig zu verführen – denn wenn es das ist, was der Frau das Herz laut pochen lässt, kann dieses letzte Stück der Hexenkunst sicher nicht schaden ...

„Ein Wunder!“, rufen Frau und Mann, als neun Monate und drei Tage nach dieser Vollmondnacht die Hebamme einen Jungen aus dem Leib der Frau hervorholt.

„Ich hab schon vielen hundert Menschlein zu Leben verholfen“, sagt die Helferin, „aber bei diesem war irgendetwas anders, das ich nicht zu benennen weiß. Ich werde für euch beten.“

Der Junge, Gergely, wächst heran, wird groß und schön und klug und stark. Dazu ist er auch noch tapfer, fleißig, erdverbunden und ein Freund zum Pferdestehlen.

„Die Bauersleute sind zu beneiden, so ein Sohn wird einem nicht alle Tage geboren!“ Ja, es gibt niemanden, der dies nicht so sieht, und niemanden, der den Leuten ihr Glück nicht gönnt!

Das Schicksal, Gottes Wille oder Hexenkunst verteilen nicht nur Geschenke, sie nehmen sich auch gnadenlos den Teil, der ihnen zusteht: Genau sieben Tage vor Gergelys siebzehnten Geburtstag reitet der Sensenmann auf den Strahlen des vollen Mondes in die Hütte am Rand des Waldes und holt sich Bauersfrau und Bauersmann – der Sohn findet sie am Morgen engumschlungen, friedlich lächelnd, aber mausetot in ihrem Bett. Niemand, am allerwenigsten Gergely, kann verstehen, warum das Schicksal oder Gottes Wille oder was es sonst noch gibt zwischen Himmel und Erde diese guten Menschen so bestrafen musste.

Doch wissen wir, dass ein einzelnes Stückchen Mosaik, das krumm, plump, farblos und so unbedeutend scheint, später, durch das Zusammenspiel mit seinesgleichen, ein ganzes, wunderbares Bild ergeben wird ...

Gergely verlässt die Hütte am Rand des Waldes und zieht los, die weiteren Mosaikstücke zu finden, von deren Existenz er noch nichts weiß, aber ahnt, das sie irgendwo auf dieser Erde bereits auf ihn warten.

Nach Jahren des Wanderns bei Sonne und bei Regen, der Erfahrungen, der guten und der schlechten, erreicht er eine Stadt. Als er gerade durch das Stadttor gehen will, wird er von Wärtern zurückgedrängt, die einer Reiterschar Platz schaffen, die sich auf das Tor zubewegt. Vier schwarze Pferde mit Soldaten drauf vorneweg, dann ein prächtiger Schimmel mit einem Mädchen und nochmals vier Pferde hinterdrein.

Wir halten die Szene kurz an und lassen dann die nächsten fünf Sekunden in Zeitlupe ablaufen, weil sie für das Mosaik so wichtig sind:

21: Der Schimmel kommt dort zum Stehen, wo Gergely steht.

22: Das Mädchen wendet seinen Kopf nach rechts unten und entdeckt den schönen jungen Mann.

23: Gergely hebt seinen Blick und sieht dem Mädchen in die Augen.

24: Das Mädchen verspürt ein noch nie zuvor erlebtes, geheimnisvolles, wunderbares, starkes Vibrieren, das vom Kopf über die Wirbelsäule hinunterpocht und sich im Beckenraum verliert.

In derselben Sekunde verspürt Gergely ein noch nie zuvor erlebtes, geheimnisvolles, wunderbares, starkes

Vibrieren, das vom Kopf über die Wirbelsäule hinunterpocht und sich im Beckenraum verliert.

25: Das Pferd setzt seinen Weg fort, das Mädchen wendet seinen Kopf und blickt wieder geradeaus, Gergely folgt mit seinen Augen dem Mädchen, bis es beim Tor um die Ecke biegt.

Die Zeit setzt ihren Weg ungehindert fort, Sekunde für Sekunde, doch für zwei Menschen scheint sie weiter stillzustehen.

Gergely steht am Tor und steht und weiß nicht mehr, warum er dort steht, weiß nicht mehr, warum er überhaupt hier ist, ja, weiß nicht mehr, ob er sich überhaupt noch auf Erden befindet oder irgendwo dort oben zwischen unsichtbaren Sternen im wolkenlosen Blau ...

Irgendwann erwacht Gergely. Und tritt endlich durch das Tor in die Stadt. Dort ist überall, wo er auch hinkommt, eine seltsame Aufregung zu spüren. Als er fragt, warum dem so ist, wird ihm sogleich erzählt, worüber alle reden: Der Fürst, der im Schloss am Rande der Stadt residiert, hatte gestern, am achtzehnten Geburtstag seiner Tochter, verkündet, dass er sich nicht ein übliches Brautwerben unter Prinzen, Rittern und Edelleuten vorstelle, sondern dass derjenige seine Tochter und den Thron erhalten solle, der – ungeachtet seines Standes – etwas zuwege brächte, was einzigartig sei und dem Wohl nicht nur der Stadt, nicht nur des Landes, sondern der ganzen Welt zu dienen habe!

Nur so zum Spaß, nur so nebenbei, fragt Gergely, ob es sich denn auszahle, sich als Freier zu bewerben – nicht des Reichtums wegen, sondern um zu erfahren, wie es um das Töchterchen bestellt sei!

„Der Thron, was zählt der schon!“, rufen alle Männer und lecken sich die Lippen. „Das Mädchen solltest du sehen!“

Und es folgt eine Beschreibung, die wiederzugeben Schwierigkeiten macht, weil es nicht nur Worte sind, sondern auch Gesten, Gurren, Händeklatschen.

Gergely wird plötzlich blass wie eine Schäfchenwolke, spürt, wie alle Kraft aus seinen Beinen weicht, und hält sein Herz, als könnte er damit das plötzliche Rasen stoppen: Jedes Wort, jede Geste, jedes Gurren und Händeklatschen beschreibt ... beschreibt das Mädchen auf dem Pferd. Seine Zukünftige. Die Geliebte. Die Mutter seiner Kinder. Das vollendete Mosaik der Welt.

Die Männer, die um den fremden jungen Mann herumstehen, meinen schon, dass er vor ihren Augen stirbt.

„Nein, habt keine Angst", stammelt Gergely, „ich war nur so berauscht von dem Gedanken, dass eine solche Aufgabe selbst einem armen Hund wie mir die Chance auf Fürstenthron und Eheweib gäbe. Ich will es sofort versuchen!"

Unter dem Gelächter seiner neuen Freunde stürzt Gergely davon, zum Stadtrand, wo das Schloss des Fürsten steht.

Als Gergely dort ankommt, ist er Kandidat Nummer einhundertundzehn ...

Vor ihm wartet zum Beispiel ein Mann mit riesengroßen Flügeln, hergestellt aus Holz, Leinen und Federn, der behauptet, damit könne jeder fliegen und wäre erst jeder mal ein Vogel, bräuchte es keine Städte, keine Häuser, keine Fürst... – äh, und überhaupt wäre alles dann viel besser!

Nummer sechsundsiebzig besitzt ein Samenkorn, von dem er sagt, in die Erde geworfen, wachse es in nur einem Tag und einer Nacht zu einem Baum samt Früchten – er verspreche jedem seine eigene Obstplantage!

Und ganz vorne, als Erster, steht ein Mann auf seinen Händen. „Dieses Kunststück bringe ich allen meinen Untertanen bei, ob Bauer oder Edelmann, denn nur für den, der die Welt verkehrt herum erlebt, ist diese verkehrte Welt erträglich!"

„Und was hast du dem Fürsten Besonderes zu offerieren?", fragen die fünfzehn Männer, die vor, und die achtundzwanzig, die schon hinter Gergely stehen und sich wundern, dass er weder etwas mit sich trägt, noch irgendetwas an ihm besonders ist, außer dass er mit verklärtem Blick zum Himmel starrt.

„Das werdet ihr schon sehen!", antwortet der Bursche selbstbewusst und träumt weiter vor sich hin.

Fürst und Hofstaat müssen schnell erkennen, dass diese ungewöhnliche Aufgabenstellung für Brautwerber der Prinzessin wohl ein Leben als alte Jungfer bereiten wird – einer nach dem anderen wird davongejagt (der eine fliegt, der andere rennt auf seinen Händen und da gibt's noch einen, der sich auf seiner Flucht mit einem kleinen Baum abmüht ...).

„Der Nächste!", heißt es. „Der Nächste!!", schreit es. „He, Träumer, du bist dran!"

Gergely stolpert in den Prunksaal, vor den Tisch mit den erlauchten Prüfern: tausende Gelehrte, der Fürst, die Fürstin und ... und die – dem armen Jungen schwindelt – und die Fürstentochter, die ihn sogleich als den erkennt, dem die Vibrationen, vom Kopf bis in das Becken, zu verdanken waren.

„Nun, Bursche", fürstet der Vater, „was hast du uns zu bieten. Rasch, denn es warten noch fünfundachtzig Kandidaten nach dir."

„Ich – ich – ich liebe Eure Tochter, das ist alles. Und ich meine, das ist sehr viel!"

„Das freut uns, doch wirst du damit sicher nicht die Welt zum Bessren wenden, wie die Aufgabe es nun einmal verlangt!"

„Lasst es mich nur versuchen, dann wollen wir es (und jetzt blickt er zur Geliebten und bekommt von ihr ein Lächeln, das man sich wünscht beschreiben zu können, für das es aber keine Worte gibt …), dann wollen wir es Euch schon beweisen, wie durch Liebe sich die Welt verändern kann!“

Den Damen unter den gestrengen Richtern treten Tränen in die Augen, sie flüstern, „ach, wie romantisch, ach, wie süß“, die Herren hingegen werfen sich Blicke zu, die ein klares Urteil fällen.

„Danke sehr. Der Nächste bitte“, hallt es durch den Saal.

„Habt Ihr nicht gehört! Ich liebe Eure Tochter und sie liebt mich. Habt Ihr nicht ihren Blick gesehen? Ich bleibe und koste es mich mein Leben!“

Der Minister für Heiratsfragen hat diese Art von Aufruhr bei einigen Kandidaten schon vorausgesehen und so genügt ein kurzes Zeichen in Richtung der Palastwachen, die Gergely in Sekundenschnelle abführen und ihn für ein paar Tage – dann wird er sich beruhigt haben – in den Kerker sperren.

Während vor dem Schloss der Strom der Bräutigame nicht mehr abreißt (der Fürst bereut schon längst den ausgefallenen Plan, kann aus politischen Gründen nun jedoch nicht kneifen und die ganze Sache widerrufen), schmachtet Gergely im finsteren Loch bei Brot und Wasser.

In der zweiten Nacht geschieht Unglaubliches: Das schwarze, stinkende Kerkerloch ist mit einem Mal von einem gleißenden Licht und einem geheimnisvollen Duft und einem fremden Klang erfüllt. Gergely muss sich zwei-, drei-, viermal die Augen reiben, um zu glauben, was, wie, wer da vor ihm steht: eine Gestalt, als wäre sie aus Sonnenstrahlen geschmiedet, als wär sie Blüte aus dem Paradies. Würde Gergely Märchen kennen, würde er wissen, dass ihm hier und jetzt eine Fee erschienen ist!

Er kann nicht sprechen, kann nicht schreien, kann nur zitternd auf das Wesen starren, das jetzt auch noch zu ihm spricht: „Gergely, Zauberkind, ich bin hier, um das nächste Stückchen für dein Mosaik zu bringen. Denn dein Gefühl hat dich nicht getrügt: Das Mädchen, die Fürstentochter, und du, ihr seid seit eurer Geburt füreinander vorgesehen! Ich erfülle nur einen Plan."

Nun geschieht noch viel Unglaublicheres: Die Fee zaubert aus ihrem Gewand etwas hervor – ein Kistchen aus Holz, seltsam geformt, und legt es Gergely in die eine, noch immer zitternde Hand. Dann zaubert sie ein Stöckchen hervor, geschnitzt aus demselben Holz, und legt es ihm in die andere Hand, die nun aufgehört hat zu zittern.

Aber des Spuks und Zaubers noch nicht genug: Vorsichtig zieht sie sich ein Büschel ihrer goldenen Haare vom Kopf, reicht sie dem Burschen und sagt: „Vier meiner Haare spannst du über das Kistchen, die anderen über den Stab wie bei einem Bogen."

Nachdem Gergely wie in Trance getan hat, was ihm befohlen, nimmt die Fee das Kistchen, zieht es ganz nah an ihr Gesicht und beginnt plötzlich bitterlich zu weinen. Wie Perlen schimmern ihre Tränen, die eine nach der anderen über das Kistchen rollen, um dann in seinem Inneren zu verschwinden.

Gerade will Gergely etwas sagen, helfen, seine Hand zum Troste reichen, als das Weinen sich mit einem Schlag zum Lachen wendet – einem Lachen, wie nur allerhöchste Freude zu erzeugen vermag, ein Jauchzen, Jubilieren, ein Strahlenkranz aus purem Glück geflochten –, es ist, als flöge dies alles durch die Öffnung in der Mitte in das Innere des Kästchens.

Schwerer als zuvor liegt nun das Ding wieder in Gergelys Hand.

„Denke an deine Geliebte, wie sie sich an dich schmiegt – so soll das Holzkistchen in deinem Nacken liegen. Denke daran, wie deine Finger zärtlich ihre samtene Haut liebkosen – so soll der Bogen über die Saiten streichen. Wenn dir dies recht gelingt, wird eine Musik erklingen, die dich und alle, die sie hören, mit einem Handstreich über alles Irdische hinweghebt. Du, der du vor zwanzig Jahren durch Wunderwerk entstanden bist, wurdest auserwählt, das, was wir gerade auch durch solch ein Wunderwerk erschaffen haben, den Menschen als Geschenk zu überbringen."

Gergely zögert, doch dann zeigt ihm die Erinnerung den Fünf-Sekunden-Zeitlupenfilm mit ihm und der Fürstentochter in den Hauptrollen, er setzt das Kistchen in den Nacken, hebt den Bogen und spielt. Spielt, als hätte er nie etwas anderes getan! Einem Vulkanausbruch gleich ergießen sich Töne, Klänge, Melodien über die kalte Erde, verwandeln die Dunkelheit des Kerkers in eine Orgie aus Licht und Farben, weiter durch die Gitter, ja, durch jede Mauerritze strömt es in die feuchten Gänge, die mit einem Mal wie nubische Oasen duften, erfassen die Wärter, lassen sie wie Kreisel durcheinanderwirbeln, weiter jagt der Sturm, bis er das ganze Schloss erfasst hat.

„Was hat das zu bedeuten?", ruft der Fürst, der gerade eben bei Kandidat Nummer zweihunderteins kurz eingenickt war und sich nun auf einen Narrenball versetzt vorkommt: Der gestrenge Hofstaat lacht, tanzt, jauchzt, weint gemeinsam mit den traurigen Gestalten der Brautwerbung.

„Woher kommt die Musik? Was spielt hier so, als wären wir alle im Paradies gelandet?"

Da wirbeln die Wärter des Gefängnisses herein und tirilieren, es wäre der freche Bursch, der freche Bursch, der von der Liebe gesprochen.

„So bringt ihn her", frohlockt der Fürst und küsst die Fürstin so heiß, wie er es vor neunzehn Jahren das letzte Mal getan hat.

Gergely wird von den Wärtern in den Prunksaal geführt. Alle sind nun wie erstarrt und warten auf eine Erklärung.

„Mein Fürst", beginnt Gergely. „Ihr habt etwas Einzigartiges verlangt, was zum Wohle aller Menschen dient. Nun – hört selbst und urteilt, was mein schlichtes Kästchen herbeizuzaubern vermag."

Gergely spielt. Und schon die ersten Töne sind so klar und deutlich, dass ein jeder versteht, wovon sie erzählen: von einer Hochzeit, die bald am Fürstenhof gefeiert werden wird ...

Und genauso kommt es: Gergely und die Fürstentochter werden ein Paar und bilden ein Mosaik von unsagbarer Schönheit!

Das Holzkistchen, das man bald „Geige" nennt, wird die ganze Welt erobern und nie mehr verstummen ...

(Mit Motiven eines Volksmärchens aus Ungarn)

Ich wollte dir von meinem Bussi erzählen

Es sitzt auf meinem Mund und wartet. Wartet, bis eine Wange vorbeikommt oder, wenn es Glück hat, ein anderer Mund.

Ja, mit seinen Bussis muss man sehr vorsichtig und sorgsam umgehen! Denn Bussis sind etwas Besonderes.

Wenn mein Bussi auf die Reise geht, nimmt es einen Rucksack voller Geschenke mit: Die Augen haben ihm einen Blick eingepackt, die Hände einen Streichler und obendrauf liegen noch ein paar liebe Worte.

Und wenn dann endlich eine Wange oder ein Mund vorbeikommt, ist das Bussi nicht mehr zu halten. Sprungbereit sitzt es auf dem Mund. Die Lippen ziehen sich wie ein Bogen nach vorne und dann saust das Bussi wie ein Pfitschipfeil los und trifft schmatzend genau ins Ziel. – Naja, fast immer ... Manchmal stolpert es und landet am Ohr oder im Nabel. Macht nichts! Pass auf! Jetzt schick ich dir ein dickes Bussi! Aber da läuft es weg!!!

Wo, wo, wo hat es sich versteckt???

Wie der Zauberer das Schicksal verzaubert ...

Kommt, ich habe hier das Schicksal für euch, das ich – ohne Zauber, ohne Tricks – nur allein durch die Kraft der Geschichte verwandeln werde. So wird es euch gelingen, dem Alltag, dem Blick der Gewohnheit, dem Selbstverständlichen zu entfliehen und damit eine wahre Wunderwelt zu erfahren ...

Auf einem kleinen Tisch hat der Zauberer seine Utensilien aufgebaut: Diesmal sind es ein Hut und ein Buch.

„Aus diesem Hut", sagt er, „könnte ich natürlich auch einen Hasen hervorholen, aber ..." – und er holt ein völlig verdattertes Häschen hervor, setzt es auf den Boden, wo es unsicher davonhoppelt – „aber das hätte keinerlei praktischen Wert."

„Vielmehr möchte ich euch fragen: Ist es Zufall oder Schicksal, dass ihr in diesem Augenblick hier seid?"

Einer sagt, der Bürgermeister hätte es ihm erzählt, eine andere wäre mit einer Freundin hier, die nicht alleine kommen wollte. Und ein junger Mann lacht: „Es kostet ja nichts!"

„Also glaubt ihr Zufall", sagt der Zauberer. „Und meint damit, dass es eben so ist, wie es ist, ohne einen höheren Sinn. Anders, als wenn man es Schicksal nennen würde, denn mit diesem Wort verbinden wir Bedeutung, verbinden wir Achtung vor einer Macht, die wir nicht beschreiben können, außer wir nennen sie Gott."

Der Zauberer tritt langsam, mit dem Hut in seiner Hand, hinter dem Tisch hervor, geht ins Publikum, als würde er dort etwas suchen. Bleibt vor einer Frau stehen, geht weiter, wirft einen kurzen Blick auf den jungen Mann, der da sitzt, weil es gratis ist, und geht weiter, bis er in der dritten Reihe ein Paar, schon etwas älter, entdeckt.

„Darf ich Sie bitten, kurz zu mir nach vorn zu kommen", sagt er und holt die beiden auf die Bühne. „Nehmen Sie beide meinen Hut und halten ihn mit der Öffnung nach unten. Und dann sehen Sie sich an und erinnern sich, wie alles begann!"

In diesem Augenblick beginnt aus dem Deckel des Zylinders Nebel aufzusteigen, zuerst ganz feiner, kaum wahrnehmbarer, als mit einem Mal wie aus einer Düse graue Schwaden hervorströmen, die in kürzester Zeit die gesamte Bühne umhüllt haben ...

„1961. Ein Mann betritt einen Zug – er fährt von Hamburg nach Hannover. Er läuft durch alle Waggons, bis er ein Abteil findet, das noch leer ist. Er zögert kurz, weil auf einem der sechs Sitze eine Zeitung liegt, daliegt, als würde sie den Platz für ihren Besitzer reservieren. Er setzt sich. Die ganze Fahrt bis Lüneburg, dem ersten Halt nach ungefähr 45 Minuten, wirft er immer wieder Blicke auf die Zeitung. Schon muss er über sich lachen, denn mit jedem Blick auf die losen Seiten Papier scheint es ihm, als säße dort ein Kind, das auf seine Eltern wartet. Immer mehr nimmt dieses Kind in seinen Gedanken Gestalt an: Langsam beginnt es traurig zu werden, weil es spürt, weiß, sie werden nicht mehr kommen – zurückgelassen. Weggelegt. Achtlos weggelegt. Als der Zug den Bahnhof Lüneburg verlässt, niemand kommt, ist dem Mann klar: Die Eltern werden nicht mehr wiederkommen, das Kind, das arme, alleingelassene Kind, braucht einen Arm, der es schützt, braucht Geborgenheit, eine neue Heimat.

Der Mann schüttelt den Kopf, so als würde er diese wirren Bilder loswerden wollen, lacht über sich und greift nach der Zeitung.

Es ist eine Zeitung vom Vortag. Die Schlagzeilen und Nachrichten kennt er schon. Sie interessieren ihn auch nicht. Er sucht das Kreuzworträtsel, er liebt Kreuzworträtsel. Kurz nach Bad Bevensen ist es gelöst. Und noch zweieinhalb Stunden bis Hannover. Gedankenverloren durchblättert er also nochmals die Zeitung; Politik, Wirtschaft, Kultur, Sportberichte, Todesanzeigen, Verkaufsanzeigen. Über alles streift für Sekunden sein Blick, nirgendwo macht er Halt. Wieder auf der letzten Seite angelangt, will er die Zeitung in den Abfallkorb werfen, kein Gedanke mehr an das alleingelassene, weggelegte Kind, das es vor rund 45 Minuten für Augenblicke gewesen war."

Der Zauberer hält kurz inne. Das alte Paar steht hypnotisiert im Nebel, es weiß nicht, dass seine Erinnerungen durch die geheimnisvolle Kraft des Magiers aus dem Inneren hervorgeholt und in den Raum geworfen werden.

„Wir müssen kurz die Zeit anhalten. Nur für einen Augenblick. Weder der Mann noch die Frau noch irgendjemand weiß, was in diesen folgenden drei Sekunden geschehen ist. War es Gott, der mit seinem Finger geschnipst hat? War es ein im Gehirn programmierter Plan, der in Gang gesetzt wurde? Oder war es ... nichts.

Wenn es nichts war, muss das Nichts sehr bedeutend sein, denn sonst wäre dieses Paar jetzt nicht hier und ich könnte euch diese unglaubliche Geschichte nicht erzählen und ihr würdet sie nicht hören und sie – vielleicht – in ein paar Stunden, wenn ihr wieder in euren Alltag zurückgekehrt seid, weitererzählen. Damit sie wieder jemand hören und sich an etwas erinnern und ...

Der Mann hat die Zeitung bereits so zusammengefaltet, dass sie im Schlitz des Abfallkorbes verschwinden kann. Aber plötzlich hält er inne – es sind genau drei Sekunden, die er nicht wahrnimmt, drei Sekunden, in denen für ihn die Zeit stillsteht, in denen etwas Unerklärliches mit ihm geschieht: Er entfaltet die Zeitung noch einmal, ganz ruhig, denkt sich: Na ja, noch mehr als zwei Stunden bis Hannover, ich blättere noch ein bisschen – und beginnt wieder Seite für Seite seinen Blick über die Zeilen schweifen zu lassen. Er ist jetzt auf der vorvorletzten Seite angelangt. Es ist genau die Seite, der er für gewöhnlich nicht einmal eine Sekunde seiner kostbaren Zeit schenkt, es ist die Seite mit den Kontaktanzeigen. Er hält kurz inne und denkt sich, was müssen das für seltsame Menschen sein, die über eine Anzeige ihr Lebensglück finden wollen. Er denkt sich, ich werfe nur einen Blick darauf, um mich über diese Lächerlichkeit der Anbahnung zu ärgern. Mich abzulenken von der öden Landschaft, die draußen am Fenster vorüberzieht. Doch sein flüchtiger Blick verändert sich. Etwas auf dieser Seite lässt ihn nicht mehr los, er ist wie gefangen davon. Ohne es zu wissen, ohne es zu spüren. Er sieht die Spalten, sieht die Zeilen, jedoch ohne den Inhalt der einzelnen Anzeigen wahrzunehmen. Auch wenn er wollte, er könnte sich davon nicht lösen. Draußen zieht Suderburg vorbei. Es sind jetzt noch eine Stunde und 21 Minuten bis nach Hannover."

Wieder unterbricht der Zauberer. Das alte Paar scheint sich in Raum und Zeit aufgelöst zu haben, nur ihre Körper sind noch sichtbar.

„Diesen Moment, den Sie sicher alle schon einmal erlebt haben, wenn man in einem stehenden Zug sitzt und die Welt im Fenster sich plötzlich zu bewegen beginnt und man für einen kurzen Augenblick unsicher ist, wer jetzt fährt – der eigene Zug oder das Bild im Fenster –, diesen Moment erlebt nun der Mann im Zug. Steht er still und rast das Land, das Leben an ihm vorüber, oder ist es umgekehrt? Er denkt natürlich nicht darüber nach, nichts von alledem ist ihm bewusst. Er tut nichts. Er starrt auf eine Seite, die ein Muster, gebildet aus 15.313 Zeichen, zeigt. Bis etwas Unglaubliches passiert. Was ist es diesmal: Gott, das programmierte Gehirn oder wieder das Nichts?

Aus dem Bild mit 15.313 Zeichen löst sich plötzlich etwas heraus. Wie ein Felsbrocken, der nach 7000 Jahren stillem Verharren sich ohne jegliche Vorwarnung in die Tiefe stürzt. Wie ein Vogel, der reglos auf einem Ast sitzt und plötzlich ohne ersichtlichen Grund aufflattert. Wie eine Sternschnuppe, die vom Himmel fällt.

Es ist eine der 49 Anzeigen. 31 Worte, die plötzlich wie ein dreidimensionaler Trailer aus einem ruhigen Hintergrund herausfahren, um sich in das Bewusstsein des Betrachters zu drängen.

Der Mann, der nichts von alledem ahnt, was in diesen 49 Sekunden seit dem letzten Stillstehen der Zeit abgelaufen war, liest die 31 Worte. Liest sie immer wieder. Er liest sie und als wäre es ein Fremdkörper, der irgendwo in die Blutbahn des Körpers eingedrungen ist, schieben sich die Worte langsam, aber unaufhaltsam durch seine Adern. Er beginnt dieses Pochen zu spüren, ein seltsames Pochen, das er sich nicht erklären kann, sicher der Hunger, lässt ihn das Gehirn rasch denken, um eine plausible Erklärung für etwas Unerklärliches herbeizuholen, vielleicht ist es auch die schlechte Luft, denn er spürt immer deutlicher, wie dieses Etwas, das durch seinen Körper wandert, ihm auch die Luft abschnürt, aber es ist ein wohliges Abschnüren, kein beängstigendes. Er kann die 31 Worte schon auswendig, die Zeitung ist ihm aus den Händen geglitten, er bemerkt es nur nicht, weil er die 31 Worte wie ein Mantra in seinem Inneren wiederholt, und jedes Wiederholen wirkt wie eine Beschleunigung in seinen Adern, bis die Worte endlich ihr Ziel erreicht haben, sein Herz erreicht haben.

Die Worte hatten ihr Ziel, sein Herz erreicht", wiederholt der Zauberer. „Und damit ist der erste Akt dieses Spieles beendet. Ein Spiel, das wir kennen: Wir sehen im Fernsehen Eltern, die von grenzenlosem Schmerz geschüttelt werden, wenn sie vor ihrem toten Kind knien – da jagen ahnende Gefühle durch unsere Adern, bis sie auch unser Herz erreichen und es pochen lassen. Aber wir rennen nicht los, diese Eltern zu finden und sie zu trösten. Der übernächste Bericht über die Verleihung der Oscars hat das schwarze Bild schnell bunt übermalt. Wer solche Momente je erlebt hat, weiß, wie viel Kraft, wie viel an Unaussprechlichem es braucht, den zweiten Akt tatsächlich in Gang zu setzen, bevor der Alltag mit Farbe und Pinsel angerückt kommt, das Alte, Vergangene, ob Gedanken oder Gefühle, zu überpinseln.

Der Mann erwacht. Ein Kugelschreiber und ein Stück Papier, hämmert es in seinem Kopf. Ich brauche einen Kugelschreiber und ein Stück Papier. Er springt auf, durchsucht hektisch seine Taschen, flucht, als er nichts darin findet, reißt seinen Koffer auf, durchwühlt den Inhalt: Verdammt, ich muss doch irgendwo einen Kugelschreiber und ein Blatt Papier ... Wie rasend, als ginge es um sein Leben – und das tut es auch, nur weiß er es nicht –, sucht er, bis er mit einem Aufschrei, weil er sich plötzlich erinnert, seinen Mantel vom Haken reißt und in der Innentasche ... einen Kugelschreiber findet! Papier. Wieder geht das Jagen los, er ist schon völlig verschwitzt, verzweifelt; soll das, was in ihm immer stärker drängt, wie ein Kind, das endlich auf die Welt kommen will, an einem lächerlichen Stück Papier scheitern? Denn – er kann, will es sich nicht erklären, weil es jenseits jedes logischen Denkens liegt – ES KANN NICHT WARTEN. Kann unmöglich die eine Stunde und 14 Minuten noch warten, bis er im Bahnhof Hannover ruhig und gelassen aussteigen, zum Zeitungskiosk schlendern und dort nach einem Briefbogen fragen könnte. Ein unerträglicher Gedanke, der es nicht einmal zu einem echten Gedanken schafft.

Plötzlich stößt er einen Freudenschrei aus, ein unbeschreibliches Glücksgefühl durchdringt ihn, ja, so wenig braucht es für Glück: Auf dem Fensterbrett entdeckt er seinen Fahrschein, den er dort nach der Kontrolle hingelegt hatte. Er reißt ihn an sich, wendet ihn – zum Glück: Die Rückseite ist leer.

Nun völlig ruhig geworden, gefasst, sich mit einem Mal bewusst, dass dies der Augenblick ist, in dem der Vorhang sich öffnen wird für den zweiten Akt des Spieles, setzt er sich hin, nimmt die Zeitung als Unterlage und schreibt: Hochverehrtes Fräulein. Ich habe soeben Ihre Anzeige im Hamburger Abendblatt gelesen und fragen Sie mich nicht, warum, fragen Sie mich nicht, wie es geschehen konnte, aber ich weiß, ja, ich ahne es nicht, ich glaube es nicht, ich spüre es nicht, ich WEISS es, dass Sie, hochverehrtes Fräulein, die Frau meines Lebens sind, die, von der ich immer schon geträumt habe, immer schon ahnte, glaubte, spürte, dass es sie gibt und sie eines Tages vor mir stehen wird. Natürlich werden

Sie mich für völlig verrückt halten, Sie werden auf einen solchen Brief nicht antworten wollen, werden es aber trotzdem tun, weil ich es doch so sicher weiß, wenn ich Sie frage, ob Sie meine Frau werden wollen.

Er schreibt noch seinen Namen, seine Adresse auf den Fahrschein", sagt der Zauberer, „und dann sitzt er die restlichen eineinhalb Stunden bis Hannover bewegungslos, aber mit einem Lächeln im Gesicht, auf seinem Platz – hätte ihn jemand gesehen, man hätte gemeint, der Mann sei tot.

Endlich in Hannover angekommen, steigt er ruhig und gelassen aus dem Zug, schlendert zum Zeitungskiosk und fragt nach einem Kuvert und einer Briefmarke. Setzt sich auf eine der Bänke, küsst den Fahrschein mit der Nachricht, lässt ihn im Kuvert verschwinden, setzt die Adresse des Hamburger Abendblattes und die Chiffre darauf, geht zu dem Postkasten, der auf dem Perron hängt, und wirft – mit ein paar Sekunden Verzögerung, bevor der Brief im Inneren des Kastens verschwindet, Sekunden, in denen die letzten zwei Stunden und die Zukunft, die sichere Zukunft, wie im Schnelldurchlauf vorüberziehen – wirft den Brief hinein."

Der Zauberer fährt mit der Hand über den Zylinder und stoppt den Nebel, der seit dem Beginn seiner Geschichte unaufhörlich aus dem Hut aufgestiegen war. Noch ist das alte Paar, das in völliger Stille und Bewegungslosigkeit verharrt, in das schwebende Weiß gehüllt.

„Wie die Geschichte weiterging, ist schnell erzählt – so schnell, wie die Nebelschwaden brauchen, sich zu verziehen, um den Blick auf die Wirklichkeit wieder klar und rein werden zu lassen.

Sieben Tage später wird der Brief in Berlin zugestellt. Im bereits geteilten Berlin. In jener Hälfte, die genau zwei

Tage später hinter einer Mauer im Osten der Stadt für die nächsten 28 Jahre verschwinden wird.

Die Frau erhält an diesem Tag 17 Briefe. Allesamt Antworten auf ihre Anzeige im Hamburger Abendblatt, die sie vor ein paar Wochen bei einer Tombola gewonnen hatte. Was für ein dummer Preis, hatte sie sich gedacht, als sie das Billett in den Händen hielt. Eine Anzeige zu gewinnen! Aus Jux, aus Langeweile, oder wer weiß, aus welchem Grund – war damals in Berlin ein göttliches Fingerschnipsen zu hören gewesen, wurde lautlos ein Plan in Gang gesetzt, oder passierte einfach NICHTS? – hatte sie sich für eine Kontaktanzeige entschieden, denn zu verkaufen hatte sie nichts.

Sie öffnet die 17 Briefe. Die ersten zwölf landen, so wie die bisher eingetroffenen 34, sofort im Mistkorb. Dann nimmt sie den 13. Brief, will ihn schon öffnen, legt ihn aber, ohne zu wissen, warum, zur Seite und wendet sich den Nummern 14 bis 17 zu. Auch die landen im Papierkorb. Sie sieht den Brief an, der mit einem Stempel aus Hannover versehen ist, zögert noch eine Sekunde, natürlich ohne zu wissen, warum, dann nimmt sie ihn in ihre Hände und – wieder vergehen ein paar Augenblicke – öffnet ihn. Liest ihn. Spürt wie plötzlich ein Fremdkörper, der irgendwo in die Blutbahn des Körpers eingedrungen war, sich langsam, aber unaufhaltsam durch ihre Adern schiebt. Sie beginnt dieses Pochen bewusst zu spüren, ein seltsames Pochen, das sie sich nicht erklären kann, sicher der Hunger, lässt sie das Gehirn rasch denken, um eine plausible Erklärung für etwas Unerklärliches herbeizuholen, vielleicht ist es auch die schlechte Luft, denn sie spürt immer deutlicher, wie dieses Etwas, das durch ihren Körper wandert, ihr auch die Luft abschnürt, aber es ist ein wohliges Abschnüren, kein beängstigendes. Sie liest immer wieder diese 117 Worte, die sie schon auswendig kennt, der Brief ist ihr aus den Händen geglitten, sie bemerkt es nur nicht, weil sie die 117 Worte wie ein Mantra in ihrem Inneren wiederholt, und jedes Wiederholen wirkt wie eine Beschleunigung in ihren Adern, bis die Worte endlich ihr Ziel erreicht haben, ihr Herz erreicht haben."

Der Zauberer beschleunigt sein Erzählen, denn nur noch wenig Nebel flimmert um den alten Mann und seine Frau. „Die Frau hatte genau 42 Stunden Zeit sich zu entscheiden – sie wusste es nur nicht. 42 Stunden nachdem die Worte des Briefes ihr Herz erreicht hatten, gab die Regierung der DDR den Befehl zum Bau der Mauer. Hätte sie gezögert, wäre das Herz gefangen gewesen. Aber die Frau benötigt nur 21 Stunden sich zu entscheiden. Sie sendet ein Telegramm mit ihrer Ankunftszeit. Schreibt: Du wirst mich an einer blauen Blume erkennen.

Am nächsten Tag um 9 Uhr 25 betritt sie in Berlin Bahnhof Zoo den Korridorzug nach Hamburg. Mit ein paar anderen sitzt sie in einem offenen Abteil. Knapp vor der noch für wenige Stunden offenen Grenze kontrollieren Grenzsoldaten die Fahrgäste. Ein Soldat bleibt vor der Frau stehen, sieht sie lange an, spürt etwas, von dem er nicht weiß, was es ist, wird es auch weder erinnern noch jemals wieder erleben – und geht weiter.

Die Frau erreicht Hamburg Hauptbahnhof. Sie steigt aus dem Zug und sieht sich um. In ihrer Hand zittert eine blaue Blume.

Ein Mann tritt auf sie zu, sie sehen sich an – weder er noch sie werden mehr sagen können, wie viele Augenblicke lang es war – und umarmen sich. Geben sich den ersten Kuss. Werden vier Tage später getraut sein. Werden fünf Kinder haben und 16 Enkelkinder. Und werden in 21 Tagen 50 Jahre verheiratet sein ..."

Mit dem letzten Wort des Zauberers ist der allerletzte Nebelstreifen verschwunden. Mit seiner offenen rechten Hand fährt er einen Halbkreis über die beiden alten Menschen, die augenblicklich erwachen, sich ansehen und lächeln. „Was ist geschehen?“, fragen sie. „Haben wir irgendeinen Zauber, ein Wunder versäumt?“

„Nein“, antwortet der Zauberer, „ihr habt uns nur ein Liebesmärchen erzählt ...“

Märchenkind

Laut eines ärztlichen Bulletins ist der Zustand des Märchens äußerst kritisch. Die Beatmung erfolgt bereits auf künstlichem Weg. Seit den Morgenstunden ist nur noch schwache Hirntätigkeit an den Monitoren zu registrieren. Mit dem Ableben des Märchens muss stündlich gerechnet werden. Die engsten Familienangehörigen haben sich am Sterbebett versammelt.

Unter Hans und Grete, Herrn Rumpelstilz und Fräulein Daum, dem Vorsitzenden der Exildrachen, Königen und der Präsidentin der Prinzessinnengewerkschaft (eine weitere Aufzählung der Verwandtschaft würde den Rahmen der Erzählung sprengen, deshalb wird darauf verzichtet bzw. der Fantasie des Lesers überlassen ...) herrscht völlige Ratlosigkeit. „Krank ja, aber sterben“, flüstert Gregor von Posan (der leider in Vergessenheit geratene Zwerg und Urheber des legendären Satzes: „Und wenn sie nicht gestorben sind, leben sie noch heute ...“). Ja, die Sorge war groß, denn, wie es die Eule formulierte, sei es juridisch nicht zweifelsfrei geklärt, was mit der Familie geschehen soll, wenn der unglaubliche Fall des

Todes einträte. Würde es alle Wesen seiner Welt in den Tod mitnehmen?

Die Diskussion wird immer lauter, heftiger geführt. Einige wollen sich, in Todesangst, schon aus den Märchenbüchern davonmachen und Zuflucht suchen in Machwerken zwielichtiger, dem Rausch und Orgien ergebener Dichter, weil sie dort, wie sie glauben, am wenigsten auffallen würden. Andere überlegen (es sind dies vor allem die, die durch ihre Position zu Reichtum gekommen sind), die Ärzte zu bestechen, das Märchen künstlich am Leben zu erhalten.

Merlin, der altgediente Zauberer, will es mit schwarzer Magie versuchen. „Nichts da", brüllt der Löwe, „das wäre sicher nicht im Sinne des Märchens!"

Der Drache hat gerade einen Feuerstrahl zur allgemeinen Ermahnung hervorgewürgt, als aus dem Bett des beinahe Toten eine leise, kaum wahrnehmbare Stimme zu hören ist. Sofort verstummt das Gezeter, stürzen alle an das Bett und sehen, wie das Märchen mit unendlicher Mühe und Kraftanstrengung seinen Mund öffnet und wispert: „Die drei Rosen!" Welche Rosen? Ist es schon verwirrt im Angesicht des Todes? Meint es vielleicht drei Rosen auf seinem Grab? Plötzlich ruft eine Fee in die Stille hinein: „Da! Die Rosen!", und zeigt mit zittrigem Finger auf ein Ohrgehänge, das, vom linken Ohr des Märchens baumelnd, jetzt auf dem Polster ruht. Und das Märchen weiter: „Findet die, die sie zum Blühen bringen. Dadurch werde auch ich wieder ..." – dann hat die Kraft das Märchen verlassen und es sinkt zurück und nur der Monitor zeigt, dass noch ein letzter Hauch Leben in ihm steckt.

Getrieben von neuer Hoffnung füllt nun heftige Geschäftigkeit das Krankenzimmer. Die Fee zieht mit der ihr eigenen Um- und Vorsicht das Rosenwerk vom Ohr des Märchens, und alle zermartern sich nun die

Hirne, wer dem welken Blatt neues Leben einzuhauchen imstande sei.

Zaubersprüche, Hexenwissen, Riesenkraft sind, das wissen sie bald, nicht geeignet, das Märchen zu retten. „Wer“, so fragt der Holunder, „hat das Märchen geboren?“

„Und wer“, ruft die Kamille aufgeregt, ahnend, dass nun der richtige Weg gefunden ist, „wer hat es auf das Totenbett gebracht?!“

Nach einem Atemzug Stille wissen alle, in wessen Hand es liegt, dem Märchen einen neuen Frühling zu schenken ...

„Gut“, meint ein Teufel, der Arm in Arm mit einem Engel in einer Ecke lehnt, „nun wissen wir, welchen Acker wir zu bebauen haben, doch ein Wie und ein Womit ist noch nicht in Sicht.“

Dem Pinocchio, dem alten Holzkopf, ist es vergönnt, mit seiner Klugheit das Rad in Bewegung zu setzen: „Wodurch wird denn“, so ruft er, „unser Märchen sichtbar? Sind es nicht Worte aus dem Mund eines Menschen, der ... erzählt?!“ Einen solchen Menschen zu finden ist nicht leicht in dieser Zeit, doch zieht ein Kräuterweib flink die gläserne Kugel aus dem Kittel, öffnet mit einem Zauberspruch das nötige Programm und nur Augenblicke später ist einer dieser seltenen Zunft gefunden, lebendig, unversehrt und grade mitten in der Arbeit.

Gar nicht überrascht über die Landung einer Abordnung von Feen – klar, ist doch sein täglich Brot – kriegt er eine Rose, welk und arm, in die Hand gedrückt, und unter dem Jubel der Feen erwacht wundersam ein Frühling in der Blume, abgeworfen ist die Dürre, zurückgekehrt sind Rot und Duft – und im Krankenzimmer steht die restliche Verwandtschaft mit klopfendem Herzen und beobachtet ein zartes Rosa auf den Wangen des Märchens!

Gar keine Zeit bleibt nachzudenken, wer das nächste Wunderwerk vollbringen wird. Schon brüllt der goldgekrönte Frosch in die Zauberkugel: „Was nützen Worte, wenn niemand da ist, der zuhört. Gebt dem die nächste Blume, der bereit ist, für ein Märchen lang zu schweigen."

„So einen kenn ich", sagt der Erzähler, „nicht mehr viele solcher Menschen gibt es – kommt!"

Da sitzt der Mensch, gerade versunken in die Poesie eines Windgedichtes, als ein Luftzug, hilfreich eingesprungen, eine welke Rose ihm vor die Füße weht. Er nimmt sie hoch und im Emporheben erwacht wundersam ein Frühling in der Blume, abgeworfen ist die Dürre, zurückgekehrt sind Rot und Duft – nun strömt der Lebenssaft schon munter durch das Märchen, zeichnet der Monitor der Herzkreislaufmaschine schon wieder heitere Bilder zum Gesang der jubelnden Wesen aus dem Märchenreich.

Nicht lange wird die letzte welke, die alles entscheidende Blume warten müssen. Zu viel Kraft ist schon zurückgekehrt, das ahnen alle, ahnen, dass der Mensch, der das Märchen endgültig retten wird, schon auf dem Weg ist.

Da klopft es an der Tür der Krankenkammer. „Ja, komm nur herein, Mensch, komm!"

Herein tritt ein Kind, so jung noch, dass es kaum über den Rand des Bettes sieht, in dem das Märchen liegt und voller Hoffnung nun in Kinderaugen blickt. „Endlich", rufen alle, die versammelt sind, „du musst der Mensch sein, auf den wir gewartet haben. Der Mensch, der versteht!" Das Kind, ganz mutig, nähert sich auf Zehenspitzen dem Bett und sieht am weißen Laken, wie aufgebahrt, die letzte welke Rose liegen. „Schön bist du", sagt es und schaut die Blume an, als wär's der größte Schatz auf Erden. Und allein sein Blick reicht – die Hand muss das matte Rot und Grün nicht einmal berühren –, Märchen und Blume zu retten. Die Wände werden Wolken, die ein Windzug sachte seitwärts schiebt, das Krankenlager wandelt sich zu klarem Wasser, das das Märchen – jung, kräftig, wunderschön – samt seinem Gefolge mit sich trägt. Das Kind beobachtet das Spiel und weiß, es ist ein Märchen, ein wahres Märchen, wie die blühende Rose, die ihm geblieben ist ...

Der Löwe

Als das Wasser noch klar und der Schnee noch weiß war, lebte in einem fernen Land, im dichten Urwald, ein Löwe. Es war ein gewöhnlicher Löwe, nichts unterschied ihn von seinen Artgenossen. Er liebte es, wie alle, sich in der Sonne zu räkeln, schlief, wie alle anderen auch, unter einem dichten Busch. Er brüllte, wenn es galt zu imponieren oder zu erschrecken, und seine Lieblingsbeschäftigung war, wie es in Löwenköpfen eben geschrieben steht, viel und gut zu fressen.

Wenn der Magen dem Gehirn Hunger signalisierte, setzte sich der Löwe, zuerst unlustig, dann, in Hinblick auf den Genuss der Speise, schon flotter, in Trab und hielt nach einem geeigneten Opfer Ausschau. Er hatte es leicht, der Löwe, denn allein von seinem Anblick erstarrten die Gazellchen und Springböcklein und es bestand nur noch die lästige Verpflichtung, zum Sprung anzusetzen und seine Zähne an die richtige Stelle des Halses zu setzen. Der Löwe aß nur so viel, wie ihm gelüstete. Der Rest wurde nicht für eine spätere Mahlzeit zur Seite geschafft, nein, er blieb für das gemeine Volk wie Geier, Hyänen und Schakale übrig. Ein wahrhaft königliches Verhalten, das wohl die wahre Ursache für den Beinamen ist, mit dem sich der Löwe schmückt: der König der Tiere.

Dieser Löwe, er wurde Shiva genannt, führte ein alltägliches Königsleben. Wahrscheinlich wäre dies bis zu seinem Tod so weitergegangen, wäre sein Weg nicht eines Tages von einem Wesen gekreuzt worden, das sein Leben grundlegend verändern sollte. Diese Veränderung kündigte sich natürlich auch für den Spielpartner des Löwen auf dem Schicksalsbrett an. Das Burbit, jenes seltsame Wesen, das nur in den tiefsten Regionen des Urwaldes vorkommt, hatte, ganz seinen sonstigen Grundsätzen widersprechend, seinen schützenden Wald verlassen und sich auf den Weg nach irgendwohin gemacht.

Das Burbit hätte am Hofe eines Königs einen perfekten Haushofmeister abgegeben: Es plante sein Leben exakt, überließ nichts dem Zufall und sein Tag war dazu geschaffen, um mit Arbeit ausgefüllt zu werden. Natürlich galt auch sein Hauptinteresse dem Essen, doch unterschied sich sein Jagdverhalten völlig von dem anderer Tiere, insbesondere dem des Löwen. Die Beute wurde aufgespürt, verfolgt, studiert und nach intensiven Überlegungen und Berechnungen erlegt. Diese umfangreichen Vorbereitungen erlaubten es ihm, sich auch an Tiere heranzumachen, die ein Vielfaches seiner Größe maßen. Seine Überlegungen waren dabei folgende: Die Mehrarbeit, die notwendig ist, die Beute und ihr Verhalten vollständig zu erfassen, ihre verwundbare Stelle auszukundschaften, ihre Gewohnheiten aufzuspüren, erbringt so viel Fleischmenge wie sieben Tage Jagd nach kleinen Tieren, nach denen einfach nur geschnappt werden muss. Das Burbit hatte den Charakter eines Sammlers, sein Denken war beherrscht vom möglicherweise bitteren Morgen, deshalb legte es Vorräte an: heute für morgen, morgen für übermorgen. Käme ein Sturm und würde alle Beute vertreiben – ihm würde es nichts ausmachen, es hätte sein Erspartes!

Der Weg dieses einen Burbits, das nach irgendwohin unterwegs war, kreuzte mitten im tiefen Urwald den Weg des Löwen. Niemals zuvor hatte der eine den anderen zu Gesicht bekommen. So eine Begegnung bietet folgende Möglichkeiten einer Lösung: Einmal, die sich Treffenden beachten einander nicht oder kaum und behalten unbeirrt ihre Richtung bei. Der jeweils andere wird zwar wahrgenommen, doch aus unterschiedlichsten Gründen links beziehungsweise rechts liegengelassen. Eine andere Form der Begegnung besteht darin, sich näherzukommen. Dies kann ein Kampf, ein Gespräch, Liebe sein.

Bevor jedoch eine dieser Möglichkeiten zur Anwendung kommt, wird in Sekundenbruchteilen unglaubliche Gedanken- und Gefühlsarbeit geleistet. Wenige Augenblicke können über folgenreiche Züge auf dem Schicksalsbrett entscheiden. In diesem ganz speziellen Fall, der sich im tiefsten Urwald eines fernen Landes zutrug, kam es zur zweiten Form der Begegnung: Beide, Löwe und Burbit, blieben ruckartig stehen und starrten einander an. Zu irgendeiner Art der Auseinandersetzung würde es also kommen, dafür hatten sich beide in der ersten Sekunde ihres Aufeinandertreffens entschieden. Der Löwe, sich seines Rufes als König, wenn auch ohne Machtbefugnisse, bewusst, wunderte sich, dass ein Wesen in seinem Reich herumspazierte, das er weder jemals gesehen noch gerochen hatte. Dieses Wesen war deshalb in sein Jagd- und Erlegungsschema nicht einzuordnen, es musste also statt Routinearbeit Gedankenarbeit geleistet werden. Das erschwerte die Sache erheblich. Denn obwohl er natürlich nicht annahm, dass ihm dieses seltsame Ding gefährlich werden könnte, wäre schon dessen erfolgreiche Flucht eine Demütigung für einen König gewesen. Er beschloss also, abzuwarten, suchte den Blick des Gegners und fesselte ihn damit. Im Kopf des Burbit hatten sich augenblicklich alle wichtigen Daten seines Gegenübers angesammelt: Länge und Breite, Umfang des Maules, Ausbildung der Ohren und der Nase, Tatzengröße, voraussichtliche Fleischmenge. Alle Werte zusammengenommen bedeuteten zunächst einmal: VORSICHT! Mit normalen Kampfmethoden kann dieser Gegner keinesfalls erlegt werden. Andererseits reizte der zu erwartende Profit. Es musste also eine äußerst vorsichtige und kluge Taktik angewandt werden, um den Platz als Sieger zu verlassen. Dass es sich möglicherweise in höchster Gefahr befinden könnte, kam dem Burbit gar nicht in den Sinn. „Ich bin neu hier", sagte es plötzlich und unvermittelt, „wo finde ich denn ein paar gute Häppchen zum Fressen? Aber nicht zu kleine. Du siehst so aus, als wüsstest du in diesen Dingen Bescheid!" Jedes Wort dieses Angriffs war wohl überlegt: die Feststellung, ohne überhaupt eine Gegenwehr zu erwarten, neu hier zu sein und auch hier bleiben zu wollen; die Frage nach Beutetieren zeugte von Selbstsicherheit und davon, dass es selbst als Beute für niemanden in Frage käme; der Hinweis auf die Größe des Tieres strahlte Stärke aus und signalisierte: Unterschätze mich nicht; und der Abschluss, als Krönung taktischen Verhaltens, eine Schmeichelei, fast eine Anbiederung, die auch bewirken konnte: Wenn du brav bist, nehme ich dich auf die Jagd mit!

Den Löwen traf das Verhalten seines Gegners wie ein Keulenschlag: Nie zuvor war es ihm passiert, dass er von einem bereits zur Beute auserkorenen Wesen angeredet worden war. Noch dazu in derart unverschämter Art und Weise. Am liebsten wäre er mit einem Satz drauflos gesprungen und hätte es wie ein stinknormales Okapi oder sonst was behandelt: Verbiss im Hals, etwa eine Pfotenbreite unter dem Ohransatz. So einfach wäre die Sache für ihn zu erledigen gewesen, hätte er nicht gezögert. Eine Sekunde des Wankelmuts und der Unsicherheit entschied über die Zukunft, die sonst ganz anders ausgesehen hätte. Aber er zögerte, weil sein Instinkt sich von der klugen Rede hatte blenden lassen. Zum ersten Mal in seinem Jägerleben spürte er einen gleichwertigen Gegner vor sich, irgendwo in seinem Kopf schwirrte sogar ein Gefühl der Unterlegenheit herum, was er sich natürlich nicht eingestand, sondern darauf hustete und antwortete: „Ich bin Shiva, der Löwe, der König der Tiere. Solltest du vorhaben, in meinem Revier zu jagen, so hast du mich zu fragen und ich werde darüber entscheiden." Ausatmen. Nun war er wieder der Alte. Oder fast der Alte – so wie noch vor wenigen Sekunden fühlte er sich nicht mehr. Zu spät hatte er bemerkt, dass er sich zu einem ungeheuerlichen Zugeständnis hatte hinreißen lassen: das fremde Wesen als gleichwertigen Jäger zu akzeptieren, das wohl zu fragen hätte, er, der König, entscheiden würde, aber damit war es als Jäger anerkannt und nicht, wie jedes andere Tier, als Beute abgestempelt.

Natürlich durchschaute das Burbit die Unsicherheit in seiner Antwort und fühlte, dass die Schlacht für ihn bereits geschlagen war. Es würde diesen Löwen zwar nicht sofort erledigen können, aber es war für es ja nichts Außergewöhnliches, sich mit langfristigen Projekten auseinandersetzen zu müssen. Die Aussage des Löwen, König der Tiere zu sein, wich nicht mehr aus dem Kopf des Burbits: „Besiege ich ihn, müsste das doch bedeuten, dass ich ihm auf den Königsthron folge" – und diese Aussicht schien ihm einfach großartig und wert, viel Energie in diesen Fall zu stecken.

Der Löwe holte das Burbit wieder in die Wirklichkeit: „Folge mir“, brummte er und trottete davon.

Das Burbit war in das Reich des Löwen aufgenommen. Sein Plan, den Königsthron an sich zu reißen, gestaltete sich jedoch weitaus schwieriger, als es gedacht hatte. Ja, es musste sich sogar eingestehen, dass es an der Position des Löwen nichts zu rütteln gab, denn einen Thron, den zu besteigen es im Sinn hatte, gab es gar nicht. Das Leben im Land des Löwen schien sich selbst zu regulieren: Die Fressvorschriften wurden von allen geachtet und jeder fügte sich in sein Schicksal. Es kam kaum zu Zwistigkeiten und wenn, wurden sie untereinander gütlich geregelt.

So machte das Burbit harte Monate durch, um sich am Leben zu erhalten, die Konkurrenz war groß und es fand keine Zeit, Pläne zu machen, sondern musste ständig sofort handeln und sich dann auch noch mit Geiern und anderen Schmarotzern herumschlagen. Der Löwe beobachtete das Burbit und schwor sich, es nicht aus den Augen zu lassen. Er wollte sich aber von so einem dahergelaufenen Wesen nicht von seinen Gewohnheiten abbringen lassen, die Jagd, das Faulenzen, kurz, das Leben zu genießen. Er hielt es deshalb für keine schlechte Idee, sich mit dem Burbit ein bisschen näher zu beschäftigen, um dadurch vielleicht herausfinden zu können, ob es irgendetwas im Schilde führe. Shiva, der sonst alles andere als gesprächig war, was sich daraus erklärte, dass er lieber handelte, ließ keine Gelegenheit vorübergehen, das Burbit in irgendwelche Gespräche zu verwickeln. So fand er nach und nach heraus, wie es lebte und was es dachte. Keinesfalls unüberlegt, vielmehr sogar gezielt, war das Burbit auf die Annäherungsversuche Shivas eingegangen. Aus gutem Grund erzählte es bereitwillig von seinen Ansichten, und aus gutem Grund hörte es aufmerksam zu, wenn der König

Schwänke aus seinem Leben zum Besten gab. Das Burbit spürte, dass nun die Zeit des Abtastens vorüber war, beide hatten ihre Positionen auf dem Schicksalsbrett eingenommen, das Spiel konnte beginnen. „Ach", sagte das Burbit eines Tages zu Shiva, „ich beneide dich ein wenig darum, dass du das Leben so genießen kannst. Und dass du dem Morgen so vertraust, dass er dir etwas für deinen Magen schenken wird. Du weißt, ich bin anders. Ich sammle, denn wer weiß, ob ich mir nicht das Bein verstauche und nicht jagen kann. Vorsicht ist besser als Nachsicht." „Ja, ja", nickte der Löwe und räkelte sich, „was morgen ist, weiß der liebe Gott, das reicht. Wenn er mich verhungern lässt, stand es eben so auf seinem Wunschzettel." Das Burbit rückte ein Stück näher und flüsterte geheimnisvoll: „König, ich wüsste schon, wie du dem Wunschzettel zuvorkommen könntest, ohne auf die üblichen Annehmlichkeiten verzichten zu müssen." Der König blinzelte mit einem Auge, mehr an Interesse wollte er nicht zeigen, obwohl er natürlich neugierig geworden war. „Was meinst du damit?", fragte er so ganz nebenbei.

„Ganz einfach, Shiva: Du bist der beste Jäger, du kannst dir erlauben, schnell mal jagen zu gehen, wenn du Hunger hast. Ich habe dich beobachtet, du lässt meistens große Stücke der Beute übrig, sei es aus Gutmütigkeit den anderen gegenüber, oder einfach, weil du satt bist."

„Ja, und was stört dich daran? Ich bin eben großmütig!"

„Hat dir dein Großmut schon einmal den Hunger genommen, wenn sich keine Beute zeigte?", fragte das Burbit. Shiva hatte sich aufgesetzt und konnte nun seine Neugierde, die immer stärker wurde, nicht mehr unterdrücken. „Shiva, es liegt doch auf der Hand, dass wir beide uns zusammentun könnten. Du jagst und ich sammle gern."

„Ich wüsste nicht, was das eine mit dem anderen zu tun hat.“

„Du musst deinen Großmut vergessen und mehr an dich denken. Du isst von der Beute nur so viel, wozu du im Moment Lust hast. Anstatt es den Geiern und Schakalen in ihr faules Maul zu stopfen, überlässt du diesen Rest mir. Ich verwahre ihn für dich, verteidige ihn gegen andere und gebe ihn dir wieder, wenn du danach verlangst.“

Dieser Vorschlag kam dem Löwen zu verlockend vor, als dass daran nicht irgendwo ein Haken zu vermuten wäre: „Bist du nun großmütig geworden, Burbit?“ „Ach, das vergaß ich zu erwähnen: Ein Teil, ein geringer Teil des verwalteten Restes gehört mir. Für meinen Teil der Arbeit.“ „Warte“, schnaubte Shiva und verschwand hinter dem Gebüsch. Er musste klaren Kopf bewahren und in Ruhe überlegen. Das Angebot schien seiner Lebensauffassung genau zu entsprechen, aber er erinnerte sich an ihre erste Begegnung. Damals hatte er das Gefühl gehabt, dass irgendetwas mit diesem Wesen nicht stimme. Damals hatte er sich geschworen, vorsichtig zu sein. Andererseits, was gab es bei diesem Geschäft zu verlieren? Er brauchte nur noch halb so viel zu arbeiten wie bisher. So blieben mehr geruhsame Stunden, die er herrlich irgendwo im Schatten verbringen könnte. Und sollte es das Burbit wirklich darauf abgesehen haben, ihn reinzulegen, würde ihm der Betrug nicht gut bekommen!

„Einverstanden“, sagte der Löwe und reichte dem Burbit zum ersten Mal die Pfote, „wir sind Partner!“ Und aus lauter Vorfreude auf die nun anbrechenden paradiesischen Zeiten jagte er mit einem entsetzlichen Brüllen davon und machte erfolgreich Beute wie schon lange nicht mehr.

Die Praxis ihres Paktes sah für den Löwen vorerst recht positiv aus. Er jagte wie immer, fraß sich voll wie immer, und wenn er genug hatte, gab er dem Burbit ein Zeichen, dass es nun kommen könne. Während der König schon schlief, zerteilte das Burbit sorgfältig die Reste und schaffte sie in sein Lager. Nach einigen Tagen dachte Shiva, dass es nun Zeit wäre, den Partner zu prüfen, und verzichtete auf die Jagd. „Ich hätte gern eine anständige Portion von dem ... na sagen wir mal ... Springbock, den ich vor drei Tagen erlegt habe." Und wirklich: Das Burbit holte die Hälfte des Hinterkörpers eines Springbockes aus seinem Lager und legte es dem König vor die Füße.

„Das lasse ich mir gefallen", lachte er und genoss das Mahl wie ein wahrer König.

„Was war ich dumm, dass ich nicht schon längst auf die Idee gekommen bin, die anderen für mich arbeiten zu lassen. Ich habe mich in diesem Burbit doch getäuscht. Klug und anständig, so was findet man selten!"

Das Burbit stellte mit Freude die Veränderung fest, die mit dem Löwen vor sich ging. Es hatte nun sein Vertrauen gewonnen. Auch war sein Umgang mit dem Löwen so geschickt, dass dieser nur noch die angenehme Seite der Arbeitsteilung, das jagdlose Fressen, sah. Die Formel: einen Tag jagen, drei Tage fressen, hatte ihn so in Verzückung versetzt, dass ihm nicht auffiel, dass nicht er es war, der arbeiten ließ, sondern dass längst er für das Burbit arbeitete. Der König erlag immer mehr den Reizen des Nichtstuns. Lieber fraß er etwas weniger, um das Resultat einer kurzen Jagd gleich vier, fünf Tage genießen zu können. Es fiel ihm dabei gar nicht auf, dass er immer träger und dadurch auch langsamer wurde. Und so kam der Augenblick, da auch ihm die Abhängigkeit bewusst wurde, in die er gekommen war – als er nämlich eines Tages beim Burbit vorbeischlenderte und gähnte: „'ne Antilope, ich hab Hunger", und das Burbit ihm höflich, aber bestimmt vorrechnete, dass sein Vorrat aufgebraucht sei. „Aber selbstverständlich bin ich gern bereit, dir ein Beutestück zu leihen.“ Shiva wollte, als er seine unglückliche Lage erkannte, dieses Wesen mit einem Prankenhieb töten, aber er war hungrig und müde und morgen würde er auf die Jagd gehen und nichts abliefern.

„Gut, leihe mir ein Stück, du bekommst es morgen wieder.“

Am nächsten Morgen ging Shiva sehr früh auf Beutesuche. Doch nichts ließ sich blicken. Und er war zu müde und die Sonne schien zu heiß und er hatte keine Lust, stundenlang durchs Gebüsch zu streifen. Außerdem fiel ihm auf, wie seine Kraft nachgelassen hatte, und mit jedem Schritt wurde der Gedanke stärker, dass dies doch eigentlich eine lästige Arbeit und eines Königs gar nicht würdig sei. So führten ihn seine Pranken wie von allein vor die Behausung des Burbit. Die Situation war mehr als unangenehm für den König und sein Versuch, es mit Gleichgültigkeit und königlichem Auftreten zu vertuschen, schlug kläglich fehl. Schneller als erwartet war für das Burbit der Moment gekommen, nicht nur großzügig zu verleihen, sondern auch Forderungen zu stellen.

„Du schuldest mir von gestern noch ein Stück. Wenn ich dir heute wieder eines geben soll, muss ich morgen drei bekommen. Sonst muss ich bald hungern.“ Shivas Nase drängte, der Magen hielt es nicht mehr aus – „Gut, gut, drei Stück, kein Problem, aber mach schnell, ich sterbe vor Hunger.“

Noch wusste der Löwe nicht, in welches Schlamassel er da geriet, deshalb war es vorerst kein Problem, darüber nachzudenken und sich vorzunehmen, es diesem Burbit zu zeigen.

Das bekamen drei Antilopen, zwei Kudus und vier Zebras zu spüren …

Triumphierend zeigte Shiva dem Burbit seine Beute, bezahlte seine Schuld und ließ den Rest, der mindestens zehn Tage Vorrat bedeutete, verwahren. „Ich wusste, du bist ein guter Partner“, meinte das Burbit und klopfte dem König der Tiere eher mitleidig auf die Schultern. Dieser kräfteraubende Jagdtag hatte seine Auswirkungen – Shiva schlief zwei Tage und zwei Nächte, bummelte mit gestärktem Selbstvertrauen ein paar Tage durch die Gegend, bis es wieder hieß: Kein Stück mehr da von deinem Guthaben. Er lieh, bezahlte zurück, jagte wie früher – doch er war nicht mehr so wie früher. Nach einigen Monaten Partnerschaft war seine Schuld auf eine Menge Beutestücke angewachsen und nicht mehr zurückzuzahlen. „Shiva“, sagte das Burbit, „du weißt, wie es um dich steht. Aber du weißt auch, dass ich immer ein guter Partner war und auch bleiben werde. Aber ich muss jetzt auch mal an mich denken. Ich mache dir einen Vorschlag: Du jagst für mich und ich gebe dir dafür zu essen. Du brauchst dich also nicht mehr um deinen Hunger zu kümmern. Ich kann dir nicht viel geben, aber genug, um satt zu werden. Alles was du zu tun hast, ist, das zu jagen, was ich dir auftrage.“

Shiva schien nicht recht zu hören. Er sollte nur noch auf Befehl des Burbits jagen, sollte keinen Bissen warmes Fleisch aus der Beute reißen dürfen. „Nun ist es an der Zeit, das Burbit zu töten“, dachte Shiva. Er wäre seinen Peiniger und seine Schulden mit einem Streich los. „Shiva, bevor du mich tötest“, rief das Burbit, das sich sogar seiner Gedanken bemächtigt hatte, „bedenke, dass alle in deinem Reich wissen, wie es um dich steht. Noch bist DU der König der Tiere, doch wenn du deine Schulden auffressen willst, frisst du auch dein Gewissen auf. Außerdem, sieh dich an, du bist schwach geworden und langsam. Du kannst froh sein, wenn ich dich verköstige.“

Shiva wurde Burbits Jäger. Oft war er den ganzen Tag unterwegs, um ein Tier zu erledigen. Dann gab es aber auch wieder Tage, an denen ihn das Burbit in der Sonne liegen ließ und ihm das Essen sogar zu seinem Schlafplatz brachte. Shiva war nicht einmal mehr unzufrieden, er hatte sich gefügt, war eigentlich kein Löwe mehr, sondern Werkzeug dieses Wesens. Er lebte nur noch für die Stunden des faulen Liegens, für die Minuten der Essensausgabe. Doch es sollte nicht das Ende des Spieles auf dem Schicksalsbrett sein.

Einmal kam Shiva ohne die verlangte Beute heim. Er hatte sich schon damit abgefunden, hungrig einschlafen zu müssen, als das Burbit seinen letzten Spielzug setzte: „Shiva, du hast deine Aufgabe nicht erfüllt, eigentlich dürfte ich dir keinen Lohn geben. Aber du kannst, nur wenn du willst natürlich, stattdessen eine andere Aufgabe erledigen. Sie ist sehr einfach zu lösen. Dafür bekommst du das Essen. Und morgen jagst du wieder."

Shiva war müde, in seinem Kopf war nur dumpfes Dröhnen zu hören, das vom Magen kam.

„Was soll ich tun?", fragte er.

Da brachte ihm seine Erinnerung den Moment zurück, an dem er dem Burbit zum ersten Mal begegnet war. War es sein Stolz gewesen, dass er es nicht sofort getötet hatte? War es sein tiefer Friede gewesen, der ihn in wenigen Sekunden wieder fragen lassen wird: „Was soll ich tun?"

Er hatte doch nur den Tag so geliebt.

Und es war auch nicht der Hunger nach der Beute gewesen, der ihn so weit gebracht hatte, es war der Hunger nach den verlorenen Augenblicken.

Das Burbit, das wusste Shiva jetzt, in diesen letzten Minuten als König, das Burbit liebte das Heute nicht, also hatte es auch keinen Hunger danach zu stillen. Das Burbit hatte es von allem Anfang an darauf angelegt, ihm eines Tages diese *andere* Aufgabe zu stellen. „Was ist es, was soll ich tun?", fragte Shiva noch einmal. Das Burbit lächelte, es wusste, dass es geschafft war. Ein Satz noch, ein einziger Satz, und der König war vom Thron gestürzt.

„Shiva", sagte es endlich, „stell dich auf deine Hinterbeine. Mach Männchen!"

Die Krone des Schlangenkönigs

Kann ein König arm sein? Natürlich kann er: Die Schatzkistchen sind zwar gefüllt, in den Küchen flattern zwar die Kapaune und tauchen die Hummer um die Wette und neben der Königin zupfen auch noch ein paar Mätressen am königlichen Geschlecht, aber ... glücklich ist er trotzdem nicht: Die einzige Tochter, die Thronfolgerin, völlig missraten (warum wohl?!), der Hofstaat ein Pack aus Intriganten und das Volk, das zu beschützen, zu knechten und auszubeuten man von Gott selbst den Auftrag erhalten hatte, besinnt sich immer mehr seiner Kraft und Stärke und will sogar schon mitregieren. Sowas kann einem König schon ganz schön die Glückswolke zerregnen. Wenn wundert es da, dass der arme Kerl manchmal davon träumt, ein ganz gewöhnlicher Bursch irgendwo im Wald da draußen zu sein ...

Kann ein Bursche, irgendwo im Wald da draußen, reich sein? Natürlich kann er: Zwar besteht die Hütte, in der er mit seiner alten Mutter haust, nur aus Holz und Blättern, zwar kommen auf den Tisch nur Kartoffeln und Milch von der einen mageren Kuh und Beeren aus dem Kaufladen der Natur, und fremde Leute bekommt er nur dann zu Gesicht, wenn die sich entweder hoffnungslos verirren oder an seinem Haus vorüberwandern, aber ... dieser Bursche, den es wirklich gibt, kennt trotzdem nur das Glück! Denn alles, was für ihn „Leben" bedeutet, bekommt er von Gott Tag für Tag geschenkt:

Jeden Morgen weckt ihn neues Licht, erscheint ein Klangteppich aus unzählbaren Stimmen und Geräuschen, der denjenigen, der das Lauschen noch beherrscht, zum Fliegen in den Himmel einlädt. Und erst die Bilder, die es zu betrachten und zu bewundern gibt! Da sind die langsamen, die ihre Form und Farben im Rhythmus der Jahreszeiten wechseln, da sind die schnellen, die mit Schatten und mit Sonnenstrahlen spielen und sich ohne Unterlass Gäste einladen, die dann über die Leinwand promenieren. Und dann sind da noch die Augenblicke, ein Vogel, der sich im Flug eine Libelle schnappt, ein Samenkorn, das einer Ameise, die es geschultert hat, vom Rücken rollt, ein Blatt, das langsam vom Asthafen in Richtung Erde segelt.

Victor sieht und hört dies alles. Deshalb ist er reich. Obwohl er gar nicht weiß, was das ist. Würden er und der König sich kennen (so weit sind wir noch nicht, aber bald, sonst wär es ja kein Märchen ...), würde Victor ihm vielleicht antworten, wenn der König ihn fragte: Reich ist, sich jeden Morgen auf den Tag zu freuen. Dieses unfassbare 360-Grad-Panorama-Programm tief in sich hineinzuziehen, ohne daran zu denken, was man daraus machen, was es einem bringen und wie man es für morgen aufbewahren könnte. Mit dem sicheren Gefühl zu leben – und dass es ein großes Buch gibt, in dem alles geschrieben steht, wie es kommt, und dass das, was kommt, ganz einfach so sein muss.

Wie der Hund, dem Victor begegnet, als er auf der Suche nach einem Stück Wild im Wald unterwegs ist. Niemand ist zu sehen weit und breit, dem er gehören könnte, außerdem weicht der struppelige Köter nicht mehr von seiner Seite. „Du wirst schon wissen", lacht er, „warum du von zu Hause ausgerissen bist! Hast mich gesucht, damit ich dir zu fressen gebe und dich kraule. Gut, komm mit!"

Die Mutter, die das Leiden schon viele Jahre auf dem Buckel trägt und mit dem Leben kämpfen muss, anstatt es zu genießen (wer kann ihr das schon verdenken, hat sie doch für ihren Sohn von Geburt an alleine sorgen müssen, weil der Kindsvater, der Bauer, der schäbige Mistkerl, sich nur einmal an der Magd vergriffen und dann, als die Schwellung unterm Kittel immer größer wurde, sie vom Hof verjagt hatte ...), weiß nicht, ob sie ihren Sohn umarmen oder fortjagen soll: „Was schleppst du schon wieder einen Esser mehr an unseren Tisch? Wir haben doch schon zwei Katzen und jedem Wanderer, der vorbeikommt, wird eine Schüssel hingestellt! Wir haben doch nicht genug!"

„Dann teile ich mit ihm eben meinen Teil", sagt Victor und stellt dem neuen Freund die Hütte, den Garten, die Kuh und auch die Katzen vor.

Ja, so ein Bursche ist Victor: reicher als ein König!

Nun könnte sein Leben so weitergehen, immer weiter, bis er selbst ein alter Mann wäre, der mit all seiner Weisheit nur noch ein kleines Stückchen nach vorne, aber ein riesengroßes zurück, auf das Vergangene, blicken könnte. Aber ... im großen Buch steht etwas anderes geschrieben, was sogleich beginnen wird!

Victor spaziert wie jeden Tag über die große Wiese, die hinter dem Wald liegt, um Beeren zu sammeln oder vielleicht eine Fasanhenne zu einem Besuch im Kochtopf einzuladen. Da tritt er fast auf eine Schlange, die im hohen Gras verborgen liegt. Zuerst erschrickt er gewaltig, doch dann sieht er, dass das arme Tier kaum noch Leben in sich trägt. Vorsichtig – bei diesen Tieren weiß man ja nie – hebt er sie hoch und die Schlange lässt alles mit sich geschehen, nur ihr Schwanz und der Glanz in ihren Augen verrät, dass der Tod sie noch nicht ganz auf seiner Schaufel hat.

„Halte durch“, sagt er und rennt los, will die wunderschöne Schlange retten, redet ihr gut zu, streichelt ihren Kopf, verspricht ihr gute, warme Milch.

Zu Hause angekommen füttert er das Tier und legt es in die warme Sonne – und wirklich: Bald sieht Victor unter der glänzenden Haut das Herz ganz deutlich stärker schlagen und damit kehrt auch die Kraft zurück, mit der die Schlange sich nun um die Beine ihres Retters dankbar und zärtlich schlängelt.

Nur die Mutter ist nicht glücklich. „Du bist nicht mehr bei Sinnen“, schimpft sie. „Nun muss ich meine Milch und meine Hütte auch noch mit einer Schlange teilen!“

Aber Victor besteht darauf, dass die Schlange bleibt, zumindest so lange, wie sie selbst es wünscht.

Und sie bleibt. Und nicht nur das: Schlange und Victor werden unzertrennlich, sie wird wie ein Teil von ihm. Mein Gott, der Bursche hat nie Zärtlichkeit genossen, außer dem ein oder anderen Schlecker von den Katzen und dem Hund, da vermag die Schlange doch ganz anderes, kann ihn wie eine zärtliche Hand streicheln, umwinden und verwöhnen.

„Also, normal ist das nicht“, schüttelt das Mütterchen den Kopf, als sie ihren Sohn mit der Schlange im Bett entdeckt.

Zum Glück ist die alte Dame gerade nicht in der Nähe, als die Sache eine dramatische Wendung nimmt. Wieder einmal liegen die beiden eng umschlungen auf der Matte und Victor flüstert: „Ich spüre tief in meinem Herzen, dass du traurig bist. Ach, könntest du mir doch sagen, was dich quält, ich würde alles tun, dich von deinem Kummer zu befreien.“

Plötzlich – Victor ist’s, als wäre er vom Blitz getroffen – zischt das Tier mit leiser Stimme menschliche Worte, die er zu verstehen vermag: „Ich bin Veronik, die einzige Tochter des Schlangenkönigs von Polen. Als ich noch ein Kind war, erzählte mir mein Vater, dass es eine Kraft gibt, die er Liebe nannte, die so stark sei, dass sie die kühnsten Wünsche in Erfüllung gehen lassen kann. Und ich wünschte mir gerade eben nichts so sehr, als dir von meinem Glück und gleichzeitig Unglück erzählen zu können."

Welch ein märchenhaftes Bild: Victor, der sein Glück nicht fassen, und Veronik, die Schlange, die nun endlich das loswerden kann, was ihr schon seit Wochen im Inneren brennt.

„Das Reich meines Vaters ist weit weg von hier, in den Sümpfen nahe dem großen Fluss. Dort wurde ich vor ein paar Wochen von einem Storch entführt, der mit mir übers Land flog. Aber weil ich so zappelte, musste er mich fallen lassen, und so ließ mich das Schicksal in die Nähe deines Hauses kommen. Ich wäre vor Hunger gestorben, wärst du nicht aufgetaucht und hättest mich gerettet. Mein Vater und der ganze Hofstaat warnten mich immer vor den Menschen, sie seien die schlimmsten Feinde, die wir kennen, und wir sollten uns stets vor ihnen hüten. Du hast mich etwas anderes gelehrt und dafür möchte ich dich belohnen. Höre: Mein Vater trägt auf seinem Kopf eine Krone aus Gold und Diamanten. Einmal habe ich heimlich gelauscht und gehört, dass sie eine Krone aus dem Reich der Feen und Elfen sei, die in der Hand eines Menschen ungeheure Zauberkräfte entwickle. Wenn du mich in mein Reich zurückbringst, werde ich meinen Vater bitten, dir die Krone zu schenken."

Victor weiß nicht, was er sagen soll, vor Augenblicken war er noch so glücklich, war das Hier und Jetzt, verschlungen mit der warmen Schlange, sein allerhöchstes Ziel. Und nun taucht plötzlich am Horizont ein Bilderreigen auf, in dem alles, was er darin sieht, so fremd und unwirklich erscheint. Und Veronik? Will sie ihn mit dem Versprechen der Zauberkrone nur dazu verlocken, sie in ihr Reich zurückzubringen? Wird er sie verlieren, wenn sie wieder bei ihresgleichen ist?

Victor macht sich auf den Weg, hat sich die Schlange wie einen Schal um die Schultern geschlungen. Er geht viele Tage und viel Nächte, bis er die Sümpfe bei dem großen Fluss erreicht. Veronik führt ihn durch das unwegsame, unübersichtliche Gelände. Immer mehr Schlangen kriechen aus dem Schilf und dem dichten Unterholz hervor, bald sind es hunderte, tausende, die gierig, mit erhobenen züngelnden Köpfen nach dem Eindringling stoßen wollen, dem Unverfrorenen, der es wagt, sich hier blicken zu lassen. Doch sobald sie Veronik sehen und ein kurzes Zischen hören, weichen sie zurück und lassen die beiden ehrfurchtsvoll vorüberziehen.

„Nun ist es nicht mehr weit zum Palast meines Vaters."

In der Ferne, am Rande eines Waldes, ist schon ein strahlendes Funkeln wahrnehmbar, das mit jedem Schritt, den sie näherkommen, stärker, klarer wird. Und als Victor nur noch ein paar Meter davon entfernt ist, sieht er auch, woher das Geblende kommt: ein Ding, groß vielleicht wie eine Hundehütte, über und über besetzt mit Edelsteinen, das in allen Farben schimmert. Und davor eine riesengroße, fette Schlange, schwarz mit gelbem Zickzackmuster und mit einer Krone, eher einem Krönchen auf dem Kopf (wie hält sich die wohl auf dem glatten Schädel, war Victors erster Gedanke, als er den König sieht ...), die sich gelangweilt in der Sonne räkelt.

„Ich kann's nicht fassen", spricht der König, „diese Menschen werden immer dreister und belästigen uns schon in unserem ..." – jetzt erst haben die Augen der Majestät den lebendigen Schal entdeckt, der ihm doch bekannt vorkommt – und er beginnt langsam, sich aufzurichten.

„Veronik?? Wie kommst du ... was machst du ... ich verstehe nicht. Ich dachte, du seist tot!"

„Ich habe Eurer Tochter das Leben gerettet", sagt Victor ruhig, „und außerdem ..."

„Und außerdem", unterbricht ihn seine Schlange, „habe ich ihm deine Krone als Belohnung dafür versprochen, wenn er mich zu dir zurückbringt!"

„Ich bin überglücklich, dich zu sehen, und ich muss dir, Mensch, wohl dafür dankbar sein, dass mein einzig Alles noch am Leben ist, aber meine Krone gebe ich dir sicher nicht!"

„Vater, ich habe sie ihm versprochen und gerade du, der König aller Schlangen Polens, musst wohl zu deinem Worte stehen!"

„Ich gab ihm ja nicht mein Wort – aber gut, ich will mit meinem Schnuckelzahn nicht streiten. Ich mach dem Jungen einen Vorschlag: Er bekommt mein Krönchen, das ihm jeden Wunsch erfüllen wird, wenn er mir verspricht, als seinen ersten Wunsch meinen zu erfüllen. Wenn er es nicht tut, lasse ich ihn töten!"

Veronik flüstert mit Victor, der daraufhin antwortet: „Ich bin einverstanden, König, ich vertraue Euch, weil ich Eure Tochter ..."

„Weil er deine Tochter gerne zurückgebracht hat, wollte Victor sagen. Und nun gib ihm endlich die Krone!"

Mit seinem Schwanzende greift sich der König die Krone vom Kopf und legt sie Victor in die Hand. Sie ist gerade so groß wie ein Ring.

„Nun schließ die Hand über der Krone", befiehlt der König, „und höre meinen Wunsch, der aus deinem Munde kommen muss, damit er in Erfüllung geht. Also sprich mir nach: Wenn der volle Mond zum siebenten Mal über dem großen Fluss steht, bringe ich die Krone, egal wo ich gerade bin und was ich gerade mache, hierher zurück und setze sie dem König wieder auf den

Kopf. – Also: Sieben Monde lang hast du nun Zeit, die Zauberkraft der Krone für dich zu nützen. Und jetzt geh!“

Victor will sagen, dass er doch am liebsten ... aber Veronik hält ihn zurück und wispert in sein Ohr: „Nütze die Zeit, dann kehre zu mir zurück. Die Krone wird dir großes Glück bescheren.“

Sie schließt ihm die Hand und Victor überlegt sich einen Wunsch, überlegt und überlegt ...

Als er erwacht, liegt er im hohen Gras vor seiner Hütte.

„Wie lange habe ich denn geträumt?“, denkt er sich zuerst, spürt dann jedoch etwas in seiner rechten Faust, die er nun vorsichtig öffnet – und eine Krone findet, klein wie ein Ring, aus Gold, über und über besetzt mit Diamanten.

„Das gibt's doch nicht, es war kein Traum, die Krone in meiner Hand ist Wirklichkeit! Mutter wird mir nicht glauben, sie wird verrückt vor Freude werden!!!“

Er findet die Mutter halb verhungert in der Hütte, auch Hund, Katz und Kuh haben kaum noch Fleisch auf den Knochen.

„Habt nur eine Sekunde lang Geduld“, ruft er und drückt das Krönchen fest in seiner Hand und wünscht sich – ... einmal zu essen wie der König an seinem Geburtstag!

Da kracht die Hütte auseinander, die verdutzte Kuh weiß nicht, wie ihr geschieht, weil sie plötzlich umgeben ist von Gebackenem, Gebratenem, Gekochtem und noch von einem ihrer Brüder, der sich überm Feuer auf dem Spieße dreht. Bis in den Wald reicht der Speisenreigen, der wohl für tausend Leute reicht!

„Vielleicht sollte ich das nächste Mal doch etwas präziser wünschen“, denkt sich Victor, aber sieht mit Freuden, wie die Mutter und seine Tiere sich auf das königlich köstliche Essen stürzen.

Das Leben des Herrn Victor ändert sich: War seine Zauberkraft zunächst noch eng verbunden mit seinem früheren bescheidenen Leben – ein Stall für die Kuh, ein warmer Ofen für die Katzen, eine Kratzmaschine für den Hund, ein Schaukelstuhl und eine Brille für die Mutter, damit sie, milde schaukelnd, das Leben wieder klarer sieht – wird nun die Frage: „Ja, warum denn eigentlich nicht?!" die alles bestimmende und wichtigste, die ihn von nun an begleitet.

Ja, warum denn eigentlich nicht! – Ein kleines Schlösschen statt der Hütte.

Ja, warum denn eigentlich nicht! – Eine Herde Kühe statt der einen.

Ja, warum denn eigentlich nicht! – Ein klitzekleines Schatztrühchen für Mamutschka.

Ja, warum denn eigentlich nicht! – Ein Mädchen, von wer weiß woher, das seinen wunderschönen schwarzen Körper über seinen gleiten lässt und ihm Freuden schenkt, die ihn alles vergessen lassen.

„Victor", sagt die Mutter, „öffne deine Augen und dein Herz und schau dich um: Unsere Kuh gibt keine Milch mehr, wozu auch, wir haben so viel, dass wir damit die Wiesen tränken können. Katz und Hund sind der Wärme und des Kraulens überdrüssig, weil sie doch dich und deine Zärtlichkeit vermissen. Und du selbst hast das Genießen verlernt, weil alles, was du dir wünschst, in dem Moment, wo du es besitzt, nicht mehr gut genug ist und du meinst, es müsste noch etwas Besseres geben. Bring das verhexte Zauberding zurück, bevor es zu spät ist!"

„Aber Mutter", lächelt Victor, „das stimmt doch gar nicht. Du siehst das alles viel zu eng. DU musst lernen zu genießen! Ich hab die Sache voll im Griff!"

Ja, warum denn eigentlich nicht! – Eine Palastanlage statt des kleinen Schlösschens.

Ja, warum denn eigentlich nicht! – Schafe, Ziegen, Kühe, Kälber, Stiere statt einer Herde Kühe.

Ja, warum denn eigentlich nicht! – Ein Schatzspeicher statt eines klitzekleinen Schatztrühchens.

Ja, warum denn eigentlich nicht! – Wunderschöne Mädchen, aus jedem Land der Erde eines, statt des einen Mädchens mit dem schwarzen Körper.

Victor bekommt von seinem neuen Leben ein Geschenk, das er bisher nicht kannte: Langeweile und Gewohnheit. Wenn die Gewohnheit erst einmal beginnt, alles mit ihrer grauen Mattheit zu überziehen, verblasst sehr schnell der Glanz des Wunderbaren, das doch allem, was uns umgibt, innewohnt und – das ist es, was Victor bisher so meisterhaft beherrschte – was es zu entdecken gilt. Aber weil nichts mehr da ist, was sich neu entdecken ließe, was Staunen weckt und Sehnsucht, steht statt der Sonne die Langeweile den ganzen Tag am Himmel und geht so lange nicht unter, bis der Schlaf sich des armen Victor erbarmt …

Dann kommt der Tag, an dem Victor wie schon tausende Male zuvor sich sagt: „Ja, warum denn eigentlich nicht!"

„Was gibt es hier noch zu erreichen", ruft er seinen Untertanen zu, der Mutter, dem Hund, den Katzen, den unüberschaubar gewordenen Herden und den Mädchen, eines aus jedem Land der Erde. „Ich habe euch allen so viel Gutes getan, nun möchte ich die ganze Welt an meinem Glück teilhaben lassen! Jetzt, liebe Zauberkrone, befehle ich dir, mich zum König zu machen!"

Diesen Schritt hat sich Victor wohl überlegt: Er weiß, dass ihm nur noch 42 Tage zur Verfügung stehen, dann würde er dem Schlangenkönig die Krone wieder auf den Kopf setzen müssen. Wäre er aber König, der Mächtigste der Mächtigen, könnte er in Zukunft auf die Zauberkraft der Krone gerne verzichten.

Waren die Feen, die doch hinter jedem Wünschen stehen, schon nicht besonders glücklich über diesen Menschenkerl, der sich da so unverschämt am Glück bediente, so stellte die Erfüllung dieser Aufgabe die Märchenwesen vor eine neue, bisher nicht gekannte Herausforderung. Ein Haus war schnell errichtet, einem Gegner schnell Warzen ins Gesicht gehext, aber um König zu sein, bedarf es eines eignen Reiches, bedarf es Untertanen und noch einiges mehr.

So ist Victor ein bisschen erstaunt, als er sich einen Augenblick nach dem Wünschen in folgender Szene sieht: Er, prächtig gekleidet, auf einem edlen Ross, hinter sich eine Gefolgschaft mit sieben Wagen, beladen mit schweren Kisten. Das Bühnenbild zeigt ein Königsschloss.

Jetzt wird Einlass begehrt, es wird geöffnet und willkommen geheißen. Schnitt. Der König tritt in den Prunksaal und empfängt den jungen Mann.

Jetzt in Großeinstellung: Victor tritt vor und sagt: „Ich will Euer einziges Kind – die liebliche Prinzessin – freien."

Wow, denkt sich Victor heimlich, das Wunschprogramm geht ja ziemlich gerissen vor: Die einzige Prinzessin zu heiraten, kann wohl nichts anderes bedeuten, als bald den Königsthron zu übernehmen.

Schwenk auf den König, der nun seinen großen Auftritt hat und antwortet: „Junger Mann, ich sehe, Ihr seid von edlem Stand (bis hierher hält er sich brav an das Drehbuch der Feen ...), aber es tut mir leid, meine Tochter, die Prinzessin ist bereits vergeben!" („Was soll das", ruft die Oberfee entsetzt, „er kann sich doch nicht unseren Vorgaben widersetzen. Das gab es doch noch nie!")

„Wisst Ihr, junger Mann", fährt der König mit seiner eigenwilligen Rede fort, „eigentlich müsste ich ja glücklich sein, dass ein so stattlicher Bursche wie Ihr um meine Tochter freit. Aber: auf ein Wort – ich bin ein armer Hund, auch wenn es Euch vielleicht schwer fällt, zu glauben, dass ein König arm oder gar ein Hund sein kann. Manchmal wünschte ich mir, ein ... ach was soll's ... Also, mein Kind hat mir schon so viel Kummer bereitet, liebt einen armen Handwerksburschen, den sie unbedingt heiraten will. Ich wollte es ihr verbieten, aber sie antwortete mir, dann geh ich in den Tod. Also habe ich zugestimmt, die Hochzeit ist schon geplant und wird in 41 Tagen über die Bühne gehen!" („Spinnt der komplett", rufen die Feen, „der bringt damit doch jedes Märchen durcheinander!")

Victor begreift ganz schnell, dass da was schief läuft, und verlässt nun auch die vorgegebene Dramaturgie: „Hört zu, mein König. Ich verstehe Euch, denn auch mich plagen ähnliche Probleme, wie Ihr sie mir geschildert habt. Ich möchte Euch einen Vorschlag machen (und auf diesen ungeheuren Plan, den Victor sich gleich er-klären hören wird, ist er wirklich stolz!): Ich besitze eine Zauberkrone, die alles wirklich werden lässt, was Ihr Euch wünscht. Ich bin des Wünschens schon überdrüssig, alles, was ich noch will, ist an Eure Stelle zu treten und König zu werden. Bedenkt, wie viele Fliegen Ihr mit dieser Klappe schlagt: Ihr seid Euer langweiliges Leben und den aufreibenden Job los, Ihr rächt Euch an Eurer unverschämten Tochter, die einen Handwerksburschen zum König befördern will, und könnt Euch für Euren Lebensabend alles genau so richten, wie Ihr es Euch schon immer erträumt habt." (Victor – ein anderer Victor, als wir ihn zu Beginn des Märchens mit Freude begleitet hatten – weiß ja, dass er – beziehungsweise der Besitzer der Krone – in 41 Tagen dem Schlangenkönig das Ding wieder auf seinen glitschigen Kopf setzen muss. Da wird der König schön dumm aus dem Hermelin schauen, wenn das Wünschen schlagartig ein Ende hat. Und er, Victor, hätte es sich inzwischen auf dem Thrönchen schon bequem gemacht, den Hofstaat und die Untertanen auf den rechten, seinen Weg gebracht. Von der Prinzessin und ihrem Handwerker wäre sowieso nichts mehr zu befürchten.)

Den Feen ist das Märchenstück nun völlig entglitten, in der Zentrale herrscht höchster Alarm: Sie sehen den König noch zögern, aber schon zieht er listig eine Augenbraue hoch und deutlich ist zu erkennen, wie der ganze Plan vor seinem inneren Auge vorüberzieht. Es vergeht eine Sekunde, eine zweite, nun verzieht er einen Mundwinkel zu einem hinterhältigen Lächeln, eine dritte Sekunde, nun streckt er Victor seine Hand hin, den Tausch zu besiegeln, zögert Zentimeter vor der Berührung, hält inne und sagt: „Und woher weiß ich, dass Ihr mich nicht betrügt?“

„Euren Argwohn kann ich gut verstehen“, lächelt Victor. „Ich gebe Euch gerne eine Kostprobe von den Wundern, die Euch erwarten werden. Los, sagt, was die Krone herbeizaubern soll!“

„Nun ... vielleicht eine, oder ein ..., verdammt, was soll ich mir wünschen, ich hab doch alles“, ruft der König, doch dann fällt ihm endlich etwas ein. „Ich wünsche mir schon seit Jahren ein Kätzchen, ein ganz kleines, nur für mich allein!“

„Farbe?“, fragt Victor. „Rasse? Geschlecht?“

„Verdammt, ein Kätzchen, irgendeines!“

ZACK – räkelt sich ein kleiner Panther, groß wie ein Hund, auf des Königs Schoß, der hysterisch „fort, fort mit der Bestie“ schreit.

„Kein Problem“, – und fort ist das Tier.

„Nun, mein König, Ihr habt gesehen, es funktioniert. Ein bisschen Übung und Ihr seid der Herr aller Träume!“

Die königliche Hand vollendet den letzten Zentimeter, der sie von jener des Victor trennt, schlägt ein und reißt die Zauberkrone an sich!

Sind alle diese Vorkommnisse schon so schlimm, dass sich die Feen nur noch trauen, diese Szenen mit bloß einem Auge zu verfolgen, müssen sie sich jetzt vor Schreck und Scham, dass so etwas im Märchenland passieren kann, auch die Ohren zuhalten, als würde das etwas nützen, das Ungeheuerliche ungeschehen zu machen.

Was jetzt abläuft, passiert innerhalb von wenigen Sekunden: Der König hält die Zauberkrone in der Hand und sein Lachen macht Victor sofort klar, dass er einen schrecklichen Fehler begangen hat. Er will sich noch auf ihn stürzen, doch da schreit der König schon die alles entscheidenden Worte: „Fort mit ihm, dorthin, wo er hergekommen ist, und alles soll wieder so sein, wie am Beginn der Geschichte!"

Als Victor erwacht, liegt er im hohen Gras vor seiner Hütte. „Wie lange habe ich denn geträumt", denkt er sich und schaut auf seine rechte Faust, die er nun vorsichtig öffnet – und nichts als seine leere Hand sieht.

„Mein Gott, der Traum ist vorbei, das kann es doch nicht geben!" Kaum traut er sich, den Kopf zu heben, um zu sehen, ob wenigstens ...

Er sieht die armselige Hütte und sieht die Kuh, zwei fette Katzen und einen fetten Hund, die träge in der Sonne liegen und blöd schauen, weil die Gegend sich plötzlich so verändert hat.

Und dann sieht er die Mutter, die dort am Boden liegt, wo vor Augenblicken noch der Schaukelstuhl gestanden haben muss. Er sieht sie und weiß sofort, sie ist tot. Wohl gestorben an Traurigkeit über ihren Sohn, denkt Victor, oder an einem Herzinfarkt, als ihr geliebter Schaukelstuhl, das Einzige, was sie sich wirklich gewünscht hatte, plötzlich nicht mehr da war.

Victor hebt ein Grab aus, in das er seine Mutter bettet und in dem er am liebsten gleich alles verschwinden lassen würde, was ihm gegeben war, seit ihm der Schlangenkönig die Krone in die Hand gedrückt hatte.

Aber so einfach, bemerkt Victor sofort, geht das nicht: Die Erinnerungen an die letzten Monate, die länger als ein ganzes Menschenleben erscheinen, lassen sich nicht so einfach unter die Erde bringen, weg mit ihnen, als wären sie niemals dagewesen.

Victor arbeitet hart daran, diese seine dunkle Vergangenheit, diesen Fels aus Diamanten, Stück für Stück abzubauen. Stück für Stück, bis eines Tages, Victor weiß nicht, wie viele Tage seit dem Grabausheben vergangen sind, nur noch eine einzige Erinnerung übrig ist.

Eine einzige Erinnerung – und die ist hell und wunderschön und ist so leuchtend, als würde sie auf einen Weg hinweisen wollen, den Victor gehen soll: Es ist die Erinnerung an die Schlange, an seine Schlange.

Victor macht sich auf den Weg, er nimmt den Hund mit und die Katzen und auch die Kuh. Er weiß, er wird niemals mehr hierher zurückkehren.

Er geht viele Tage, viele Nächte, bis er die Sümpfe bei dem großen Fluss erreicht. Irgendetwas führt ihn mit einer geheimnisvollen Sicherheit durch das unwegsame, unübersichtliche Gelände. Immer mehr Schlangen kriechen aus dem Schilf und dem dichten Unterholz hervor, bald sind es hunderte, tausende, die gierig, mit erhobenen züngelnden Köpfen nach dem Eindringling stoßen wollen, dem Unverfrorenen, der es wagt, sich hier blicken zu lassen. Doch sobald sie erkennen, wer es ist, weichen sie zurück und lassen die seltsame Truppe ehrfurchtsvoll vorüberziehen.

In der Ferne, am Rande eines Waldes, ist schon ein strahlendes Funkeln wahrnehmbar, das mit jedem Schritt, den sie näherkommen, stärker, klarer wird. Und als Victor nur noch ein paar Meter davon entfernt ist, sieht er auch, woher das Geblende kommt: ein Ding, groß, vielleicht wie eine Hundehütte, über und über besetzt mit Edelsteinen, das in allen Farben schimmert. Und davor eine riesengroße, fette Schlange, schwarz mit gelbem Zickzackmuster, die sich gelangweilt in der Sonne räkelt.

„Das war doch nicht notwendig, dass du persönlich hier auftauchst, um mir meine Krone wiederzubringen. Aber pünktlich bist du, das muss man dir lassen", sagt der Schlangenkönig und richtet sich auf, die Krone in Empfang zu nehmen.

„Ich habe Eure Krone nicht mehr und ich bin auch nicht gekommen, sie Euch wieder zu bringen. Ich bin hier, weil ich Eure Tochter liebe und sie zur Frau nehmen will."

Der Schlangenkönig lässt sein Zünglein mächtig spielen und rückt damit ganz nah an Victors Kopf heran: „Menschlein", zischt er, „du bist ja ganz schön mutig. Ich hoffe, du verstehst dich mit Gott, damit er dich nicht im Stich lässt und sich der Zauber an deinen ersten Wunsch erinnert, sonst weißt du ja, was dir blüht." (Zum Glück hatten weder der König noch Victor die geringste Ahnung, was sich in diesem Augenblick in der Feenzentrale abspielte – eine Hektik und ein Countdown wie in Cape Canaveral ...) „Und was Veronik betrifft", zischt der König weiter, „kann ich mir nicht vorstellen, dass sie ein Geschöpf, das auf Beinen geht und seine Augen schließen kann, auch nur eines Blickes würdigt. Sie hat dich umschmeichelt, weil sie wieder zu ihrem Papa wollte, verstehst du!!!"

„Das stimmt nicht, Papa", sagt Veronik und kommt langsam aus dem Palast geschlängelt. „Ich wollte es dir nicht sagen, weil ich wusste, er hat eine Prüfung zu bestehen, aber ich liebe Victor und dass er jetzt da ist und vor uns steht, ist wohl der beste Beweis dafür, dass er es ehrlich meint."

Empor an seinen Beinen windet sich die Schlange, legt sich eng um seinen Hals und hüllt zärtlich seinen ganzen Kopf ein mit ihrem schwarzen Körper.

„Das ist ja widerlich, um nicht zu sagen pervers", empört sich der König. „Hofstaat wendet eure Augen ab! Und du, missratene Tochter, kannst um seinen Hals gewunden bleiben, bis der volle Mond über dem Wald erscheint. Denn sitzt dann nicht die Krone auf meinem königlichen Haupte, darfst du ihm persönlich den Hals abdrücken – wenn ich es tue, werde ich es mir nämlich sicher nicht nehmen lassen, ihn ganz langsam und genussvoll zu Tode zu quälen."

„10-9-8 ..." – die Spannung im Hauptquartier der Feen steigt – „7-6-5 ..." – „Das ist unsere letzte Chance, die Sache noch ins Lot zu bringen!", ruft eine Fee – „4-3-2 ..." – „Alle Zauberkräfte, steht uns bei!!!", ruft der Feenchor – „1-ZERO!"

Szene 1

Der Menschenkönig hat sich vor ungefähr drei Minuten seines innigsten Wunsches erinnert, nämlich ein armer Bursch irgendwo da draußen im Wald zu sein, um das Leben auf einfachste Art zu erfahren und zu durchdringen. Augenblicke später findet er sich vor einer armseligen Hütte wieder, die verlassen wirkt und nichts, aber auch gar nichts zu bieten hat, außer einigen vertrockneten Kuhfladen, abgenagten Knochen und einem frisch aufgeworfenen Erdhügel, der aussieht wie ein Grab.

„Das ist mir eine Spur zu romantisch", schimpft der König vor sich hin und will dem Krönchen gerade befehlen, ihn wieder zurück ins feine Schloss zu transportieren, als er ein Sausen, einen sachten Rückstoß spürt, der vom Krönchen zu kommen scheint. Eine schreckliche Vorahnung lässt ihn rasch nach der Krone blicken und er sieht ... NICHTS. Die Zauberkrone – und damit das Rückflugticket – ist verschwunden. Der König setzt sich und beginnt bitterlich zu weinen.

Szene 2

Zur selben Zeit schiebt sich der volle Mond langsam hinter dem Wald hervor, der Wind hat eilig alle Wolken vom dunkelblauen Himmel fortgeputzt.

Mit dem letzten Strich, der die Kugel vollends rund macht, spürt der Schlangenkönig ein Sausen, einen sachten Druck und wie von Zauberkräften angenagelt sitzt die Krone aus Gold und Diamanten auf seinem Kopf.

Der König legt sein Haupt zufrieden auf die Erde und wendet sich dann langsam dorthin, wo Victor und seine Tochter noch immer mit ihrem Liebesspiel beschäftigt sind, als gäbe es keine wichtigen Entscheidungen zu treffen.

Szene 3

Variante 1: In dem Augenblick, als das ungleiche Paar in das Blickfeld des Schlangenkönigs rückt, verwandelt sich Veronik in ein wunderschönes Mädchen, das Victor engumschlungen in seinen Armen hält.

Variante 2: In dem Augenblick, als das ungleiche Paar in das Blickfeld des Schlangenkönigs rückt, verwandelt sich Victor in eine wunderschöne weiße Schlange mit blauem Ringelmuster, die mit Veronik einen festen Knoten bildet.

Szene 4

Variante 1: Nach einem ersten Schock erteilt der Schlangenkönig dem jungen Glück doch noch seinen Segen, sein Kind macht sich auch als Menschlein äußerst hübsch ...

Um irgendwo standesgemäß residieren zu können – immerhin bleibt Veronik trotz ihrer Verwandlung eine Prinzessin von Polen –, trennt sich der Papa von seinem Palast, dem Ding, groß vielleicht wie eine Hundehütte, über und über besetzt mit Edelsteinen, das in allen Farben schimmert. Und das Ding, das sag ich euch, ist so viel wert, dass Victor und Veronik nie mehr Hunger werden leiden müssen ...

Variante 2: „Geliebter Schwiegersohn", frohlockt der überglückliche Papa und ist selig, endlich einen Nachfolger für den Thron des Schlangenkönigs von Polen gefunden zu haben. „Ich hab die ganze Regiererei sowieso schon satt, ich übergebe dir die Amtsgeschäfte!"

Und schon am nächsten Tag findet die feierliche Krönung statt: König Victor mit der Krone aus Gold mit Diamanten und Königin Veronik – hipp, hipp, hurra, hoch sollen sie leben, welch ein Paar!

Szene 5

Beide Varianten: Wenn ihr meint, dass über dieses dramatische, märchenhafte Ende die treuen Begleiter Victors vergessen wurden, habt ihr euch geirrt: Katzen, Hund und Kuh blieben bis an ihr Lebensende am Hof des Schlangenkönigs von Polen und fanden überraschend schnell höchsten Gefallen an den glatten, geschmeidigen Körpern ...

(Mit Motiven eines Volksmärchens aus Polen)

Löwenzahn

Als der Alraun aus den Tiefen der Erde auftauchte und in den Tag köpfelte, hielt für einen Augenblick, einen kurzen Augenblick, alles, die ganze Welt, den Atem an. Ja, vielleicht wusch Ratwani weiterhin ihre Wäsche im Ganges, putzte Mister Upworth weiterhin die Fenster des Trump Tower in der Fifth Avenue, saß Herr Haiden weiterhin auf seinem Traktor und pflügte durchs Schwarzautal.

Und doch – für den Alraun stand für einen Augenblick, einen kurzen Augenblick, alles, die ganze Welt, still. Er war direkt neben einem Geschöpf aufgetaucht, das er noch nie zuvor gesehen, nein, vielleicht noch nie zuvor bemerkt hatte.Er starrte es an, und in diesem kurzen Moment des Alles-rundum-Schweigens wusste er, dass er dieses Wesen liebte – was immer es auch sein mochte! Und er wusste, dass seine vielen Kilometer Erdgänge, sein ganzes Wühlen und Graben nur dazu bestimmt waren, am richtigen Tag, zum richtigen Sonnenstand, hier, zwei Fußbreit neben „ihm“, aufzutauchen. Oh, kennt ihr sie, diese Stillstehmomente, die sich aus der Zeit lösen und dadurch unendlich erscheinen? Sie bergen die Vergangenheit und die Zukunft – ja, die ganze Zukunft! „Äh, ich – bist du neu hier?“, stammelte der Alraun, der noch bis zum Hals in der Erde steckte, „Nein“, antwortete das himmlische Geschöpf bestimmt, „bin schon ’ne ganze Weile hier.“

„Jaja, ich tauche selten hier auf“, sagte der Alraun, kletterte aus dem Erdloch und setzte sich neben die göttliche Erscheinung. „Wenn ich mal nach oben komme, dann meist dort drüben, weißt du, ganz weit drüben“, und er zeigte mit seiner erdigen Pfote weit hinter den Horizont.

„Sooo weit?“ Das Geschöpf war sehr beeindruckt. „Du kommst wohl viel herum in der Welt?“

„Weißt du, ein Alraun kennt die Welt. Siehst du den Zaun dort drüben?“ – Nein, den sah es nicht. „Nun, so groß ist die Welt. War schon ’n paarmal dort.“ Der Alraun hatte sich nun wieder ganz fest in den Pfoten und er wusste es nun ganz bestimmt: Dieses Wesen liebte er, sehr innig und irrsinnig fest, was immer das auch war. Er beschloss, bei ihm zu bleiben bis an das Ende seiner Tage – naja, oder ein paar Tage weniger.

„Wie heißt du denn?“, fragte der Alraun zaghaft und zog mit schmachtenden Blicken einen engen Kreis um das Wesen.

„Pusteblume“, sagte die Pflanze, „P-u-s-t-e-b-l-u-m-e!“

Was für ein Name! Ihm schwinden fast die Sinne. Wie stolz sie dastand. Der feste und doch zarte Stängelkörper und erst der Kopf. Dieser Kopf! Er ahnte, er spürte es: Dieser Kopf musste Ebenbild der ganzen Erde sein – obwohl er gar nicht wissen konnte, dass das, worauf er lebte, eine Kugel war. „Pusteblume“, wiederholte er noch einmal und irgendwo im Hintergrund pfiff ein einsamer Vogel Pink Floyds „Wish you were here“ ...

So begann die Liebe zwischen dem Alraun und der Pusteblume.

Der Alraun, Teil der Erde, wühlte und grub und dachte, der Zaun sei das Ende der Welt. Und die Pusteblume, Kind des Himmels, die der Sonne entgegenstrebte, jedoch von den Wurzeln in der Erde festgehalten wurde – sie wäre so gern frei gewesen, wäre so gern geflogen. „Ach, fliegen“, sagte der Alraun, „das ist nichts für dich, Pusteblume, da begibst du dich in die Hände des Windes, das ist gefährlich, glaub mir. Und was gibt es schon zu sehen in der Welt. Schau dich um – das ist die Welt! Und was ein bisschen weiter weg ist – davon erzähle ich dir ja.“ Und der Alraun erzählte seiner Geliebten von Bäumen, die den Himmel festhalten. Von Bächen, die die Erde teilen, und von Blumen, die Kleider tragen, die aus feinsten Sonnenstrahlen gesponnen sind. „Das muss wunderschön sein“, träumte Pusteblume, „ein Kleid wie die Sonne zu tragen.“ Sie dachte an ihren schmucklosen Körper, an ihre graue Federkugel.

„Ich liebe dich, wie du bist“, sagte der Alraun. Ja, sie liebten einander – der Alraun und die Pusteblume.

Dann kam der Tag, die Stunde, dieser Augenblick, an dem wieder alles, die ganze Welt, den Atem anhielt. Der Augenblick, in dem Wung-Tei in das chinesische Meer sprang, um nach Perlen zu tauchen, Oma Ginetta an einem dicken Schal für ihre Enkelin in Mailand strickte und Josi in Jerusalem Märchen erzählte. In diesem Augenblick sagte Pusteblume: „Alraun, ich hatte einen Traum. Ich träumte, ich würde mich in viele Teile auflösen und davonschweben. Und ich träumte, ich würde zurückkommen zu dir. Hab also keine Angst, Alraun, und höre: Hole tief Atem, so tief du nur kannst, und dann puste mich in die Welt!“

„Ich habe nicht ganz verstanden, was sagtest du?“

„Alraun, wenn du mich liebst, musst du es tun. Du kannst mir die Freiheit und neues Leben schenken!“ „Bist du verrückt geworden?!“, schrie der Alraun aufgeregt. „Wie kommst du plötzlich auf solchen Unsinn. Wir lieben uns, wir wollen doch zusammenbleiben. Ich werde dich doch nicht zerstören!“

„Alraun, ich muss jetzt gehen.“ „Wie kannst du so etwas sagen, liebst du mich denn nicht mehr?“

„Alraun, ich hatte diesen Traum, und nun weiß ich, dass ich für dich mehr sein kann als nur eine schöne Blume, die fest verankert in der Erde steht.“ – „Ich will dich nicht verlieren“, sagte der Alraun leise, „du gehörst mir.“

„Ich gehöre dir, so wie dir die ganze Welt gehört. Und jetzt – puste, Alraun, puste! Dein Atem schenkt mir die Freiheit.“ Der Alraun spürte wieder diesen kurzen Moment des Alles-rundum-Schweigens, der durch seine Unendlichkeit alles Zeitgefühl verschwinden und gleichzeitig Vergangenheit und Zukunft erscheinen lässt. Und wieder hatte er die Zeit und die ganze Welt in seinen Händen – nur war es diesmal anders. Ganz anders. Damals fühlte er sich groß und stark – jetzt klein und schwach. So schwach.

„Puste", hörte er es wie aus weiter Ferne rufen, „du liebst mich, also tu es!"

Plötzlich hörte er sich tief Atem holen, es war, als würde er die ganze Welt, die doch bis zum Zaun reichte, in sich hineinholen, alles Glück, alles Unglück in den dunklen Kammern seiner Lunge verbergen wollen. Einen Augenblick war die Welt, die große Welt in ihm, und dann, es kam ihm vor, als passierte es irgendwo anders und er sah diesem Schauspiel nur zu, öffnete sich sein Mund und die ganze Welt, alles Glück, alles Unglück kam wie ein Orkan aus ihm heraus und traf seine Pusteblume. Und durch den Schleier seiner Tränen sah er, wie seine Pusteblume sich auflöste und unendlich viele Haarkronen, wie Fallschirmflieger, wirbelten durch die Luft und bestiegen einen Windzug, der sie sofort mit sich nahm.

Als der Alraun wieder zu sich kam, stand vor ihm ein hohler, leerer Stängel, ohne Leben, tot, noch leicht bewegt vom Wind. Er konnte es einfach nicht fassen – es war sein Atem gewesen, der die geliebte Pusteblume fortgetrieben hatte, wer weiß wohin, wer weiß wohin. Er warf sich auf die Erde, diese verdammte Erde, die noch ihre Wurzeln festhielt, und goss die Erde mit seinen Tränen, als wollte er dadurch seine Blume wieder zum Wachsen bringen. Viele Stunden später köpfelte er in die Tiefen der Erde und tauchte in die Nacht.

Der Winter machte sich über das Land her. Nichts gibt's zu erzählen darüber – es war wie immer. Der Alraun kannte den Winter nicht – er hielt Winterschlaf.

Es war schon April geworden und noch keiner hatte den Alraun gesehen. Da gingen die Freunde in seine Höhle Nachschau halten und fanden ihn – nicht tot, aber fast. Zu müde zum Aufstehen. Zu müde zum Festhalten von Augenblicken. Zu müde zum Leben. „Alraun, das Leben geht weiter“, sagte der Boskabauter, „auch ohne Pusteblume. Komm, alles ist bereit für ein neues Jahr, für neues Leben. Der Frühling hat seine Koffer schon ausgepackt. Wir warten auf dich, Alraun, alles wartet auf dich!“ Mühsam stand der Alraun auf und folgte dem Boskabauter zum Licht, in den Frühling. „Nicht hier entlang“, lächelte der Boskabauter und hielt den Alraun zurück – es war der Weg auf die Wiese, wo seine Pusteblume gestanden hatte. „Ich bringe dich zum Zaun, dahinter ist eine große Wiese, wo das wächst, was du jetzt dringend brauchst!“

Als die beiden auftauchten und in den Tag köpfelten, standen sie ganz dicht am Zaun.

„So nahe war ich dem Ende der Welt noch nie“, sagte der Alraun und wollte schon umkehren. Der Boskabauter jedoch nahm ihn fest an der Hand und führte ihn zu einem kleinen Durchschlupf.

„Schau hindurch!“, lachte der Boskabauter. „Ist dort die Hölle?“, fragte der Alraun.

„Vielleicht. Vielleicht aber auch der Himmel!“ Vorsichtig spähte der Alraun durch das Loch und sah vor sich eine weite Wiese. „Was ... was ist denn das?“

„Eine ganz normale Wiese“, erklärte der Boskabauter, „eine Frühlingswiese mit Löwenzahn. Und dieses Kraut brauchst du dringend, um wieder wach zu werden. Komm!“

Und die beiden liefen los und der Alraun wusste nicht warum, aber der Anblick dieser tiefgelben Blumen machte ihn mit einem Mal munter und glücklich. Beim ersten Löwenzahn, auf den sie trafen, blieb der Alraun stehen und betrachtete ihn von allen Seiten.

„Wie schön du bist“, sagte er. „Löwenzahn. Das passt zu dir, ja, das passt!“

„Ja, Alraun“, sagte der Löwenzahn. Und plötzlich, nur für einen Augenblick, einen sehr langen Augenblick, hielt alles, die ganze Welt, den Atem an.

Vielleicht schlachtete Suami in Bali gerade ein Huhn, vielleicht gewann Mister Webber im Casino von Sydney gerade eine Million Dollar, vielleicht küsste Meno im Iglu gerade seine Ase. Aber vielleicht hielten sie alle, hielt die ganze Welt für einen ganz kurzen Augenblick inne, ohne zu wissen warum, als mitten in dieses Alles-rundum-Schweigen der Löwenzahn sagte: „Ja, Alraun, ich bin's!“

Waldliebe

Wie ein heimlicher Liebhaber hatte sich der Pflanzenjüngling durch den dichten Wald angeschlichen. Hatte er den Windzug genommen? War er mit dem Regenschiff angesegelt gekommen? Nun saß er schüchtern, dünn und erschöpft an den Wurzeln der Silberweide, die er sich erwählt hatte.

Die Sehnsucht nach ihrem aufregend frisierten Blätterkopf, nach dem Himmel und dem Licht ließ ihn ungeheure Kräfte in sich entwickeln.

Waren es zuerst nur zarte Umarmungen, mit denen er ihren Stamm liebkoste, wurde seine Leidenschaft bald wilder und wilder – er schob sich dem Glück, seinem Glück, immer näher.

Anfangs war die Silberweide sehr beeindruckt gewesen. Kein Wunder, nie hatte ihr jemand so heftig seine Liebe gezeigt. Noch dazu war er ein äußerst unterhaltsamer Liebhaber und wusste allen möglichen Tratsch zu erzählen: von Vogel und Blatt, den neuen Sandbänken im Wasserwald und welches Deo bei den Elfen heuer in Mode war. Bald aber ließ ihr der Kerl kaum noch Platz für ein Windtänzchen – hatte die obersten Zweige schon erreicht und sie lässig umarmt. „Dafür habe ich mich nicht jahrzehntelang zum Himmel hochgearbeitet“, ärgerte sich die Silberweide, „habe ich nicht Strauchkonkurrenten den Schattentod gebracht, um mich nun von diesem Kerl um alle meine Freiheiten bringen zu lassen!“ Aber es sollte noch besser kommen: Kaum hatte sich der feine Liebhaber dank seines Baumes vom Boden ganz hinaufgearbeitet, hatte endlich den Himmel und das Licht erreicht, begann er sich auch noch zu schmücken. Kleidete sich in einen grell-purpurnen Anzug und behängte sich mit schrecklich aufdringlichen dunkelblauen Perlen. Da machte die Silberweide eine höchst interessante Entdeckung: Sie beobachtete einen Vogel, der neugierig die runden, blauen Dinger umkreiste, sie kostete und schließlich davon fraß. Was den Blattpapagallo dazu verführte, sich nun überhaupt für unwiderstehlich zu halten.

In der darauffolgenden Nacht rief die Silberweide nach dem Mond, dem guten Freund, erzählte ihm von den Auswüchsen ihrer kleinen Affäre und ... erzählte ihm von ihrem Plan. Bei seiner nächsten Nachtsitzung um den makellos runden Tisch erwähnte der Mond beiläufig, dass die Silberweidenbar ab sofort eine köstliche neue Vogelspeisenkreation anbiete – zur Eröffnung für alle gratis!

Kaum war die Sitzung aufgelöst, kaum hatte der Tag sein hellstes Tischtuch über den Wasserwald gebreitet, ging es hoch her bei der Silberweide!

Das vergnügungssüchtige Vogelvolk folgte in Scharen der Einladung und stürzte sich gierig auf die Perlen. Begann bald, sich zu streiten, zu zupfen und zerren, immer wilder, bis der ellenlange Liebhaber, von der aufgeregten Schar in Stücke gerissen, nur noch schlaff vom Stamm der Silberweide baumelte.

„Verzeih", sagte die Weide, „aber ich hoffe, du verstehst. Im Wasserwald muss sich jeder selbst um sein Fortkommen kümmern ..."

„Aber ich bitte dich, meine Liebste", erwiderte der zerzauste, perlenlose Held, „ich liebe es, umworben zu werden. Außerdem bin ich gern mal da und mal dort. Und sei unbesorgt – ich komme wieder!"

Im darauffolgenden Herbst, als die Blattboote sich langsam von den Astufern abzustoßen begannen, entdeckte die Silberweide in den glatzigen Kopfkronen ihrer Nachbarinnen armdicke Kerle, purpurrot, mit blauen Perlen ...

Wie die Tauben nach Malta kamen

... und es wurde große Hochzeit gefeiert und sie lebten glücklich und blablabla und alles Leben scheint mit einem Mal in einer riesigen rosa Socke wohlig zu versinken: Ein Märchen hat wieder einmal ein glückliches Ende genommen!

Damit wollen wir uns aber nicht zufrieden geben.

Wir wollen wissen, welche Farbe die Socke zu Beginn des Märchens hatte, denn wir vermuten, dass sie nicht rosa war, sondern aschgrau.

Wir wollen die Löcher kennen lernen, durch die es herzkalt auf die geschundenen Füße zog.

Und wir wollen wissen, welch wundersame, unglaubliche, fantastische Dinge geschehen mussten, damit zwei, die sich zu Beginn der Geschichte gar nicht kannten, sich alsbald in einer wohlig warmen rosa Socke zusammenkuscheln konnten.

Francesco: 22 Jahre alt, lebt in einem kleinen Dorf in Sizilien. Um nicht immer nur arme Schafhirten glücklich werden zu lassen, soll die Hauptperson diesmal Tischler sein. Sein Beruf ist für das Märchen ohnehin völlig uninteressant, denn wesentlich ist, was der Bursche in seiner freien Zeit so treibt.

So konzentrieren sich all seine Kräfte auf Täubchen: wohl zweibeinige, aber mit Flügeln (natürlich schielt er auch nach schönen Mädchen, aber bisher – außer ein paar Küssereien beim alljährlichen Tanz zu Ehren der heiligen Lucia – lief da nichts).

Also bleibt es bei den Tauben. Er züchtet sie mit unglaublicher Hingabe. Er wird mit seiner Brieftaube Esmeralda Bezirksmeister und hätte es sicher auch noch zu weit höheren Ehren gebracht, hätte nicht ... – ... ja, hätte nicht längst im großen Buch gestanden, dass die Täubchen nicht in sein Leben getreten waren, um aus ihm einen Weltchampion der Taubenzüchter zu machen, sondern rein als Werkzeuge zum Erreichen der rosa Socke.

Francesco sitzt eines Tages bei seinem Taubenkobel, als eine schneeweiße, überirdisch schöne Taube angeflogen kommt. Noch ganz benebelt von ihrer Anmut und ihrem Liebreiz hört er auch noch ein dazu passendes Stimmchen, das ihn so erschreckt, dass er in eine kurze Ohnmacht sinkt. Als er Augenblicke später erwacht, gurrt das Täubchen: „Francesco, beruhige dich. Alles ist gut. Ich bin eine Taubenkönigin und weil ich keinen Menschen kenne, der uns mehr liebt als du, hast du dir eine Belohnung verdient. Was wünschst du dir?“

Hat der Bursche Glück! Ein Wunsch! Einfach so! ’Ne Kiste Golddukaten? Zack – schon da! Ein Schloss statt der armseligen Hütte? Bumsti – schon gebaut! Ein Sechzehnspänner? (Ferraris gab es damals noch keine ...) – schon wird gewiehert!

Aber was sagt der fesche Siciliano?

„Oh, ich weiß nicht. Ich habe eigentlich alles, was ich brauche. Ich bin echt glücklich, Taubenkönigin!"

Sehr zufrieden, dass es scheinbar auch Bescheidene unter dem Menschenvolk gibt, will die Taubenkönigin schon auffliegen, als Francesco verlegen murmelt: „Ein kleines Wünschchen hätte ich doch. Deine Tauben sind mir mein liebster Zeitvertreib, aber ich würd doch auch so gerne ein schönes Mädchen küssen und es liebkosen."

Das ist ein schwieriger Wunsch, weiß die Taubenkönigin. Sie kann ja nicht einfach irgendein Mädchen vor die Hütte eines Tischlergesellen in Sizilien zaubern. Aber Wunsch ist Wunsch und versprochen ist versprochen und so macht sich die Taube auf, für Francesco eine Frau zu finden.

Sie fliegt zunächst über Sizilien, biegt bei Catanzaro links hinauf in Richtung Rom, weiter bis Venedig, dreht eine Runde über Triest, vorbei an Piran, die ganze Küste des Mittelmeeres hinunter nach Griechenland – aber nichts. Es gibt natürlich tausende, nein, hunderttausende von wunderschönen, lieblichen Mädchen, aber eine jede, die in Frage käme, hat irgendeine Ausrede parat: Gianna aus Pordenone will einen reichen Kaufmann und nicht einen armen Taubenzüchter, Polona, wohnhaft in Isola, hat ein Problem mit Sizilien und Nana, die in Banja Luka zu Hause ist, engagiert sich in der Frauenbewegung und ist ganz grundsätzlich gegen solch frauenfeindlichen Zauber.

Die Taubenkönigin ist verzweifelt. „Ich fliege zurück und sage ihm einfach die Wahrheit. Er soll sich was anderes wünschen."

Auf ihrem Weg zurück übers Meer überfliegt die Taube gerade eine Insel, als sie plötzlich von einem intensiven Strahlen geblendet wird. Das muss ein Zeichen sein, denkt sich der Vogel und stürzt hinab in die Tiefe, dorthin, wo das Funkeln herkommt.

Schon von weitem sieht die Taubenkönigin einen Palast inmitten eines prachtvollen Gartens und kommt näher und sieht ein Fenster, und kommt näher und sieht in dem Fenster eine junge Frau und ist nun schon ganz nahe und sieht in ihren Händen einen Spiegel, mit dem sie gedankenverloren mit der Sonne spielt.

Vor lauter Schauen und Näherkommen hat das Täubchen den Bremsweg falsch berechnet, kracht in vollem Flug gegen den Spiegel und wird in hohem Bogen in das Zimmer des Mädchens geschleudert, wo es regungslos liegen bleibt.

Genauso erschrocken ist das Mädchen. Es stürzt zu dem wie tot daliegenden Vogel, bettet ihn in ihre weichen, warmen Hände, streichelt ihn, haucht ihren Atem auf ihn, bis dieser endlich seine Augen aufschlägt und „Danke“ sagt – au weia, das hätte die Taube nicht tun sollen, denn klar, das Mädchen glaubt es spinnt, dass der Vogel spricht (noch dazu in ihrer Sprache – ein Klacks für einen Zaubervogel ...), und lässt ihn entsetzt zu Boden fallen. Wieder betten, streicheln, hauchen, bis das Täubchen gurrt: „Verzeih die ganzen Umstände, aber ich sah den Strahl und sah es als ein Zeichen!“

Und das Mädchen antwortet: „Du musst der Zauber sein, den ich mir so wünschte, als ich hier am Fenster saß!“

„Bevor ich dir erzähle, was ich mir wünsche, erzähle mir doch, was du dir wünschst!“

„Ich wünsche mir“, beginnt das Mädchen, „einen Burschen, der mir seine Liebe schenkt. Doch bis jetzt habe ich immer nur Pech gehabt – entweder waren sie ungewaschen oder dumm oder hinter dem Geld meines Vaters her.“

„So war es doch kein Zufall“, lacht die Taubenkönigin, „dass mich dein Strahl getroffen hat! Ich glaube, ich habe den Richtigen für dich!“

Und Täubchen und Mädchen hecken aus, wie sie es am besten anstellen sollen herauszufinden, ob er der Richtige für sie und sie die Richtige für ihn ist – wir wissen es ja längst, das Märchen weiß es auch, aber das Zusammenkuscheln im rosa Sockenglücklichreich ist noch fern ...

Francesco sitzt vor seinem Taubenkobel und macht sich seit dem Tag, als die Taubenkönigin abschwirrte, die größten Vorwürfe, warum er Idiot sich nicht etwas Anständiges gewünscht hatte – zum Beispiel eine praktische Scheune für seine Tauben. Aber plötzlich schießt aus dem Tintenblau des Himmels eine weiße Feder hervor, wie ein Pfitschipfeil, und landet vor dem Burschen.

„Francesco“, keucht das königliche Täubchen, „ich dachte schon, ich müsste mit leeren Händen kommen, aber ich habe sie gefunden, die Frau, die auf dich wartet! Sie ist schön, klug und bescheiden!“

„Und wo ist der Haken an der Sache?“, fragt Francesco. „Denn wäre alles so wie du es schilderst, dann wäre sie ja schon hierhergezaubert!“

„Kein Haken, Francesco“, beruhigt der Vogel, „kein Haken! Sie will nur ganz sichergehen und hat mir deswegen ein Rätsel für dich mitgegeben. Sie meint, wenn du es zu lösen imstande bist, könnt ihr beide sicher sein, dass ihr füreinander bestimmt seid. Da dein Wunsch nun erfüllt ist, habe ich mit der Sache nichts mehr zu tun – ich wünsche dir viel Glück, Spaß und frohe Tage!“

Bevor Francesco auch nur ein Wort sagen kann, ist die Taubenkönigin wie eine weiße Feder im Tintenblau des Himmels verschwunden. Und ein einsames Blatt Papier segelt in sanften Kreisen direkt vor die Füße des erstaunten Züchters edler Tauben ...

Francesco öffnet das Papier und sieht drei geheimnisvolle Zeichen: ein seltsam geschwungenes Kreuz, in der Mitte einen Käfig, in dem ein Klumpen – vielleicht ein Stein – liegt, und einen offenen Mund (sofort denkt er: wie zum Küssen bereit ...), vor dem sieben Finger gezeichnet sind, und nach dem letzten Zeichen einen Pfeil, der auf ein Herz zeigt.

„Ziemlich klar, was das heißt: Wenn ich die drei Zeichen richtig deute, finde ich die Liebe – nur, was haben das Kreuz, der Käfig und der Mund mit den Fingern mit einem wunderschönen Mädchen zu tun???"

Francesco starrt stundenlang auf das Rätsel, dann stundenlang in den Himmel, stundenlang in die Nacht, stundenlang in die Morgenröte. Dann starren seine besten Freunde, der Bürgermeister und der Dorflehrer, mit ihm gemeinsam einen ganzen Tag lang auf den verdammten Zettel.

Am dritten Tag wird das Starren vom schrillen Rufen seiner Tauben nach ihrem Futter unterbrochen – drei Tage hungern ist genug, finden sie ...

Obwohl Francesco außer dreier seltsamer Zeichen auf einem Blatt Papier nichts von seiner Liebe weiß, ist er bereits heftigst infiziert: Wie eine Krankheit wütet die Liebe in ihm, allein der Gedanke, dass irgendwo, vielleicht ganz nah, vielleicht ganz fern, ein Mädchen zur selben Stunde, in der er von ihr träumt, von ihm träumt, bringt ihn fast um den Verstand.

„Meine Täubchen, verzeiht mir", ruft er, „aber ich kann mich im Moment nicht um euch kümmern. Ihr müsst selbst für euch sorgen, bis ich meine Geliebte in die Arme schließen kann" – und er öffnet alle Käfige und entlässt seine geliebten Tauben in die Freiheit.

Einige erheben sich sogleich und fliegen auf Nimmerwiedersehen davon, einige picken hungrig Samen rund um die Hütte, einige lassen sich auf den Bäumen nieder und warten ab. Und eine Taube setzt sich auf Francescos Schultern und schaut neugierig auf das, worüber ihr Herr nun schon seit drei Tagen brütet.

Der Arme, denkt sie stumm vor sich hin, könnte ich ihm doch nur helfen.

Doch wer sollte helfen, wenn schon die klügsten Menschen (zumindest in diesem Teil Siziliens) keine Antwort wissen.

Da kommt dem Täubchen ein gescheiter Gedanke: Sie hatte das ganze Spiel mit der Taubenkönigin von ihrem Käfig aus mitverfolgt. Die Königin müsste eigentlich wissen, was die Zeichen bedeuten. Freiwillig würde sie das Geheimnis natürlich nicht ausplaudern, aber mit ein wenig Geduld ...

Sofort fliegt das Täubchen los in den Olivenhain, in dem die Königin residiert. Und da sitzt sie mit dem Herrn Gemahl, einem alten grauen Täuberich.

„Mir tut der Bursche leid", gurrt er mit tiefer Stimme, „drei Tage sind genug, du solltest ihm helfen."

„Werde ich nicht", antwortet die Königin, „erstens habe ich das dem Mädchen versprochen und zweitens darf man dem Schicksal nicht zu viel ins Handwerk pfuschen."

„Aber wie soll er denn jemals darauf kommen", schimpft der Alte wieder los, „dass das Kreuz bedeutet, dass er nach Malta muss, um seine Liebe zu finden. Und von einem Käfig auf einen Palast, einen ‚goldenen Käfig', zu schließen, ist nun wirklich reichlich mühsam. Geschweige denn das dritte Zeichen, der offene Mund mit den sieben Fingern: Ich finde, daraus abzulesen, ‚am siebenten Tag nach Vollmond ist mein Vater nicht zu Hause, dann kannst du kommen und mich verführen' ist an den Haaren herbeigezogen. Rätsel sind doch nur lustig, wenn sie auch zu lösen sind!"

„Was redest du denn so laut, alter Ochse!“, herrscht die Königin ihren Mann an, „wenn dich jemand hört, ist der Spaß doch verraten!“

Nein, keine Angst, liebe Königin, nur das Täubchen und sonst niemand hat ihrem Herrn Gemahl zugehört und jedes Wort verstanden!

Nun wollt ihr sicher wissen, wie das Täubchen ihrem Herrn, dem lieben Francesco, die Botschaft übermittelt hat? Denn, wie ihr euch richtig erinnern könnt, beherrscht nur die Königin die Sprache der Menschen.

Aber – Francesco hat nicht umsonst so viel Zeit seinen Tauben geopfert – die Dinger sind hochtrainierte Intelligenzbestien! Malta wird dank der perfekten geographischen Kenntnisse einer Brieftaube auf Längen- und Breitengrad genau in die trockene sizilianische Erde geritzt. Ein Haus mit Türmen und Zinnen wird von dem schlauen Burschen sofort als Palast identifiziert.

Und da wir einen Tag vor Vollmond haben, ist es ein Leichtes, mit Geflatter und Flügelspitzenzeigen „Mund“ mit „Mond“ zu verbinden, der Tag wird durch „Erwachen am Morgen mit Gähnen und Strecken“ und das Verschwinden des Vaters in einer großartigen schauspielerischen Leistung dargestellt. Der letzte Akt, das Verführen zu beschreiben, fällt dem Vögelchen am leichtesten – Francesco versteht sofort ...

Mit dem Segelschiff seines Meisters (und mit allen seinen noch verbliebenen Tauben) macht sich Francesco auf den Weg nach Malta. Natürlich findet er am Rand der Stadt Valletta den Palast, in dem das Mädchen wohnt. Natürlich reitet ein Ritter in voller Rüstung am siebenten Tag nach Vollmond (es ist Francescos zweiter Tag auf Malta, seit drei Stunden wartet er vor dem Palast ...) über die Zugbrücke und natürlich liebkosen und küssen und noch ein bisschen mehr sich wenige Stunden später

Francesco und Sephora und versinken in der riesigen rosa Socke der Liebe ...

Eberraute

Als der Zottel gefangen wurde, herrschte die größte Aufregung im Dorf seit Menschengedenken. Klar, ihr wundert euch nicht, ihr kennt ja das gute Tier, aber die Sankt Johanner hatten nie davon gehört und dachten, den Leibhaftigen selbst gefangen zu haben. Die langen Zotteln, der Körper wie von einem Wildschwein und dazu dieser eigenartige Höcker auf dem Rücken wie bei einem Kamel – sein Anblick war schon zum Fürchten!

Die Kinder kreischten, die Frauen fielen in Ohnmacht und die Männer hielten Rat. Nach ein paar Tagen bemerkte man, dass das Vieh auf der einen Seite seine Zotteln verlor. Noch war nicht klar, ob es sich um die Vorder- oder die Hinterseite handelte, ob das Gesicht oder das Hinterteil zum Vorschein kommen würde. Doch bald wurde eine Nasenspitze sichtbar, dann blitzte auch ein Kinn hervor.

Am siebten Tag nach Ausfall der ersten Zotteln fand man den Förster, der jeden Morgen nach dem Tier sah, bewegungslos am Boden vor dem Käfig liegen. Als er erwachte, stammelte er immer wieder: „Mein Gesicht, mein Gesicht!"

Die Leute verstanden nicht, begriffen nur, dass es etwas mit dem Zottel zu tun haben musste. Sie öffneten den Schuppen und piekten das Vieh so lange mit einer Stange, bis es sich umdrehte. Da wären auch sie fast in Ohnmacht gefallen: Der Zottel hatte im Gesicht alle Haare verloren und ... es war zu unglaublich ... er trug das Gesicht des Försters, sah aus wie sein Zwillingsbruder!

Die Männer eilten an das Krankenlager zurück, um sich zu vergewissern, dass sie sich nicht geirrt hatten – nein, dort lag noch immer der Förster und sah aus wie immer, nur dass einige Meter entfernt in einem Schuppen ein Tier saß, das ihm wie aus dem Gesicht geschnitten war ... Bald standen alle Sankt Johanner beisammen. „Ihr seid wahrscheinlich betrunken", sagten die neu Dazugekommenen. „Wir werden selbst nachsehen." Was war denn das? Nun hatte der Zottel ein Gesicht, das sich aus allen Gesichtern, die vorhin bei ihm waren, zusammensetzte. So wechselten seine Züge, die Augen, die Nase, Falten und Kinn, je nachdem, wer ihm gerade in die Augen blickte. Was die Sankt Johanner nicht wussten, weißt ja du: Das Gesicht des Zottels ist ein Spiegel, der jedem sein wahres Gesicht zeigt. Sperrt man ihn ein, verliert er die Zotteln, die den Spiegel verbergen.

Nun wollten die Leute aus dem Dorf dieses schreckliche Tier so schnell wie möglich wieder loswerden, was verständlich war – wer schaut schon gern in einen solchen Spiegel? Aber wie sollten sie das anstellen – keiner wollte mehr den Schuppen betreten, in dem sie den Zottel gefangen hielten. „Die Krautbratz!", rief' plötzlich einer. „Die soll das Viech verschwinden lassen!" Die Krautbratz war ein altes Weibl, das vom ganzen Dorf seit jeher verachtet wurde. Manche meinten, sie sei eine Hexe, weil sie über Kräuter und viele andere Geheimnisse Bescheid wusste. „Da schlagen wir zwei Fliegen mit einer Klappe", sagte ein anderer. „Wir werden sehen, welches Gesicht sich zeigt, ob sie wirklich eine Hexe ist. Und zweitens wird sie uns das grausige Tier vom Hals schaffen, weil sie sowieso viel zu dumm ist, um irgendetwas zu verstehen." Der Bürgermeister und der Pfarrer marschierten zur Bretterbude im Wald, wo die Alte wohnte, und riefen scheinheilig: „Krautbratz, wir wollen dir ein Geschenk machen, weil wir doch so lange schlecht zu dir gewesen sind." In ihrer Gutmütigkeit dachte das alte Weibl wirklich, dass nun der Tag der Vergebung gekommen wäre, und ging bereitwillig mit zum Schuppen.

Vorsichtig öffneten sie die Tür und da lag der Zottel mit dem Gesicht des Fleischhauers – so abscheulich, dass einem Hören und Sehen verging. Der Pfarrer schob das Weibl hinein, bekreuzigte sich und schloss schnell die Tür. Nichts rührte sich, kein Laut war zu hören. Zehn Minuten, dreißig Minuten, zwei Stunden waren vorüber – nichts. „Sie wird vor Schreck über ihr Gesicht gestorben sein", murmelten einige. Da ging plötzlich die Tür auf und die Krautbratz trat heraus. Schnell schauten die Leute in den Schuppen hinein, wo der Zottel seelenruhig stand: Er trug ein wunderbares, junges Gesicht, schöner als irgendetwas, das die Leute je zuvor gesehen hatten.

„Ich gehe nur schnell nach Hause und hol dem armen Zottel was zu fressen", krächzte die Krautbratz und schlurfte an der fassungslosen Menge vorüber. Wenig später kam sie zurück, trug einen Korb mit Kräutern bei sich und verschwand wieder im Schuppen. Eine Stunde verging, noch eine, es wurde finster und ins schwarze Leintuch schnitt der Mond ein ordentliches Loch. Mit den ersten Sonnenstrahlen rührte sich etwas, langsam öffnete sich das Tor und heraus trat das Kräuterweibl und neben ihr trottete der Zottel.

„Die Zotteln!", raunte die Menge – vorn und hinten, oben und unten war wieder alles mit dichten Zotteln bedeckt und kein Gesicht mehr zu sehen.

Die Sankt Johanner schauten den beiden nach, bis sie im Wald verschwunden waren. Es war das letzte Mal, dass man den Zottel in Sankt Johann gesehen hatte, und auch die Krautbratz blieb von diesem Tag an verschwunden.

Neben dem Käfig fand man ein paar Stängel und graugrüne Blätter. Der Dorflehrer holte ein Buch und meinte, nachdem er lang darin geblättert hatte, dass es sich nur um die Eberraute handeln könne. Die Leute im Dorf aber nannten das Kraut seit dem Erlebnis mit dem Zottel nur noch Gesichtskraut. Und obwohl sie sich davon jeden Tag einen Tee brühten, kehrten ihre unschuldigen Gesichter nie mehr zurück.

Die Wanderschaft

Als das Wasser noch klar und der Schnee noch weiß war, herrschte der Brauch, die Söhne, wenn sie ein bestimmtes Alter erreicht hatten, auf die Wanderschaft zu schicken. Damit erreichte man zweierlei: Zum einen war ein Esser weniger im Haus und zum anderen bedeutete dies den endgültigen Schnitt durch die Schnur, die das Kind mit der Familie verband.

Von dieser Wanderschaftsmode waren allerdings einige ausgeschlossen: die Söhne reicher und adeliger Leute, denn solche Mühen wollte man den behüteten Knäblein nicht zumuten. Um ihnen aber in Sachen Weltgewandtheit Nachteile gegenüber gewöhnlichen Handwerksburschen zu ersparen, hielt man sich an Guts- und Fürstenhöfen Gelehrte, Reisende und Künstler, die vom aufregenden Leben *draußen* berichteten.

Die weitaus größte Gruppe der Ausgeschlossenen waren die Frauen. Der Horizont damaliger Jungfrauen lief am Gartenzaun entlang, was dahinter lag, galt als unsittlich, unstatthaft und für ein zukünftiges weibliches Leben völlig unbedeutend.

So wurde es für ungeheuerlich angesehen, als die Tochter eines Schusters, noch dazu bildhübsch, daher mit besten Aussichten auf Aufstieg in die nächsthöhere Gesellschaftsklasse versehen, als diese erklärte, sie finde, der Gartenzaun wäre der geeignete Horizont für Hühner, aber nicht für sie. Sie sagte, der Horizont wäre nicht eine von ihren Eltern oder dem Gutsherrn oder dem König gezogene feste, unbewegliche Linie, sondern eine Vorspiegelung der Augen.

„Sie ist verrückt geworden", jammerte die Mutter und weinte.

Und das Mädchen sagte, Heimat bedeute, den Flecken, auf dem man lebt, so lange in sich aufzusaugen, bis man beim Anblick vertrauter Dinge – Häuser, Landschaft, Menschen – ein starkes Liebesgefühl empfindet, so wie man Vertraute mit der Sicherheit umarmt, nicht zurückgewiesen zu werden. Wenn Augen auf Hügelbusen wie Köpfe auf Schultern liegen, Hände über Weizenhaar wie Lippen über Schultern schweben – das sei Heimat für sie. „Wo hat sie denn das her?", stöhnte der Vater.

„Deshalb", sagte die Tochter, „ist Heimat ein genauso relativer Begriff wie der Horizont!"

Eltern und Verwandte und Bekannte konnten sich nicht erklären, wo das sonst so artige, brave und außerdem bildhübsche Mädchen diese Gedanken und diese Worte gehört hatte.

Es trat also der äußerst komplizierte Fall ein, dass erstens jemand auf Wanderschaft gehen wollte, der dazu kein Recht hatte, und zweitens damit auch – für ein Mitglied dieser Gesellschaftsklasse – völlig neue, ja, abartige Gedanken verband. Frauen hätten sich nicht ab-, sondern nur umzunabeln, der Weg in die weite Welt diente schließlich der Lebenserfahrung auf verschiedensten Gebieten. Alles Gebiete, vor denen Jungfrauen zu bewahren, ja, zu schützen seien.

Die Eltern, gewohnt, Söhne mit geschulterten Ranzen am Gartenzaun zu verabschieden, Glück zu wünschen für alle Abenteuer, die sie hinter dem Gartenzaun erwarten würden, standen vor ihrer Tochter und mussten mitansehen, wie diese, mit Hose und Mütze verkleidet, den ihr auferlegten Horizont verließ und der aufgehenden Sonne entgegenging. Auch für das Märchen beginnt nun ein schwieriger Abschnitt, denn die Vorkommnisse, die es üblicherweise zu beschreiben hat, widerfahren nur starken oder dummen oder reichen Söhnen – für diese Wanderschaft aber haben sie keine Gültigkeit. Auch die entsprechenden Abenteuer und Bewährungsproben werden nicht auftreten: Das Mädchen wandert, um die Welt und ihre Dimension zu begreifen, und nicht, um sich selbst oder anderen etwas zu beweisen. Ihre wahre Größe wird sie aus dem Verstehen der Dinge links und rechts des Weges erfahren, vielleicht manchmal unterbrochen von Liebesaffären, Rätselaufgaben oder Unglück. Für männliche Wanderer mögen diese Vorkommnisse ausreichen, die Wanderschaft zu beschreiben, für die weiblichen jedoch sind sie unwichtig, und das Märchen sieht das ein und wird deshalb darauf verzichten.

Das Mädchen wandert durch die Ebene, die den Horizont ziemlich weit nach hinten schiebt. Sie dreht sich um und sieht die Bergkette, über die sie gekommen war. Dahinter liegt meine ehemalige Heimat, denkt sie, und noch kann die Erinnerung ein annähernd klares Bild der dortigen Welt hervorrufen. Einzelheiten sind schon verschwunden, wie Baumgruppen, die durch ihre Form aus der Landschaft herausstechen, oder das Gebilde, das der Weidezaun ins Gras zeichnet. Dafür aber haben plötzlich Dinge, die vor ein paar Tagen nicht beachtet worden waren, scharfe, genaue Umrisse. Das letzte Brett der Holzstiege hinauf zum Dachboden – mit seiner auffallenden Einkerbung – taucht auf; ein Gestell in der Küche, an dem Kupfergeschirr hängt; das Muttermal über Vaters rechter Augenbraue. Das ist's, was von ihrer Heimat übriggeblieben war. Ihre Gedanken waren oft über die Bergkette geklettert und hatten die Ebene für sie fotografiert, auf der sie nun steht. Das Bild jedoch, das ihr die Sinne jetzt liefern, stimmt mit dem Foto nicht im Geringsten überein. Trotzdem durchströmt sie das Gefühl, als wäre ihr die Ebene längst bekannt. Die Bilder der Augen beginnen, die Gedankenfotos in ihre Berichterstattung aufzunehmen – das Mädchen fühlt sich allmählich wohl und geborgen. Nichts erscheint ihr jetzt neu, denn sie weiß nun, dass, während sie noch am Gartenzaun scheiterte, dieser Baum, dieser Stein, dieser Mensch schon da waren. Das Gedankenfoto lieferte grobe, inselhafte Umrisse, gezogen mit dünner Bleistiftlinie auf weißem Papier. Das Augenbild fügt, sobald seine Helfer im Arbeitsgebiet gelandet sind, den Rest ein: zeichnet Flüsse, schraffiert Waldflächen und macht Pünktchen für Menschen.

Und während die Wanderin durch die Ebene zieht, werden die Gedanken, nachdem sie so erfolgreich waren, abermals übermütig und wollen schon wieder Grenzen überwinden. Der momentane Horizont ist eine unscharfe Linie, die von Wäldern gehoben, von Städten gezackt und von Schluchten hinabgezogen wird. Die Basis, von der aus die Linie läuft, ist die Bergkette, hinter der die ehemalige Heimat liegt. Nun haben die Gedanken mehr zu überwinden, mehr zu fotografieren als nur eine Ebene, die an Berge anschließt. Denn der Horizont öffnet sich nun nach allen Seiten. Im Kopf des Mädchens wird, wenn sie sich langsam und immer wieder um 360 Grad dreht, ein Land sichtbar. Ein ganzes Land mit natürlichen und *gekriegten* Grenzen, mit Tälern und Ebenen und all den Unregelmäßigkeiten in der Horizontlinie. Das Mädchen bleibt vor einem Baum stehen und fühlt mit einem Mal die Wälder dieses Landes. Es hebt einen Stein hoch und spürt die Wege des Landes. Sie spricht mit einem Menschen und achtet das Volk dieses Landes.

„Je kräftiger die Umrisslinien durch die Gedankenbilder werden", denkt das Mädchen, während es sich langsam und immer wieder um 360 Grad dreht, „desto weniger wird das Ganze, das Gesamtbild, von den Augenbildern beeinflusst!" Viele Tage wandert das Mädchen durch das Land und tausende Dinge, die es sieht, die es hört, die es riecht, sind wie neue Küsse des Geliebten, dem man sich im Vertrautsein völlig ergeben kann. Alle Dinge waren ja schon da, was können also die Augen NEUES sehen, die Ohren NEUES hören, die Nase NEUES riechen – das was zählt, so denkt das Mädchen, während es den Horizont vor sich herschiebt, sind die Kreuzungspunkte meiner Schwingungen mit denen des Landes. Manchmal blickt sie sich noch um und erinnert sich an die Bergkette und die ehemalige Heimat, die jetzt viel mehr Heimat ist, als sie es jemals war. Denn die *Augenbilder* sind verblasst und, so will es das mathematische Gleichungsgesetz, deshalb mussten die Umrisslinien der *Gedankenfotos* in gleichem Maß zunehmen: Die Gesichter der Eltern haben sich fast aufgelöst, das Haus ist nur noch eine Fläche unterschiedlicher Farben, die Landschaft, das enge Tal, eine Farbspur. Dafür strömen von den Erinnerungsbildern ungeheure Kraftflüsse aus, die die Eltern, das Haus, die Landschaft intensiver erscheinen lassen.

Das Mädchen weiß, dass, wenn es weiterwandert, es einmal an eine Grenze kommen muss. Eine Grenze, die nur noch aus Horizont besteht, wo Gedankenfoto und

Augenbild eins geworden sind. Wo nur noch der scharfe Umriss zu erkennen ist, das wahre Verstehen von keinerlei Ausschmückung mehr verwischt wird. Zielstrebig wandert sie dieser Grenze zu. Wenn sie rastet, schickt sie die Gedanken los zu prüfen, ob sie wohl am rechten Weg sei. Sie kommen zurück und bringen eine Kreislinie mit, die eine Leere umhüllt. Sie betrachtet die Leere, die von der geschlossenen Linie festgehalten wird. Mehr und mehr löst sich die Linie auf, läuft sich selbst entgegen und verschwindet ganz. Ohne Linie ist nun die Leere vom unendlichen Raum nicht mehr zu unterscheiden, doch ist deutlich die Kraft zu spüren, die aus diesem Zentrum strahlt. Das ist der Augenblick, in dem sie an der Pforte zu einer anderen Wirklichkeit steht. Einige Zeit später haben auch die Bilder ihrer Sinne diese letzte Grenze erreicht: Das Auge hat endlich die Weite, das Ohr endlich die Stille, die Nase endlich das Unverfälschte – die Wanderin steht an der Schwelle des Meeres.

Die letzten Schritte ihrer Wanderung hinterlassen tiefe Fußspuren im Sand. Dann spürt sie die erste Welle und weiß, nun ist sie an der endgültigen Grenze der Erde angekommen. Von ihrem Körper aus läuft der Raum hinaus bis zu der matten Linie, die, wenn sie den Kopf langsam hebt, bis er am Nacken anstößt, fast übergangslos in den Himmel übergeht. Gedanken und Sinne liegen erschöpft ineinander verschlungen und es gibt nur noch einen Umriss, der aber durch die Größe seines Inhaltes, seines unendlichen Inhaltes, nicht mehr als Umriss erkennbar ist. Deshalb lösen sich die Linien auf, Gedanke und Gefühl werden eins, zerfließen, und übrig bleibt eine intensive Leere. Der Vater, die Mutter, die ehemalige Heimat, die Ebene, das Land, die Wanderung, alles ist nur noch ein einziger Fluss, der in ihr Meer münden wird. Als er sie erreicht, sich mit der blauen Fläche vereint, dreht sich das Mädchen um und sieht, dass keine

Fußspur von ihrer Wanderung zeugt, die sie von irgendwoher an diese Stelle hat kommen lassen.

Und sie denkt an die Heimat, sieht den spurenlosen Sand und fragt sich, ob diese Wanderung überhaupt stattgefunden hat …

Thymian

Der Aitz, irgendwann von irgendwoher ins Schwarzautal gekommen, war ein wirklicher Kräuterkundiger. So einer, der mit feiner Nase bestimmte Gerüche aufstöbert, die Kräuter mit sorgsamer Hand schneidet und mit wachem Auge die unzähligen Wesen des Waldes entdeckt. Diese Wesen waren es auch, die ihn in die Geheimnisse der Kräuter einweihten.

Im Dorf war es üblich geworden, bei Wehwehchen oder Problemchen zuerst zum Aitz in den Wald zu gehen, um Hilfe und Rat bei ihm zu suchen. Er nahm sich viel Zeit für jeden, deshalb ging es rund um seine Hütte immer zu wie auf dem Jahrmarkt – und das Wartezimmer des Arztes war leer … Der Aitz hatte einen Patienten, der fast täglich zu ihm kam: die Duxer Anna. Sie interessierte sich für alles, was mit Kräutern zu tun hatte, und schleppte nach jedem Besuch ganze Taschen voll mit Pflanzen nach Hause. Einmal fragte sie den Aitz, ob er denn nicht ein Kräutl kenne für … sie druckste herum und stotterte: „Ich … weißt du … ich bin verliebt, aber er weiß es noch nicht. Und ich trau mich nicht, es ihm zu sagen.“

„Schwierig, schwierig“, sagte der Aitz „da gibt's einiges und doch weniges, das wirklich Erfolg bringt. Und vor allem, ich müsste mehr über IHN wissen. Ist er ein starker Mann?“ – „Zu stark. Sein Herz ist von zu vielen Muskeln umgeben – er spürt es wahrscheinlich gar nicht.“ –

„Schaut er anderen Frauen nach?“ – „O ja und wie!“ – „Und wie steht es mit dem Appetit?“ – „Was, aufs Küssen oder aufs Essen?“ – Der Aitz wurde rot. „Aufs Essen, natürlich.“ – „Weiß ich nicht. Wenn du das andere meinst – ja.“ – „Vielleicht habe ich etwas für dich. Komm morgen wieder, ich werde das Kraut inzwischen suchen.“

Am nächsten Tag hatte der Aitz für die Anna wirklich ein Kraut bereit. „Ich glaube, das ist das Richtige für dich“, sagte er. „Der Thymian hat es in sich. Du musst mir nur noch ein bisschen mehr von seinen Gewohnheiten erzählen, damit wir das Kraut richtig anwenden können. Wenn wir diesen faden Kerl erst einmal so weit haben, dass er sich für dich interessiert, werden wir ihn mit Hilfe des Thymians schon dorthin kriegen, wo du ihn haben willst.“ „Er wäscht sich wenig und wechselt nur einmal in der Woche seine Unterhose.“ – „Du meinst, er stinkt!“ – „Er soll mir im Haushalt helfen.“ – „Der arme Kerl.“ – „Er darf ruhig weinen, wenn ihm danach ist.“ – „Du bist nicht gerade bescheiden, der Bursche wird es nicht leicht haben bei dir.“ – „Er muss mir treu sein und darf keine andere anschauen.“ – „Wird er sowieso nicht können, wenn er zu Hause eingesperrt ist.“

Nun wartete die Duxer Anna auf einen guten Rat des Aitz.

„Höre, Duxerin, dein Herzblatt tut mir inzwischen richtig leid, aber ich habe es dir versprochen und ich werde es halten. Gott hat uns auch für solche Fälle ein Kräutl geschenkt und er wird schon gewusst haben, warum. Pass auf: Aus den Thymianblättern kochst du ihm einen Tee – der wirkt krampflösend und appetitanregend und macht locker. Wenn er Herzklopfen hat, musst du ihm Thymianöl einflößen. Um die inneren Glieder zu stärken, setze einen Thymianwein an. Wenn du ihn schon so weit hast, dass er in ein Bad steigt, kippe heimlich einen kräftigen Thymianaufguss hinein – das wird ihn stärken und ihm Mut machen. Und hast du ihn schließlich so weit, dass er dir zum Traualtar folgt, lege je einen Thymianzweig in deine und in seine Schuhe. Zwanzig Schritte vor dem Altar beginne zu sagen: Ich bet', ich tret' auf Thymian, schau du mir keine andre an!" Die Duxer Anna hatte alles fein säuberlich aufgeschrieben, nahm das Kraut, bedankte sich und rannte nach Hause. „In der Haut dieses Burschen möchte ich nicht stecken!", rief ihr der Aitz nach, aber sie hörte ihn nicht mehr, hörte nichts mehr!

An einem Morgen, es waren sieben Tage seit dem Gespräch mit der Duxer Anna vergangen, erwachte der Aitz von einem seltsamen Stimmengewirr. „Ist die Pest ausgebrochen, dass sie alle gleichzeitig was von mir wollen?", murmelte er, sprang aus dem Bett, riss die Hüttentür auf und stieß einen entsetzten Schrei aus – er musste sich die Augen reiben, um zu glauben, was er sah: Das ganze Dorf war versammelt, im Sonntagsgewand, der Bürgermeister und der Pfarrer standen vor einer großen Schachtel und die Duxer Anna lauerte neben der Tür in einem blütenweißen Kleid, das aussah wie eines, das man bei Hochzeiten trägt. „HOCHZEIT?!", zuckte es durch den Kopf des Aitz. Bevor jedoch dieser Gedanke vom Hirn den Auftrag bekommen konnte, in die Beine zu fahren und ihn rennen zu lassen, hatte die Duxerin den Aitz schon unter den Arm genommen und ihn in Richtung Schachtelaltar gezerrt. Durch das Stimmengewirr der johlenden Schwarzauer hindurch hörte er neben sich plötzlich eine leise, monotone Stimme: „Ich bet', ich tret' auf Thymian, schau du mir keine andre an. Ich bet', ich tret' auf Thymian, schau du mir ..."

Das Märchen vom treuen Mann

In Bratislava gab es ein Denkmal, das einen Mann auf einem Sockel stehend zeigte. Da die Platte, auf der sich der Name vor langer Zeit befunden haben musste, völlig mit Moos überwachsen war und auch dann, als jemand das Moos entfernte, sich keinerlei Hinweise auf den Dargestellten finden ließen, wurde ein Beamter des städtischen Denkmalamtes beauftragt, zu forschen, wem da die Bürger der Stadt huldigten, seit Jahrzehnten, ja vielleicht sogar Jahrhunderten, ohne es zu wissen.

Der eifrige Beamte begann seine Arbeit und konnte – sehr zum Erstaunen seiner Vorgesetzten – bereits nach relativ kurzer, intensiver Tätigkeit von elf Jahren und drei Monaten ein Ergebnis vorlegen.

Bereits zwei Tage nach seiner Präsentation wurde das Denkmal in einer Blitzaktion während der Nachtstunden mittels eines Kranwagens entfernt und an einen unbekannten Ort gebracht.

An jenem, dem überstürzten Abbau folgenden Tag wurde der Kollegenschaft des untersuchenden Beamten mitgeteilt, dass dieser plötzlich schwer erkrankt sei, mit sofortiger Wirkung die Frühpension angetreten habe und sich außerdem aufgrund seines schlechten gesundheitlichen Zustandes sofort außer Landes begeben habe müssen – man vermute nach Gran Canaria, der guten Meeresluft und des Klimas wegen.

Die einzige Verwandte des Beamten, eine Cousine zweiten Grades, wohnhaft in Brno, parkte sieben Tage nach der überstürzten Abreise ihres Großcousins, statt ihres aschgrauen Trabant Sport einen nigelnagelneuen roten Opel Kadett vor der Fabrik, in der sie arbeitete. Der sich rasch bildenden Menschentraube erzählte sie, sie habe diesen Wagen bei einer Verlosung anlässlich eines Besuches in einem österreichischen Shoppingcenter gewonnen.

Eine sich unter den Menschen befindliche Arbeitskollegin der stolzen Opelbesitzerin hob ihre linke Augenbraue als Zeichen der Verwunderung: Sie wusste nämlich aus sicherer, aus ganz sicherer Quelle, dass ihre Kollegin keinen Reisepass besaß, sie sich folglich auch noch nie außerhalb ihres wunderschönen Heimatlandes aufgehalten hatte ...

Wahrscheinlich wären all diese bisher beschriebenen Tatsachen von dem gnädigen schwarzen Sack der Vergessenheit verschlungen worden, wäre dem Märchen nicht die hochfahrende Augenbraue aufgefallen – die einzige im ganzen Land, die auf diese doch höchst merkwürdig anmutenden Vorkommnisse reagiert hatte.

„Eine Geschichte zu erzählen", sagt das Märchen, „heißt, etwas dem gnädig alles verschlingenden schwarzen Sack der Vergessenheit zu entreißen und es damit am Leben zu erhalten."

Also: Auch wenn es euch, Obrigkeiten der Stadt Bratislava, gar nicht recht sein wird, auch wenn der schmucke Opel Kadett in der schmucken Stadt Brno damit Gefahr läuft, seine schmucke Besitzerin zu verlieren – hier kommt die Wahrheit und nichts als die Wahrheit über den einzigen treuen Mann, der jemals lebte – nicht nur in der Slowakei, sondern auf der ganzen Erde ...

In dem kleinen Dörfchen Cselenyi im Süden der Slowakei lebte vor langer Zeit ein Grafengeschlecht, das sich durch nichts Besonderes auszeichnete außer eine Tochter, die sich zu einem – für diese Zeit – äußerst ungewöhnlichen Geschöpf entwickelte: Sie studierte, um sich zu bilden, lernte alle möglichen Handwerkskünste, um auf eigenen Beinen zu stehen und – allem voran – weigerte sie sich, zu heiraten. Es war nicht etwa, dass sie sich zum gleichen Geschlecht hingezogen fühlte, sie war vielmehr der Meinung, dass es einen solchen Mann, wie sie ihn sich vorstellte, noch nicht gäbe, beziehungsweise niemals geben werde.

Die Eltern jedoch ließen nicht locker und quälten das Mädchen, wo sie nur konnten: Es wurde ihr alles nur Erdenkliche angedroht für den Fall, dass sie nicht binnen Jahresfrist unter dem Häubchen sei: Enterbung und Vertreibung, Schläge und Folter, Bücherverbrennung und Tortenentzug.

Nachdem die Tochter diese Quälerei lange wahrlich tapfer ertragen hatte, platzte ihr eines Tages der Kragen und sie schrie: „Jetzt reicht's aber! Ihr habt es nicht anders gewollt: Ich reite jetzt los und den ersten Mann, der mir über den Weg läuft, werde ich zu eurem Schwiegersohn machen!"

Noch ehe die verdutzten Eltern irgendetwas sagen, beziehungsweise dieser gefährlichen Drohung Einhalt gebieten konnten – sie kannten ihre Tochter und wussten, dass ihr Starrsinn sie sofort an die Umsetzung ihres Planes würde gehen lassen. Ja, noch bevor sie überhaupt auszumalen imstande waren, was diese Drohung bedeuten könne: ein unschuldiger Sechzehnjähriger auf dem Weg zur Schule, ein schwerbehinderter Neunzigjähriger im Rollwagen und wenn es das Unglück wollte, der Dorfgehirngeschädigte, früher auch Dorftrottel genannt, oder, was überhaupt nicht auszudenken gewesen wäre, Hochwürden persönlich –, war das Kind auf sein schnellstes Pferd gesprungen und beim Schlosstor hinaus den Weg durch den Wald zum Dorf hinuntergesprengt!

Nach zwei Minuten wilden Rittes erreichte Jelena – so hieß die Tochter – die große Wiese, die an den Wald grenzte. Dort weidete gerade eine Schafherde. Und am Wegesrand saß – ein Bild des Friedens und des Einklangs – der junge Schafhirte Vladi und – was braucht es noch mehr zu diesem perfekten Idyll?, richtig – und spielte auf seiner Flöte eine lustige Weise.

Jelena bremste das Pferd mit knirschenden Hufen vor dem Schafhirten ein und rief ihm zu: „Sag schnell: Bist du verheiratet? Hast du eine Geliebte?"

Völlig verdattert und jäh aus seinen Träumen gerissen, schüttelte Vladi mit offenem Mund nur den Kopf.

Da sprang Jelena vom Pferd, war mit einem Satz bei dem Burschen, der im ersten Moment dachte, die junge Gräfin wolle ihn für irgendein Vergehen bestrafen, küsste ihn, gleich richtig mit einem Zungenkuss, und sagte dann: „Gratuliere zur Verlobung!"

Nun muss noch erwähnt werden, dass Jelena durchaus keine hässliche Krätze, rundlich mit roten strubbeligen Haaren und 20-Dioptrien-Brille war, sondern eine wunderschöne Frau, ausgestattet mit allem, was Gott sich in seinen erotischen Träumen vorgestellt hatte, als er noch jünger war ...

Vladi wusste nicht, wie ihm geschah, wandte sich in erster Hilflosigkeit an den Himmel, vielleicht hatte der alte Herr ihm aus Versehen einen Engel geschickt, aber dort rührte sich kein Wölkchen. Gerade wollte er sich in zweiter Hilflosigkeit woandershin wenden, als er auch schon von zwei starken Armen hochgerissen und auf das Pferd gedrängt wurde.

Er stotterte: „Aber meine Schafe ..."

Sie lachte: „Die schafen das schon!", und dann jagte sie das Pferd durch den Wald zurück zum Schloss.

Da die Eltern mit dem Allerschlimmsten gerechnet hatten, hielt sich die gräfliche Betroffenheit in Grenzen, als sie Jelena mit dem Schafhirten, der zwar sicherlich mittellos war und dem man wohl noch ein paar Tischmanieren beibringen musste, der aber hübsch anzusehen, groß und kräftig war und somit durchaus der Auffrischung langsam dahindegenerierender Gene dienlich sein könnte.

Natürlich wäre noch allerhand zu erzählen, was sich bis zu dem Augenblick abspielte, in dem die beiden ein „Ja" hauchten – von Vladis Eltern, die sich bei den zukünftigen Schwiegereltern vor dem Kamin mit gebratenem Hammel und dezenter Lautenmusik sehr unwohl und deplatziert vorkamen, von Vladis Freunden, die sehr daran interessiert waren, ob und wenn ja, welche Unterschiede, vor allem körperlicher Natur, der Schöpfer zwischen Adel und Volk in seinem Großmut geschaffen hatte, und von Jelenas Freunden, die denen von Vladi um nichts nachstanden: ob dies denn stimme, dass die Lendenkräfte, die ausreichend zu besitzen diesen kernigen Burschen, die ihr Leben in freier Natur statt in Rittersälen genossen, ja nachgesagt wurde, wirklich in einem derartigen Ausmaß vorhanden seien.

Aber davon erzählen wir nicht, weil wir ja doch das Rätsel um das Denkmal in Bratislava und dem roten Opel Kadett zu lösen haben ...

Jelenas Vertrauen in die untrügliche, sichere Hand des Schicksales hatte sich gelohnt, denn Vladi schloss schneller, als jeder erwartet hatte, den Prozess der Verpuppung ab, der aus ihm rasch einen prachtvollen Schmetterling werden ließ. Waren äußerlich durch seine natürlich schöne Erscheinung sowieso nur wenige Korrekturen in puncto Mode notwendig gewesen, so begeisterte er alle durch seinen Charakter, seinen Großmut und seine Bescheidenheit – Jelena sagte jedem, der es hören wollte, sie müsse wirklich Buße tun, denn ihre feste Meinung, dass es einen Mann, wie sie ihn sich vorgestellt hatte, nicht gäbe, hätte sich auf geradezu wundersame Weise als völlig falsch herausgestellt: Sie wurden das perfekte Paar! Würde man ein Märchen über die beiden und ihr Leben erzählen wollen, wäre das ganz einfach, man müsste für ihre Liebe nur die richtigen Worte finden ...

Vladi lernte rasch das Verwalten des großen Besitzes, Wälder, Fisch- und Schafzuchten (wo er sich besonders gut auskannte ...), und als Jelenas Eltern starben, übernahm der gute Mann auch noch das Management des Schlosshaltes mit all den Bediensteten. Böse Zungen meinten, es bliebe ihm auch nichts anderes übrig, denn seine Gattin widmete sich ganz und gar der Durchsetzung der Frauenrechte und das zu einer Zeit, als die Frauen keine Rechte besaßen. Die Wahrheit aber war, dass die beiden sich geradezu perfekt ergänzten, der eine die Arbeit und Stärken des anderen unterstützte und förderte und ihr Leben auch in dieser Hinsicht in größter Harmonie ablief.

Einziger kleiner Wermutstropfen, eigentlich mehr ein Tröpfchen, waren die vielen Reisen, die Jelena unternehmen musste, um auch die Frauen in den anderen Dörfern und Städten für den Kampf gegen Unterdrückung und Missachtung zu aktivieren.

Aber jedesmal schworen sich die beiden beim Abschied ihre bedingungslose Liebe und Treue und niemals gab es auch nur den geringsten Anlass zu Misstrauen.

Irgendwann saß Jelena in einer weit entfernten Stadt mit einer Runde Frauen zusammen und diskutierte über das Hauptthema ihres Zusammenkommens: die Männer. Eine jede versuchte die andere mit noch schrecklicheren Horrorgeschichten über die Ehemänner zu übertreffen und die Stimmung war sehr lustig. Die Einzige, die schwieg, war Jelena.

Als man sie nun aufforderte, auch endlich einen Schwank über ihr Scheusal zum Besten zu geben, antwortete sie: „Es tut mir leid, aber ich habe einen Mann zu Hause, auf den trifft nichts von dem zu, wovon ihr erzählt."

„Also ein Lämmchen!", riefen die anderen und die Stimmung wurde immer besser.

„Mit Schafen kennt er sich aus, weil er Schafhirte war, aber er ist alles andere als brav!"

„Aha, treibt er es also doch mit anderen, wenn sich's nur irgendwie ergibt, genau so wie halt jeder!"

„Ich weiß, nein, ich bin mir hundertprozentig sicher, dass er mir bisher immer treu war und mir auch treu bleiben wird. Wer sich an der eigenen Liebe satt isst, hat keinen Hunger auf ein Häppchen zwischendurch ..."

Nun meldete sich Nada, die von ihrem Eheleben besondere Schauergeschichten zu erzählen wusste, lautstark zu Wort und sagte: „Ich verstehe nicht ganz, warum du dir all diese Mühen antust, für unsere Rechte zu kämpfen, wenn du es sowieso schon perfekt getroffen hast. Ich glaube dir einfach nicht. Ich wette, dass ich deinen Kerl, wenn ich wollte, genauso rumkriegen könnte wie jeden anderen auch: Der Hintern einer Frau führt im Hirn des Mannes zu einer Kernspaltung, die das Denkvermögen, das Gefühlsleben, sofern überhaupt vorhanden, seine Aufrichtigkeit und Ehre kurzfristig atomisiert, gerade so lange, bis er seine Lenden leergepumpt hat. Das ist die traurige Wahrheit, Gräfin Jelena!"

„Die Wette nehme ich gerne an. Und zu meinem Kampf: Ich kämpfe nicht für mich, ich kämpfe für alle Frauen dieser Welt und ich kämpfe der Rechte und nicht der Rache willen!"

Jelena war sich der Tugenden und der Treue ihres Vladi so sicher, dass sie ihren gesamten Besitz als Einsatz für die Wette bot und zwar ohne Gegeneinsatz – sie wollte diesen Frauen, die durch die Demütigungen ihrer Männer schon ganz blind geworden waren, mit ihrem Sieg eine Hoffnung schenken!

„Mein Vladi trägt einen Ring mit dem Wappen unserer Familie an einer Kette um den Hals. Wenn du es wirklich schaffen solltest, ihn zu verführen, wird es dir auch gelingen, den Ring an dich zu nehmen und mir zu bringen."

Schon am nächsten Morgen verließ Nada unter dem Vorwand, auf der Stelle ihre kranke Schwester besuchen zu müssen, die Stadt und machte sich auf den Weg in Jelenas Dorf. Sie vereinbarten, sich in drei Tagen in Bratislava, genau in der Mitte zwischen den beiden Orten gelegen, zu treffen.

„Eine Frau wünscht Sie zu sprechen", meldete ein Diener und führte die fremde Frau in Vladis Arbeitszimmer.

Jelena hat wirklich nicht übertrieben, dachte sich Nada. Was für ein Mann! Da wird das Verführen ja endlich mal zu einem reinen Vergnügen!

Und laut sagte sie: „Ich bin Jelenas Freundin und zufällig hier durchgekommen. Ich soll dir ausrichten, dass sie erst in drei Tagen heimkehren wird können. In ihrer lustigen Art meinte sie, ich solle sie inzwischen ersetzen und dich – und dazu formte sie aus ihren dicken Lippen ein Schmollmündchen – ein bisschen verwöhnen ..."

Vladi war so reinen Gemüts, dass er Nadas Worte und ihre Anzüglichkeit gar nicht hörte, sondern einzig wissen wollte, wie es seiner Geliebten ging.

Da muss ich wohl ein bisschen was drauflegen, dachte sich Nada und setzte sich so aufreizend auf das Sofa, dass es eines Blinden bedurft hätte, nicht zu sehen, dass das Frauenzimmer ohne Unterwäsche dasaß.

„Sag, legt sie sich wohl früh genug zur Ruhe? Bleibt ihr Zeit zur Entspannung?", fragte Vladi weiter.

Entweder ist der Kerl blind oder schwul oder impotent! Meinem Rocktrick konnte noch kein Mannsbild widerstehen!, ärgerte sich Nada und begann, nun auch noch langsam und verführerisch die Knöpfe ihrer Bluse zu öffnen.

Plötzlich erwachte Vladi aus seinem sehnsuchtsvollen Liebestraum und starrte auf all die Weiblichkeit, die ihm da entgegenstrahlte, und sprang entsetzt hoch und befahl Nada, sofort und auf der Stelle sein Haus zu verlassen. Verschreckt und empört verließ er das Zimmer und bat einen Diener, den Gast zum Ausgang zu geleiten.

Nada stolzierte wütend neben dem Diener durch die Gänge des Schlosses, als sie bemerkte, wie sie nackter und nackter wurde: Der Livrierte, der natürlich, wie es sich für seinen Berufsstand geziemt, an der Tür gelauscht und durch das Schlüsselloch mit perfekter Sicht auf das Sofa gespäht hatte, hatte ihr mit seinen Augen und Gedanken alle Kleider vom Leib gerissen.

Blitzesschnell kam ihr ein teuflischer Plan: Sie zog den Mann, dem augenblicklich das Hirn und alle Eingeweide kerngespalten wurden, in eines der Zimmer und gewährte ihm derartige Einblicke in das Paradies, Abteilung für Männer, dass der arme Hund flehte, bettelte, ihr alle Wünsche erfüllen zu dürfen.

„Nur einen, Schatzi", befahl Nada, „nur einen einzigen kleinen Wunsch! Und wenn du ihn mir brav erfüllst, reisen wir zwei morgen Früh auf eine Art und Weise ins Paradies, wie dein kleines Männerhirn es sich bisher nicht einmal vorzustellen imstande war ..."

Am nächsten Morgen lag der Sklave seiner Triebe vor Nada und hielt ihr den Ring mit dem Wappen der Grafenfamilie zitternd entgegen.

„Und wenn du mir versprichst", japste er, „dass wir allen Höhlen des Paradieses einen Besuch abstatten, verrate ich dir auch noch, dass der Herr Graf auf seiner linken Pobacke ein Muttermal, erbsengroß, trägt."

Für dieses Geheimnis belohnte Nada den Diener so sehr, dass dieser erst nach zwei Tagen von seiner

Erschöpfung genesen war und wieder zum Dienst erscheinen konnte ...

Beide Frauen erschienen pünktlich am vereinbarten Treffpunkt in Bratislava. Als Nada triumphierend den Ring aus ihrer Tasche zog und auch noch – begleitet von einem kurzen Stöhnen – Vladis Lendenkraft und Ausdauer lobte und zum Abschluss lächelte, wie süß sich das Muttermal, erbsengroß, auf dem tollen Knackarsch mache, schien für Jelena am helllichten Tag die Nacht über sie hereinzubrechen – wie hatte sie sich in Vladi dermaßen täuschen können?!

„Deine Besitzungen, deinen Mann und die Dienerschaft kannst du behalten", lachte Nada, „mir reicht der Triumph, dir bewiesen zu haben, dass es keinen Mann auf Erden gibt, dessen Treue der Vergrößerung des Winkels zweier Schenkel von null auf 90 Grad widerstehen kann!"

Als Vladi das Fehlen seines Ringes am Morgen nach dem Auftauchen der seltsamen Frau bemerkt hatte, ließ er zwar das ganze Schloss von oben bis unten danach durchsuchen, jedoch war es für ihn nur ein verlorenes Schmuckstück. Noch konnte er nicht ahnen, dass es den Verlust seines so glücklichen Lebens bedeuten sollte.

Jelena kehrte von ihrer Reise nach Hause zurück. Vladi lief ihr glücksstrahlend entgegen, sie willkommen zu heißen, sie zu umarmen und zu küssen.

Doch statt seine Liebesworte zu erwidern, wies sie ihn von sich und sagte: „Rühr mich nicht an. Ich war so davon überzeugt, dass du anders bist als alle anderen Männer, und du hast mich so enttäuscht!"

Vladi verstand kein Wort, verlangte nach einer Erklärung, da holte Jelena den Ring aus ihrer Tasche und warf ihn ihrem Mann vor die Füße: „Laut ihren Erzählungen müssen ihre Dienste und deine Freude darüber ja wirklich großartig gewesen sein, dass du sie mit einem so großzügigen Geschenk belohnt hast. In Zukunft kannst du deinen Knackarsch mit dem Muttermal, das sie wohl sehr genau vermessen haben muss, um zu wissen, dass es erbsengroß ist, am freien Markt der Hurerei zur Schau stellen. Verlasse sofort mein Haus!“

Jelena war so erzürnt, ihre Eitelkeit so getroffen, dass sie Vladis Beteuerungen, der Ring sei ihm gestohlen worden, ja, es wäre eine seltsame Frau in seinem Zimmer gewesen, die er aber verjagt hätte („Ja, gejagt, ins Bett!“, zischte Jelena dazwischen ...), und er wäre sich nicht einer einzigen Verfehlung bewusst, dass sie seine Beteuerungen gar nicht hörte und von ihrem Schmerz betäubt immer lauter und lauter schrie, er solle ihr Haus verlassen, sofort, und sich nie mehr blicken lassen.

Aus dem Schrank holte Vladi seine Kleider, die er als Schafhirte getragen hatte, und verließ zu Tode betrübt das Haus.

Jelena wollte nichts anderes als allein sein, entließ alle Bediensteten und wollte von nun an, enttäuscht von allem, ein klösterliches Leben bis an ihr Ende führen ...

Wahrscheinlich würden viele Märchen ein solch schreckliches Ende haben, gäbe es nicht etwas, das Schicksal heißt, manche nennen diesen wunderbaren Teil der Schöpfung auch abschätzig „Zufall“.

Also: Das Schicksal ließ Folgendes geschehen: In der weit entfernten Stadt traf sich die Frauengruppe zu ihrem allmonatlichen Treffen in einem Wirtshaus. Stolz und laut und in allen Details berichtete Nada von ihrer gewonnenen Wette: Die Frauen saßen mit offenen Mündern da und waren einerseits betroffen darüber, dass ihrer Anführerin Jelena so etwas widerfahren war, andererseits aber auch heilfroh darüber, dass die eigene Wahl ihrer Männer nicht schlechter, sondern einfach ganz normal gewesen war ...

In eben jenes Wirtshaus war an diesem Abend auch der entlassene Diener, der Sklave der Triebe, der Entdecker paradiesischer Höhlen eingekehrt. Er saß in der Nebenstube und, angelockt von dem vielen weiblichen Gekicher, hatte er seine Ohren gespitzt und ließ sie jetzt groß wie Parabolspiegel ausfahren, als er in der schrillen, lauten Stimme nicht nur das leibhaftige Paradies, sondern in ihren Erzählungen auch sich selbst wiedererkannte!

Da er in ihrer Darstellung mindestens um das Siebenfache besser wegkam, als es den Realitäten der einen Nacht und des einen Morgens entsprach, trieb ihn der Mannesstolz und die geballte Kraft der Eitelkeit zum Tisch der Damenrunde.

„Hier bin ich, Häschen", rief er, völlig blind für alle Peinlichkeiten dieses Augenblickes, „und ich schwöre, sie hat mit keinem Wort übertrieben – sie ist wirklich wunderbar!"

„Das also ist der berühmte Vladi?!", rief die Damenschar entzückt.

„Vladi? Nein, ich bin Mirko!"

„Wieso Mirko?", echote es in hohen Stimmen und nichts konnte nun das genüssliche Aufdecken des Lügengebäudes mehr aufhalten: Im Zusammenbruch von Eitelkeit und Mannesstolz kam nun die ganze Wahrheit ans Licht!

Nada und eine Abordnung Damen machten sich zu Jelena auf, alles zu beichten. Mirkos Buße bestand darin, in der ganzen Slowakei nach seinem ehemaligen Herrn zu suchen und nicht eher zurückzukehren, bis er ihn gefunden hatte – ansonsten würde man ihn dem Richter übergeben.

Als Jelena die ganze Geschichte hörte, war es wieder – so wie damals, als Nada ihr den Ring mit dem Wappen der Familie zeigte –, als würde mitten am helllichten Tag die Nacht hereinbrechen: Sie hatte nicht ihrem Herzen und ihrem Gefühl vertraut, sondern den blendenden Worten einer Lügnerin, und hatte ihren Mann aus dem Haus gejagt und damit ihrer beider Leben zerstört.

„Übergebe mich dem Richter“, sagte Nada zerknirscht, die ihre Dummheit sehr bereute.

„Nein“, antwortete Jelena, „das wäre eine zu geringe Buße. Du sollst meinem Vladi ein Denkmal bauen, ein Denkmal der Treue.“

Nada, deren Familie sehr vermögend war, beauftragte den berühmtesten Bildhauer der Slowakei, Vladi nach Vorbild eines Gemäldes in Stein zu hauen. Es wurde eine prachtvolle Skulptur, und der Berühmtheit des Künstlers entsprechend stellte man sie sogar in der Hauptstadt des Landes auf.

Vladi aber blieb trotz intensiver Suche verschwunden. Jelena befürchtete sogar, dass er sich aus Kummer das Leben genommen hatte ...

Nach vielen Jahren der Wanderschaft durch halb Europa kehrte Vladi, noch immer ein gebrochener Mann, in die Slowakei zurück und versuchte in Bratislava eine Arbeit zu finden.

Eines Tages kam er zu einem Platz, auf dem sich eine Menschenmenge um etwas herum versammelt hatte. Er kam näher und entdeckte ein Denkmal. Er sah es an und dachte sich: Wie lustig, so muss ich vor einigen Jahren ausgesehen haben, als ich noch glücklich war.

Dann fiel sein Blick auf die Tafel aus Messing, auf der geschrieben stand: „Vladi, der einzig treue Mann der Welt.“

Da wusste er, dass aller Schwindel aufgedeckt war!

Wenn Jelena nur noch auf mich warten würde, war sein erster Gedanke.

Und – sie tat es! Es bedarf keiner Worte zu beschreiben, was sich in dem entlegenen Dorf, im Schloss inmitten des Waldes zutrug, als Vladi an das Tor klopfte und Jelena öffnete und sie sich nach vielen Jahren zum ersten Mal sahen und in die Arme fielen ...

Das Märchen lässt euch nun weiterträumen, doch werdet ihr sicher auch gerne wissen wollen, was es mit dem Beamten und seiner Cousine zweiten Grades, beziehungsweise ihrem Opel Kadett, auf sich hat …

Oder sollen wir euch diese wunderlichen Zusammenhänge selbst enträtseln lassen?!?

(Mit Motiven eines Volksmärchens aus der Slowakei)

Mein Baum

Als ich unlängst Notizen und Tagebücher der letzten Jahrzehnte hervorkramte, entdeckte ich eine Geschichte, die sich heimlich und wie zufällig auf das Papier gezaubert hatte.

Es war eine Geschichte, die aus Tausenden von Bildern bestand, die einzeln keinen Sinn, zusammengefügt aber ein geheimnisvolles Gebilde ergaben. Nun ist das bei Wörtern, die sich zu Sätzen formen, genauso wie bei Buchstaben, die erst als Wort einen Sinn zeigen. Aber das, was ich nun vor mir sah, war doch etwas ganz anderes. In diesen Bildern erschien ein Stück meiner eigenen Geschichte und die des Freundes. Ich hatte sie über all die Jahre hindurch aufgeschrieben, aufgezeichnet, ohne mir dessen bewusst zu werden; ja, ich hatte es nicht einmal bemerkt!

Irgendetwas musste es zwischen ihm und meinen Augen, meinem Herzen, den Fingern, gegeben haben, von dem ich nichts geahnt hatte.

Je länger ich auf die Geschichte blickte, die aufgefächert vor mir lag, desto klarer wurde mir, wie sie dorthin gekommen war: Ich musste *ihn* bewundert, *ihn* verehrt haben. Ich hatte sein ganzes Leben mit ihm verbracht, hatte mir von ihm so vieles erzählen lassen, woraus Geschichten wuchsen. Nur: Ihm hatte ich nie auch nur eine Zeile gewidmet. Er war mir so nah gewesen und doch schenkte ich ihm keine Beachtung.

Das weiß ich jetzt, weil er nicht mehr da ist.

Doch mein Herz hatte den Fehler des Verstandes wettgemacht und ihm eine Geschichte geschrieben, so einfach, so klar, wie sie mit Worten und Gedanken nie auszudrücken gewesen wäre ...

Der Tisch, an dem ich immer schrieb, stand vor einem Fenster und dahinter erstreckte sich eine weite Wiese. In den Schreibpausen ließ ich meine Augen ins Freie spazieren und die Gedanken schnüffelten da und dort und es war unser gemeinsamer Spaß, winzige Unregelmäßigkeiten, Neues, Verändertes aufzuspüren, die Pausen auszudehnen, um alles in der Ferne zu erforschen – so lange, bis meine Finger ungeduldig zu klopfen begannen und rasch zum Papier zurückeilten.

Bei einem dieser Ausflüge entdeckte ich etwas Aufregendes in unserem Fensterbild: Mitten in der Wiese hatte jemand ein Bäumchen gepflanzt. Es war mir sofort aufgefallen. So klein, so dünn stand es da, wie eine Linie, mit freier Hand gezogen.

Nun konnte ich mich wieder genau erinnern: Ich hatte damals den Bleistift weggelegt, war hinausgegangen, hatte den winzigen Baum begrüßt und war mit den Fingern seine vier Äste entlanggefahren – er war wirklich unbeschreiblich zart gewesen.

Von nun an fiel mein erster Blick immer auf das Bäumchen. Ich rückte sogar meinen Tisch so, dass es zum Mittelpunkt meines Ausblicks wurde. Und immer, wenn die Gedanken gerade beschäftigt gewesen waren, Worte zu pflücken und sie in Satz-Vasen zu einem Strauß zu gestalten, immer dann musste es passiert sein, dass meine Finger, beauftragt von den Gefühlen, an den Rand der Seiten diesen kleinen Baum malten. Und immer, wenn die Gedanken im Kopf verzweifelten, weil sich so gar nichts am Blatthorizont zeigen wollte, da erschien dort das Bäumchen statt der Worte und wuchs aus dem Papier. Feine Linie, mit freier Hand gezogen.

Und immer, wenn die Gedanken mit ihren Liebhabern durchbrannten, dann stand da das kleine Bäumchen, stand da, als wollte es die Untreuen zurückhalten. Die Jahre vergingen. Der Tisch, das Fenster, das Papier hatten sich nicht verändert. Doch mit den neuen Ideen, neuen Gedanken und Worten – mit meinem Leben – hatte sich auch der Baum, am Rande des Geschriebenen, gewandelt. Nun war er schon bleistiftdick, hatte Zweige bekommen, die auf manchen Seiten die Sätze umrahmten. Er war gewachsen. Und zusammen mit diesen „gedankenlosen" Bildern, am Rande des Geschriebenen, erschienen nun noch ganz andere Bilder: ... ein Sturm reißt es hin und her, dass es sich biegt wie eine Feder ... ich laufe hinaus, mit dem Besen, um ihm eine Stütze zu basteln ...

Hundert Seiten weiter, das erste Pünktchen auf einem Zweigenzwerg: ... wieder laufe ich hinaus, sofort. Lache, freue mich, als hätte ich etwas geschenkt bekommen – dem Baumgesellen ist der erste Knospenflaum gewachsen ...

Schon drei Seiten später hatten sich die heimlichen Biographen die Zukunft ausgemalt: Ein viel zu großer Apfel zwang die Wörter zu einer Umleitung.

Dreizehn Tagebücher brauchte es, dann war der Geselle zum Meister geworden: Ganze Sätze mussten ausweichen, so gewachsen war der Baum. Nun passte er nicht mehr in die obere Ecke, ließ sich nicht mehr an den Rand drängen, hatte ein paar junge Wörter in Schutz genommen, armselige Hilfszeitwörter und einsame Punkte mit einem langen Ast wichtig unterstrichen. Auch ließ sich nach so vielen Jahren noch deutlich erkennen, wann ich Phasen konzentrierter Arbeit hatte. Denn da war auf hundert Seiten kein Baum zu sehen. Aber vielleicht war es auch nur ein besonders langer und besonders weißer Winter gewesen. Irgendwo fand ich ein Herz. Ich hatte es ihm nicht verheimlichen können. Es wurde verewigt auf seiner papierenen Rinde. Der Anfangsbuchstabe eines Namens ... mir fiel nicht mehr ein, wer es gewesen war. Während ich damals aus dem Fenster gestarrt hatte, schwärmerisch den Himmel nach dem Namen absuchte, dachten die Gefühle an die Vergesslichkeit der Zeit und zeichneten mit vielen Schnörkeln den Anfangsbuchstaben dieses Namens, den ich jetzt nicht mehr weiß.

Auf dem Boden lag ausgebreitet das Wachsen, das Leben des Baumes. Keine Veränderung an seinem Stamm war mir entgangen – oft waren es nur ein paar Striche, verstreut zwischen wichtigen Wörtern. Ein Blatt, auf einer Seite ein Ball ...

... Kinder stehen um den Baum herum und in den Ästen liegt ein Ball. Ich gehe hinaus und springe hoch, erreiche den Ball, da reißt ein Ast, ich nehme ihn mit ins Haus, dort liegt er ein ganzes Jahr, bis irgendjemand ihn ins Feuer wirft ... Wie Herbst sah es im Zimmer aus, Blätter mit Geschichten und Notizen, „Zeitblätter", sichtbar gemacht durch meinen Freund, den Baum. Diese Blätter ließen mich erst sehen, wie wichtig er mir wirklich war. Ich zählte nicht in Monaten: Ich zählte in Jahreszeiten. Ich öffnete das Fenster, wenn seine Astampeln grün blinkten. Ich lief hinaus in seinen Schatten, ließ Gedanken und Gefühle, Augen, Ohren und Nase gemeinsame Nester in seinem Blattdschungel bauen. Ich spürte das Ende des Jahres, wenn die Blattboote sich vom Astufer abstießen und davonsegelten. Dann wusste ich, es ist Zeit, Holz zu sammeln. Wenn ich es zum Ofen trug, tat ich es mit einer seltsamen Ehrfurcht. Es war ja „Baum“ gewesen, wie mein Freund vor dem Fenster.

Der Frühling wurde ihm bald zu stürmisch, die Sommer trockneten ihn aus, die Herbste kamen immer früher – so stand es gezeichnet. Dann war anscheinend wieder einmal Winter in meinen Aufzeichnungen, viele Seiten kein Baum. Zu viele Seiten. Ich sah nach dem Datum der Eintragung: Es war schon März – noch immer kein Baum.

Ich überflog die Textstelle. Da stand es: „Der erste Blick heute aus dem Fenster. Ich glaubte noch zu träumen. Der Baum war nicht mehr da! Man lud gerade einen nackten glatten Stamm auf einen Lastwagen. Der Horizont vor meinem Fenster hat seit heute ein rundes Loch mit einem Strich, bleistiftdick ...“

Kapuzinerkresse

Er war ein Handwerksbursche. Fleißig und ehrlich und zufrieden mit seinem Leben. Bis zu dem Tag, an dem er aufgeregtes Geschrei und Gepolter hörte. Er zwängte sich durch die Menschenmenge bis an den Rand der Straße. Die königliche Kutsche fuhr durchs Dorf – das kam alle paar Jahre einmal vor! Aus dem Fenster der Kutsche winkte die Prinzessin. Als der Handwerksbursche, der Minuten zuvor noch seiner Arbeit nachgegangen war, ihr Gesicht sah, stand für ihn einen Augenblick lang die Weltkugel still, verflogen die Menschen, Tiere, Häuser rund um ihn, und alles, was es auf der Erde noch gab, waren dieses Mädchen und er. So war es. Für einen langen Augenblick. Die Kutsche und die winkende Prinzessin wurden immer kleiner, die Menge verlief sich. Nur der Handwerksbursche stand noch da. Er wusste nicht, oh der Wind sein Atem, der Himmel sein Auge und die Stille sein Ohr war: Die Liebe war erbarmungslos über ihn hergefallen.

Er konnte nicht mehr arbeiten, konnte nicht mehr schlafen, konnte nicht mehr essen.

Wäre es nur die Liebe gewesen, gut. Aber was ihn plagte, war, dass die Königstochter für ihn wegen seiner geringen Abstammung völlig unerreichbar bleiben würde. Er würde sie nicht einmal mehr zu Gesicht bekommen.

„Wie ungerecht die Welt doch ist", seufzte er und wurde immer dünner und dünner.

Die Prinzessin aber unterschied sich von üblichen Prinzessinnen dadurch, dass sie weder eingebildet noch eitel noch faul war. Sie liebte Blumen und Kräuter über alles und am liebsten hätte sie sich einen Gärtner zum Mann genommen. Stattdessen musste sie sich mit allen möglichen Brautwerbern herumschlagen, Prinzen, die meist schrecklich langweilig waren und von Blumen absolut nichts wissen wollten.

„Wie ungerecht die Welt doch ist", seufzte sie und wurde immer unglücklicher und unglücklicher.

Eines Tages kam ihr die Idee, die Brautwerber nicht nach üblichen Methoden auszuwählen. Sie verlangte also keine Drachenköpfe, Ritterohren oder Wett-Trinkgelage – sie wollte die Blume der Liebe haben! „Die Blume der Liebe?", riefen die Prinzen, als sie von dieser seltsamen Aufgabe hörten. „Welche soll das sein?" Der Handwerksbursche war schon dünn wie eine Spinne, als er auf dem Marktplatz das neueste königliche Gerücht hörte: Die Prinzessin wünschte sich den zum Mann, der ihr die Blume der Liebe bringen würde. Da regte sich im Handwerksburschen ein wenig Hoffnung. „Die Blume der Liebe", sagte er immer wieder vor sich hin. „Ich muss sie finden. Wenn es sie wirklich gibt, wird meine Liebe mich zu ihr führen. Und wenn ich sie sehe, werde ich wissen, dass sie es ist, die ich gesucht habe!" Noch am selben Tag machte sich der Bursche auf den Weg. Er wanderte durch Ebenen, überquerte hohe Berge, er suchte in abgelegenen Tälern und in Gärten feiner Häuser.

Oft dachte er schon, er hätte sie gefunden, aber die schönen Blumen zeigten nur ihre Schönheit, die duftenden ihren Duft, die farbenprächtigen ihre Farben – die Blume der Liebe war nicht darunter. Nach vielen Monaten kam er ans Meer und glaubte, nun am Ende der Welt angelangt zu sein. „Sollte es diese Blume doch nicht geben? Was war es dann, was mich bis hierher gebracht hat?" Und er spürte die Liebe so stark wie nie zuvor in seinem Herzen, und er stieg in ein Boot und segelte die orangefarbene Straße entlang, von der Sonne für ihn ins Wasser gebaut.

Die Liebe brachte ihn weit hinter den Horizont. „Wo bin ich hier?", fragte der Handwerksbursche. „In Peru", antworteten die Menschen, die eine andere Haut trugen als er.

„Finde ich hier die Blume der Liebe?"

„O ja, die Blume der Liebe!", lachten die Leute. „Du wirst sie bei uns finden!" Der Bursche war außer sich vor Freude und Glück – nach tausendmal fragen hatte er zum ersten Mal eine Antwort erhalten! Nun stand er knapp vor seinem Ziel. Er marschierte ins Landesinnere und traf viele viele Blumen, die er nie zuvor gesehen hatte. Am Abend des ersten Tages seiner Wanderung in Peru lag er lange mit offenen Augen unter dem Sternentand und träumte von seiner Prinzessin. Plötzlich sah er, nicht weit entfernt, tausend kleine feurige Funken durch die Luft wirbeln. Er sprang auf und schlich näher, um Nachschau zu halten, woher das geheimnisvolle Feuer wohl käme. Je näher er heranrückte, desto mehr hatte er das Gefühl, als würde es ihm den Hals abschnüren. Irgendetwas lag in der Luft, von dem er nicht wusste, woher es kam. Nun war er nah genug, um zu erkennen, dass die Funken aus der Erde zu sprühen schienen. Und als der Mond es endlich geschafft hatte, die aufdringlichen Wolken zum Gehen zu bewegen, und er sein Silberlicht anknipsen konnte, da sah der Handwerksbursche aus dem fernen Land, was er so lange gesucht hatte: eine Blume, die kein Auge für ihre Farbenpracht, keine Nase für ihren Duft, keinen Namen für ihre Schönheit brauchte. Wenn man sie sah, roch, befühlte, empfand man nur Wärme – Herzenswärme! Sie hatte so viel davon, dass sich die Wärme ihres Herzens am kalten Atem der Welt entzündete!

„Die Blume der Liebe“, murmelte der Bursche und wusste, dass er es geschafft hatte. Vor ihm lag nun der größte Schatz der Welt, der Schlüssel zur Liebe, der ihm alle Tore auf dem Weg zu seiner Prinzessin öffnen würde.

Er sammelte so viele Blumen der Liebe, wie er nur konnte, und machte sich auf den Heimweg. Im Hafen der Stadt am Meer suchte er nach einem Boot, das ihn so rasch wie möglich in die Heimat bringen sollte. Dabei stieß er auf eine Gruppe von Menschen, die um einen Matrosen standen, der auf dem Pflaster lag.

„Was hat der Mann?“, fragte der Bursche. „Die Seefahrerkrankheit, den Skorbut.“ – „Kann man ihm nicht helfen?“ „O ja, das könnte man schon. Mit der Blume der Liebe.“

„Mit der Blume der Liebe?“, wiederholte der Bursche. „Ich habe welche bei mir. Aber ich muss sie weit fortbringen, sie sind für meine Prinzessin, die ...“ Da sah er den kranken Mann vor sich liegen und dachte: Ich habe doch so viele davon, die müssten für die Prinzessin und den Mann reichen. Er gab dem Kranken die Hälfte seiner Blumen und wünschte ihm viel Glück.

Als er auf der anderen Seite des Meeres aus dem Boot stieg, hatte er das Gefühl, als wäre die Kraft der Blume der Liebe noch stärker geworden. Seine Augen erkannten plötzlich Dinge, die sie vorher nie wahrgenommen hatten, seine Ohren hatten lauschen gelernt und sein Herz war wie eine Hand, die alles erfühlt. Er wanderte Tag und Nacht, ruhte sich nur aus, wenn die Füße gar nicht mehr wollten.

Als er irgendwo in einer Herberge übernachtete, wurde er mitten in der Nacht von Stöhnen und Schreien geweckt. Er ging den Lauten nach und fand eine Frau, die aus einer großen Wunde blutete. „Nichts will das Blut stillen und die Wunde schließen", sagte ihr Mann. „Wir haben schon alles versucht, vergeblich. Eine Kräuterfrau erzählte von einer Blume, deren Blätter Wunder wirken sollen. Aber eine Handvoll dieser Blätter aus einem fernen Land kostet so viel, wie ich in einem Jahr nicht verdienen kann."

„Wie heißt diese Blume?" „Man nennt sie die Blume der Liebe."

Der Handwerksbursche zuckte zusammen. Wenn er der Frau die Hälfte seiner Blumen gäbe, würde die andere Hälfte wohl noch reichen, um die Liebe der Prinzessin zu erlangen? „Wartet", sagte der Jüngling, holte die Blumen der Liebe hervor und gab die Hälfte davon den Leuten. Eine Handvoll Blumen war ihm noch geblieben. Damit eilte er der Heimat entgegen und nach langer, mühseliger Reise stand er endlich wieder vor den Toren seiner Stadt. „Ich werde mich ausschlafen und den Blumen Zeit geben, sich an ihre neue Heimat zu gewöhnen."

Sieben Tage und sieben Nächte schlief er, dann machte er sich auf das letzte kurze Stückchen Weg zum Schloss der Prinzessin. Die Blume der Liebe war schön, duftend und farbenprächtig wie nie zuvor. Gerade als er die Hand ausstreckte, um an das Tor zu pochen, klopfte ihm jemand auf die Schulter. Er drehte sich um und da stand ein Bettler mit einem Kind vor ihm.

„Junger Mann“, sagte er, „mein Kind ist krank und schwach und wird sterben. Ich habe von einer Blume gehört, die soll alle Kraft der Welt in sich tragen.“ „Wie heißt diese Blume?“, fragte der Handwerksbursche und ahnte schon die Antwort.

„Sie soll Blume der Liebe heißen.“ Der Jüngling blickte auf das blasse Kind, das kaum noch atmete, und sah den langen Weg, den er hinter sich hatte. Er sah die feurigen Funken der Blume, als er sie damals in Peru entdeckte, und sah die Prinzessin, wie sie auf die Blume wartete.

„Hier hast du meine Blumen“, sagte er, „das Kind muss leben.“

Ohne eine einzige Blume pochte er an das Tor und verlangte, zur Prinzessin geführt zu werden. Zuerst wollte man den mageren Handwerksburschen gar nicht vorlassen, aber ein eigenartiger Duft ging von ihm aus, dass sich ihm alle Türen öffneten.

„Ich bringe euch die Blume der Liebe“, sagte er schüchtern. „Wo ist sie?“, rief der Hofstaat. „Ich trage sie in meinem Herzen.“ – „Das haben schon viele vor dir gesagt“, rief der Hofstaat. Und dann begann der Handwerksbursche seine Geschichte zu erzählen ...

Das Apfelmädchen

Diese Geschichte könnte wahrlich märchenhaft beginnen: Es war einmal ein kleines Mädchen, das wurde in einen Apfel verwandelt. Nicht von einer dieser armen Hexen, denen man alles erdenklich Schlechte an den Kopf dichtet, nicht von einer Stiefmutter, die ihre bösartige Rolle zu erfüllen hat – nein, von ihrem eigenen Vater!

Und die Verwandlung selbst erfolgte nicht etwa durch Verwendung von Gänsegalle und Rattenspucke, durch Schwingen eines Zauberstabes, sondern durch solch traurige Wirklichkeit, dass man sie am allerliebsten aus so einem allerliebsten Märchen heraushalten möchte, was aber nicht geht, weil ohne diesen schlimmen Beginn das wunderbare Ende nicht möglich wäre und wir nun nicht erzählen hätten können, wie die Tochter eines bettelarmen Bauern in die Arme eines Prinzen kam!

Die Geschichte beginnt also richtig grausig, abstoßend und mit den Gesetzen des Jugendschutzes absolut unvereinbar. Um sich auch noch die Radnaben seiner goldenen Kutschen in Gold gießen lassen zu können, quetschte der von Gnaden Gottes in sein Amt gehievte König sein Volk gnadenlos aus. Wem die königlichen Steuereintreiber keine Münze entreißen konnten, der musste Naturalien abliefern – und zwar auf das Gramm genau, sonst gab es Schläge, Vergewaltigung und Kindesraub.

Nun geschah es einmal, dass ein bettelarmer Bauer die Steuerkiste, die er mit seinen Äpfeln bis an den Rand zu füllen hatte, nicht voll kriegen konnte. Es überkam ihn eine derartige Panik vor den Folgen, dass er hysterisch durch das Haus lief, um etwas zu finden, was das fehlende Obst ausgleichen möge, aber es gab nichts. Er hätte Steine hineinpacken können, aber das wäre ihm bei der unweigerlichen Entdeckung noch schlimmer zu stehen gekommen.

Da fiel sein Blick auf seine jüngste Tochter und getrieben durch seine Panik und Hysterie verfiel er der – zugegeben abscheulichen – Idee, Laura in einen gewaltigen großen Apfel zu verwandeln. Versteckt unter den Äpfeln würde sie der Kiste den Anschein des Randvollen geben, sie müsste sich nur still verhalten und sobald die Eintreiber das Lagerhaus verlassen hätten, könne sie unter den Äpfeln hervorkriechen und durch irgendein Schlupfloch zurück ins Freie gelangen, wo er, der Vater, auf sie warten würde.

Der Plan funktionierte tatsächlich – Laura hatte ihren Vater vor Schlägen, ihre großen Schwestern vor Vergewaltigung, ihre starken Brüder vor Entführung gerettet.

Als sich die schweren Türen des Lagerhauses hörbar geschlossen hatten, eine Stunde lang kein Geräusch zu vernehmen war, kroch Laura aus der Kiste und sah sich um. Es gab zwar Fenster, aber die waren unerreichbar hoch unter dem Dach der hohen Halle. Es gab zwei Tore, aber die waren so dicht, dass nicht einmal ein Lichtstrahl ins Innere gelangen konnte, geschweige denn ein Kind nach draußen.

Laura saß eindeutig fest. Anfangs hatte sie gehofft, die Gelegenheit zu Flucht nutzen zu können, wenn Köche und Diener Früchte aus der Halle holten, aber das gelang ihr nicht.

Es waren bereits drei lange Wochen vergangen, in denen sie sich durch alle Obstkisten gegessen hatte (ihr Vater, der sein Lager in Sichtweite der Halle aufgeschlagen hatte, um sein Kind in Empfang zu nehmen, war schon nach zwei Wochen verzweifelt abgezogen, in der festen Meinung, er habe sein Kind getötet ...), als wieder einmal die Köchin zu Besuch kam, um Früchte zu holen.

„Hier muss es Ratten oder Diebe geben“, rief sie, „mein kostbares Obst wird immer weniger!“

Sie begann die Kisten zu durchwühlen, sie zur Seite zu rücken, um einen flüchtenden Rattenschwanz zu erspähen, und schrie panisch auf, als sie stattdessen etwas, das lang und weiß wie ein kleines Menschenbein war, entdeckte.

Zum Glück hatte die Köchin ein gutes Herz und als Laura ihr unter Tränen erzählte, wie sie in die Kiste gekommen war, dass sie ihren Papa schon so lange nicht mehr gesehen habe, da war sie selbst ganz gerührt und beruhigte das kleine weinende Mädchen und versprach ihm, dass das Leiden nun ein Ende haben werde. Sie wolle dem Mädchen einen Traum erfüllen, den Traum einer jeden armen Familie, nämlich ihr Kind in königlichen Diensten zu sehen.

„Du kommst mit in die Küche und hilfst mir bei der Arbeit!“

(Und da wir schon erfahren haben, dass diese Frau ein gutes Herz hatte – nicht auszudenken, was geschehen wäre, hätte den Posten des Chefkochs ein Mann innegehabt –, verständigte sie sogar Lauras Vater, der vor Glück, dass seine Tochter noch am Leben war, geradezu ausflippte und sofort seine Einwilligung gab, sie in den Küchendienst aufzunehmen ...)

Laura wuchs heran. Nicht nur ihre ganze Erscheinung wurde immer schöner und ausdrucksvoller, in gleichem Maße wuchs auch ihr Inneres. Sie war beliebt bei allen, arbeitete so hart wie niemand sonst, klagte nie, verschenkte großzügig ihr umwerfendes Lächeln und ließ jeden an ihrem Großmut teilhaben.

Auch dem einzigen Sohn des Königs, Prinz Vittorio, war dieses außergewöhnliche Menschenkind bereits aufgefallen und mit jedem Mal, da er sie sah, heimlich und verborgen hinter Mauervorsprüngen und Brokatvorhängen, wurde das Verlangen größer, dieses Mädchen in seinen Armen zu halten und sie zu küssen.

Diesen verräterischen Glanz in den Augen, den nur die Liebe zu malen imstande ist, entdeckte auch ein adeliges Fräulein, das schon seit einiger Zeit am Hof weilte und hart und verbissen daran arbeitete, Vittorio für sich zu gewinnen und damit aus gräflichem Stand in königlichen aufzusteigen …

Da eindeutig war, dass dieses Glänzen nicht der Bewunderung für sie entsprungen war, und da – nach kurzem Nachspionieren und diversen Bakschischzahlungen – weiters eindeutig war, dass es von einem gewöhnlichen Küchenmädchen herrührte, beschloss das Fräulein, das sich anbahnende Schicksal durch List und Hintertücke in ihre Bahnen zu lenken …

Schon bei nächster sich bietender Gelegenheit erzählte sie dem König – was der besonders liebte – den neuesten Tratsch aus den untersten Bereichen des höfischen Lebens.

„Ach ja, da soll es, Durchlaucht, König, Allerwertester, in der Küche ein Mädchen geben, das behauptet, es könne Wolle zu Gold verspinnen!“

„Hoho“, polterte der König, „ich wusste ja, ich bin zu gut und zu gnädig! Denn entweder hat das Ding diese Idee aus einem Märchenbuch, was hieße, dass sie lesen kann, was hieße, sie hat ein Verbrechen begangen, weil das Lesen den besseren Ständen vorbehalten ist, oder sie hat Eltern, die ihr Märchen erzählten, was hieße, diese Tagdiebe haben zu wenig Arbeit, sonst hätten sie ja keine Zeit zu erzählen – was hieße, sie liefern zu wenig Steuern ab, was hieße, sie missgönnen ihrem armen König ein paar goldene Speichen für seine armseligen goldenen Kutschen, was hieße, ich möchte dieses Früchtchen sofort sehen! Sie wird uns in jedem Fall große Freude bereiten, denn entweder sie lügt, dann können wir uns an einer kleinen Quälerei delektieren, oder sie kann wirklich Wolle zu Gold spinnen, dann werden wir die Kutschenproduktion steigern können!"

Als Laura vor dem König erschien, war er im ersten Moment von ihrer Erscheinung geblendet, wollte gar schon so tun, als hätte er sie nur eben mal sehen wollen, aber gerade rechtzeitig kam doch noch das Scheusal in ihm hervor und er sagte: „Du behauptest, du könntest Wolle zu Gold spinnen. Was suchst du dann noch in der Küche? Ich habe schon ein Zimmer mit Wolle und leeren Kisten für das Gold für dich richten lassen, in 24 Stunden sehen wir uns wieder. Und übrigens: Sind die Kisten nicht mit Gold gefüllt, werden sie mit dir gefüllt – alles klar?!"

„Gut gekönigt", lobte das Fräulein, das bereits den Fußabsatz des Königinnenthrones erobert sah, „und eine so originelle Strafe, wirklich sehr fantasievoll!"

Laura war nicht nur wunderschön, sie war auch klug und wusste, dass es keinen Sinn gehabt hätte, sich gegen die Verleumdung zu wehren, noch irgendetwas abzustreiten oder erklären zu wollen und antwortete mit fester Stimme: „Die Kraft, mein König, die mich Unmögliches möglich machen lässt, heißt Liebe. Und wenn meine Liebe zu Euch, mein König, groß genug ist, wird mir auch dies gelingen. Wenn nicht, bin ich sowieso nicht würdig, in Eurer Nähe zu sein!"

Schon wäre der König vor Rührung über solche Worte fast wieder dahingeschmolzen, hatten seine Lippen schon ein „War ja nur ein Scherzchen, um mich deiner Liebe zu mir zu versichern" geformt, als Laura ihm zuvorkam, sich stolz umwandte und dem Wächter folgte, der sie in das Zimmer mit der Wolle führte.

Dieses Mädchen war einfach unglaublich: Jeder andere Mensch wäre in einer solchen Situation verzweifelt, hätte sich aus dem Fenster gestürzt oder sich die

Spindel des Spinnrades ins Herz gerammt, aber Laura saß da und dachte sich, welch Glück sie doch bisher in ihrem Leben gehabt, wie alles, was unmöglich schien, sich doch immer zum Besten gewandt hatte. Vor lauter Denken bemerkte sie nicht, wie Vittorio, der Prinz, in das Zimmer geschlichen kam (dem Wärter vor der Tür hatte er ein Goldstück zugesteckt und einmal mit dem Kopf genickt, was dieser sofort verstand und augenblicklich erblindete und ertaubte ...), ihr von hinten die Augen zuhielt und flüsterte: „Schließe deine Augen und singe mir ein Lied, während ich die dumme Aufgabe für dich erledige – und kein Wort zum König darüber."

Aus seiner Hose holte der Prinz seinen Zauberstab hervor, ließ ihn über der Wolle auf und ab gleiten, bis alles in glänzendes Gold verwandelt war, wisperte: „Wenn du die Tür ins Schloss fallen hörst, öffne deine Augen und rufe nach dem König!" – und verschwand.

Laura öffnete ihre Augen und konnte es nicht fassen: Der geheimnisvolle Fremde mit der wunderbaren Stimme hatte die ganze Wolle in Gold verwandelt!

Der König schnappte fast über vor Freude: „In den Geschichtsbüchern wird man mich den ‚Goldenen' nennen! Goldene Kutschen sind out, wir werden über goldene Straßen fahren!!"

Die nächsten Tage waren der König und der Hofstaat damit beschäftigt, Pläne zu schmieden, wie man die zu erwartenden Goldberge möglichst sinnvoll nutzen könne.

Am siebenten Tag überraschte die Königin ihren Gemahl mit einer heimtückischen Frage.

„Liebstes Hermelinchen", schnurrte sie ihm ins Ohr, „Gold schön und gut, aber gibt es da nicht etwas, das du mehr vermisst als alles andere?!"

Pflichtgemäß antwortete der King: „Dich??? Aber ich hab dich ja, Zuckerkrönchen", doch in seinem Inneren braute sich schon die Wut zusammen, weil er ganz genau wusste, worauf die Alte hinauswollte und womit sie – wenn er es recht bedachte – gar nicht so Unrecht hatte. Die Wut lieferte ihm sofort die entsprechenden Bilder: Jahre zurück – der alte Zauberer, der ihm sein Ein und Alles stiehlt – unmöglich es zurückzuerobern – alle, die es versuchen, enden im Diesseits.

„Wenn sie Wolle zu Gold spinnen kann, wird sie auch über Kräfte verfügen, dem Zauberer das zu entreißen, was dir – neben mir – das Wertvollste ist."

„Du hast Recht", strahlte der König, „was habe ich von Straßen aus Gold, wenn die Trauer über den Verlust meines Schatzes mich nicht schlafen lässt!"

Laura musste nicht mehr in der Küche arbeiten, sondern in einem vornehmen Gemach auf weitere Befehle warten.

So war sie einigermaßen überrascht, als am achten Tag nach dem ersten Goldrausch der König in das Zimmer trat und sie „bat", ja, ihr habt recht gelesen, er bat Laura, sich statt mit der Verwandlung von Wolle zu Gold mit einem anderen Problem zu beschäftigen. Und dieser Tunichtgut von König, dieses geldgierige Scheusal, dieses hartherzige Monster verwandelte sich – ohne den geringsten Einsatz von Zauberstäben und ebensolchen Kräften – in ein lammfrommes, geradezu süßes, erbarmungswürdiges Etwas, als er von seinem Schatz zu erzählen begann: „Ich liebe Musik. Würde nur jeder, der mich hartherzig und geldgierig nennt, miterleben können, wie zart und weich, wie mitfühlend und großmütig wunderbare Klänge, wohlgesetzte Töne mich zu stimmen imstande sind. Und dass ich zu einem grausamen Ekel mutierte – Himmel, ich weiß es ja selbst –, ist nur darauf zurückzuführen, dass mir dieser gottverdammte Zauberer meine Musik gestohlen hat."

Laura zog voller Mitgefühl ihre linke Augenbraue hoch: „Eure Musik gestohlen???"

„Ich besaß eine riesige Kiste voller Musikinstrumente, die – deinem Zauber gleich – von allein, ohne lästige, egozentrische, überkandidelte Musiker, alle Musik spielten, die ich mir wünschte. Du hättest mich erleben sollen, liebe Laura", fuhr der König mit tränenerstickter Stimme fort, „was ich damals für ein netter Mensch war! Aber ...", und seine Stimme wurde wieder die alte, grausam herrschsüchtige, „es war wohl das Werk von Anarchisten und Kommunisten, die diesen Zauberer beauftragten, mir die Kiste und damit jede Freude zu stehlen und sie so hinterhältig und gemein zu verstecken, dass bisher keiner, der sich aufmachte, sie zu finden und zurückzubringen, lebendig, geschweige denn mit der Kiste heimkehrte."

Laura zog voller Mitgefühl (und auch wohlwissend, was nun als Wunsch, beziehungsweise Befehl folgen würde ...) auch noch ihre rechte Augenbraue hoch.

„Was kann ich für Euch tun?"

„Kind, ich pfeife auf Lagerhallen voller Gold! Wenn du mir diesen Wunsch erfüllst, erfülle ich dir jeden Wunsch: Entreiße dem grausamen Zauberer meine Musikinstrumente und bringe sie mir wieder!"

„Ich brauche eine Nacht, um einen Plan zu machen", antwortete Laura – das Kind war wirklich gut und hatte schnell kapiert, worauf es ankam ...

Kaum war sie wieder allein in dem vornehmen Gemach, erschien auch schon der geheimnisvolle Fremde – wir wissen zum Glück ja, wer es ist! –, drückte ihr von hinten die Augen zu (dem Wärter vor der Tür hatte er zwei Goldstücke zugesteckt und zweimal mit dem Kopf genickt, was dieser sofort verstand und augenblicklich erblindete und ertaubte ...) und flüsterte: „Schließe deine Augen und höre mir gut zu. Diesmal musst du die Aufgabe selbst erfüllen: Verlange vom König drei Liter Öl, drei Kilo bestes Fleisch, drei Besen, drei Bürsten und drei Tücher und dann musst du …“ Und es folgte noch eine lange Erklärung über allerlei Geheimnisvolles und zum Schluss: „Und bitte – kein Wort über mich!“

Der König war einigermaßen erstaunt über die seltsame Ausrüstung, die Laura verlangte, den brutalsten aller Zauberer unschädlich zu machen, aber er ließ ihr alles aushändigen und das Mädchen machte sich auf den Weg.

Nach stundenlangem Marsch erreichte Laura einen Fluss. Nun stellt man sich einen Fluss – noch dazu zu einer Zeit, als die Natur noch nicht unter den Gräueltaten der Menschen leiden musste – als munter dahinfließendes, kristallklares, nach Frische duftendes Wasser vor. So gesehen war es kein Fluss, vor dem unsere Heldin nun stand, sondern eine stinkende, sich zäh fortbewegende braungrüne Schlammbrühe.

Und Laura erinnerte sich an zweierlei: zum einen an die seltsam gefärbte Stimme und den sanften Hauch, mit dem die Worte des geheimnisvollen Fremden an ihr Ohr gedrungen waren, eine Stimme und ein Hauch, die ein eigenartiges Ziehen vom Unterleib in den Bauch verursacht hatten und – ach ja, das auch noch, ganz nebenbei – ihr flüsterten, sie solle dem Fluss schmeicheln, damit er sie übersetzen ließe.

„Du wunderschönes Wasser, ich hätte solche Sehnsucht, mich von deinen Fluten treiben zu lassen, aber mein Liebster (hatte sie sich da eben ‚mein Liebster‘ sagen hören???) schickt mich, eilig einen Auftrag zu erfüllen. Ich habe so viel Gutes von dir gehört, könntest du nicht …“

„Aber klar doch!“, antwortete der Fluss ungeheuer geschmeichelt. „Wer in Eile ist, den soll man nicht aufhalten. Warte mal …“

Und als würde er kurz die Luft anhalten und sich mächtig gegen die Wassermassen stemmen, stoppte plötzlich das zähe Dahinbrühen und im Flussbett erschien ein schmaler, trockener Weg, auf dem Laura mit ihrer Putzfrauenausrüstung ans andere Ufer trippelte.

„Du bist wirklich süß, ich werde heute Nacht von dir träumen, versprochen!"

Allein die Reaktion auf diesen Satz lässt erkennen, wie wenig es oft braucht, Dinge zu verändern, ins Fließen zu bringen: Die Flussgeschwindigkeit beschleunigte von annähernd Zero auf ein erkennbares Fließen, was sich bald als nützlich herausstellen sollte ...

Laura musste nicht allzu lange rennen, um zu einem gigantischen Gebäude zu kommen, eine wahnwitzige Ausgabe einer Behausung, der man ansah, dass sie von einem geschaffen worden sein musste, der allein von Langeweile und nicht im geringsten von architektonischem Gefühl getrieben worden war.

Völlig unmotiviert stand an einer Seite ein der Größe des Gebäudes entsprechender Backofen, vor dem drei Männer standen und – scheinbar dem Wahnsinn verfallen – wie verrückt schrubbten und putzten. Und, das sah Laura erst, als sie nun nähertrat, sie taten dies mit ihren eigenen Haaren, mit ihren Fingernägeln, die sie sich ausrissen und dabei – wen wundert's – vor Schmerzen aufschrien.

„So also würde die Welt der Hausfrauen aussehen, gäbe es nicht diese nützlichen Erfindungen, die mir mein Liebster (hatte sie sich da eben schon wieder ‚mein Liebster' sagen hören???) mit auf den Weg gegeben hat!"

Und Laura überreichte den Herren mit feierlicher Geste Besen, Bürsten und Tücher, vollführte ein paar erklärende Putzbewegungen und ließ die für ein paar Sekunden ratlosen, doch dann laut jubelnden Männer hinter sich und lief auf das Eingangstor zu.

Das Tor führte in einen Innenhof, der zwar menschen-, aber leider nicht tierleer war: Drei entzückende

Hündchen, groß wie kleine Kühe, galoppierten mit gesträubtem Fell und gefletschten Zähnen auf das einzig Essbare zu, das sie seit drei Wochen vor die geröteten Augen bekommen hatten.

„Ich verstehe manche Hundehalter einfach nicht!", schimpfte Laura vor sich hin, „wenn mir mein Liebster (nicht etwa schon wieder???) nicht empfohlen hätte, ein paar Steaks mitzunehmen, sähe ich jetzt schön blöd drein!"

„Gutes Fressi, was?", lächelte Laura und kraulte die Hündchen zärtlich zwischen den Schlappohren.

Schon die ganze Zeit über hatte Laura ein markdurchdringendes Quietschen gehört, jetzt, da die Sache mit den Hunden erledigt war, suchte sie die Quelle dieses furchtbaren Geräusches und sah ein riesiges Eisentor.

„Was ist denn das nun wieder?"

Langsam wurde das sonst so geduldige und ruhige Mädchen ein wenig ärgerlich: Das Eisentor, augenscheinlich der Haupteingang in die abscheuliche Hütte, flog nämlich in irrwitziger Geschwindigkeit auf und zu, sodass es unmöglich schien hindurchzugehen, ohne erdrückt zu werden. Dabei gab es dieses Quietschen von sich – ein Quietschen, das wie ein jammerndes „Hilft mir denn keiner, aus diesem Wahnsinn rauszukommen" klang.

„Sie sind ja nicht zu vielem gut, aber der praktische Verstand des Mannes ist ein Segen. Und mein Liebster (hatte sie sich da eben – zum wie vielten Mal eigentlich schon – mein ‚Liebster' sagen hören???) scheint diese Gabe zu besitzen. Ein bisschen Öl ..." – und sie leerte den Inhalt der Drei-Liter-Kanne über die Scharniere – „und schon hat dieses dumme Gequietsche ..." –, worauf sich die Tür langsam beruhigte – „ein Ende!" – und sichtlich erleichtert weit geöffnet stehen blieb!

Endlich betrat Laura das Innere der Wohnanstalt für gelangweilte Zauberer und stand einer Unzahl von

Türen gegenüber. Hinter einer von ihnen würde sich wohl die sagenumwobene Kiste mit den Musikinstrumenten verbergen.

Es musste eine Mischung aus Lauras starker weiblicher Intuition und ihrem herausragenden Verstand gewesen sein, die ihr eine geradezu geniale Idee eingab: Die Kiste war seit Jahren hinter diesen Mauern eingesperrt, in der Kiste befanden sich Zauberinstrumente, deren ganze Existenz darin bestand, Musik zu spielen. Musik, ja, überhaupt ein Ton, war aber an diesem Ort sicher noch nie erklungen. Also begann Laura ein Lied zu singen und hoffte, dass die Instrumente sie hören und in ihre Melodie einstimmen würden.

Mein Gott, was war diese Laura doch für ein Teufelsweib!!! Schon nach den ersten Tönen setzten ganz vorsichtig und behutsam, so wie man ein Fenster öffnet, um nach langer Zeit der Finsternis wieder zum ersten Mal Licht zu sehen, die Geigen ein, dann die Trompeten und Hörner – und Laura folgte der Tonspur, die die Instrumente für sie legten.

„Komm rasch", fieberten jetzt die Bratschen, „diese Tür", trommelten die Pauken und schon stand Laura vor einer Tür, die von den Schwingungen der Musik vibrierte und geradezu bettelte, geöffnet zu werden.

Laura riss die Tür auf und sah die Kiste. Sie war riesig und im ersten Moment dachte sich das zarte Mädchen, wie sie es wohl anstellen werde, dieses Ding nach Hause zu tragen.

„Wir spielen uns federleicht", hörte sie die Instrumente ganz leise aus der Kiste rufen. „Los, Laura, beeil dich!"

Die unfassbare Leichtigkeit der Sonate in C-Dur von Mozart brachte das Gewicht der Kiste auf ungefähr viereinhalb Kilogramm herunter, die Laura jetzt mühelos packte, kehrt machte und aus dem Zimmer lief.

Es trennten sie vielleicht noch fünf Meter von dem noch immer offen stehenden Eisentor, als geschah, was zu erwarten gewesen war: Der Zauberer hätte stocktaub sein müssen, um nicht das zu hören, was diese Hallen noch nie gehört hatten.

Er war aus seinem Schönheitsschlaf hochgefahren und ein Blick in seine Zauberkugel hatte ihm verraten, dass da eine fremde Person mit einer Riesenkiste auf dem Rücken auf die Eisentür zurannte, die noch dazu – was war denn das, ging es ihm durchs Hirn – weit offen stand!

„Erschlag das Miststück!“, schrie er der Eisentür durch die Kugel zu. Dann sprang er aus dem Bett und rannte los, persönlich nachzusehen, was da alles schief zu laufen schien in seinem Haus, während er gemütlich schlief.

Aber die Eisentür dachte gar nicht daran! Mit einem deutlich hörbaren Seufzer ließ sie Laura hindurch und erst dann, knapp vor dem heranbrausenden Zauberer, machte sie „Plopp“ und fiel seidenweich ins Schloss (dem Laura den letzten Tropfen Öl aus der Drei-Liter-Kanne geschenkt hatte ...).

„Bist du von Sinnen, deinen Herrn und Meister aufhalten zu wollen“, brüllte der Zauberer und ließ die arme Tür mit einem schnellen Zauberspruch zerbröseln.

Laura hetzte an den Hunden vorbei, die nach dem ausgiebigen Mahl ein entspannendes Mittagsnickerchen hielten.

„Haltet sie auf, ihr Bestien!“, befahl der Zauberer, „zerfleischt sie, ihr habt doch sowieso seit Wochen nichts mehr zu essen bekommen!“

„Sorry“, gähnten die Hunde und ließen unwillig je ein Augenlid hochklappen, „aber es wäre den Steaks gegenüber eine Beleidigung, sie beim Verdauen in unseren Mägen zu stören.“

Der Zauberer verfluchte seinen Schönheitsschlaf, der ihn offenbar die Gewalt über sein Haus und seine Sklaven gekostet hatte ...

Laura hatte die Putztruppe erreicht, die gerade dem blank geputzten Backofen den letzten Schliff gab.

„Alles in Ordnung", rief sie den vor Glück strahlenden Männern zu.

Bevor sie ihrer Gönnerin und Retterin antworten konnten, dröhnte die hysterische, sich überschlagende Stimme des Zauberers über den Vorplatz, die ihnen befahl, dieses Mädchen sofort zu stoppen und sie in den Backofen zu verfrachten.

„Habt ihr was gehört?", fragte der Erste.

„Meinst du etwa dieses Geräusch, das wie ein Rumpeln geklungen hat?", sagte der Zweite.

„Wird doch kein Gewitter aufziehen?", antwortete der Dritte.

Und alle drei senkten gleichzeitig wie in einem Ballett ihre Besen zu Boden und ließen sie in einer wunderschönen Bewegung über den Steinboden des Hofes gleiten, unglücklicherweise just in diesem Moment und unglücklicherweise just an der Stelle, über die der Zauberer gerade gerannt kam ...

„Ich bringe euch eigenhändig ohne Anwendung eines Zauberspruches um, ihr Putzmänner, sobald ich diese Diebin ermordet habe!", keuchte der Zauberer und erhob sich nach seinem dreieinhalbfachen Salto mit eingesprungener Schraube.

Beflügelt von der Musik, die aus der Kiste an ihr Ohr drang (inzwischen spielten die Instrumente Beatles-Songs in großer Besetzung), stand Laura schon am Ufer des Flusses.

„Wenn du sie nicht in deinem ekelig dicken Schlamm ertränkst, du stinkende Brühe", war, unterbrochen von heftigem Keuchen, doch rasend schnell näherkommend, die Stimme des Zauberers zu hören, „wird mein Drache zehn Tonnen grünes Gift in dich hineinspeien!“

Der Fluss hielt in seinem zügigen Fließen inne und breitete – wie mit einer vornehmen Verbeugung – Laura wieder einen bequemen, staubtrockenen Fußweg. „Es tut mir wirklich leid, dass Sie, verehrtes Fräulein, das ungezogene Gerülpse dieses Herrn mitanhören mussten. Lauft, ich werde ihm eine Lektion erteilen, die er nicht vergessen wird!“

Während Laura schon am anderen Ufer angekommen war, hatte auch der Zauberer den Fluss erreicht, wunderte sich noch über den trockenen Weg, schlug ihn ein, das Mädchen endlich zum Greifen nahe, als das schon leicht ins Grünblaue gehende Wasser mit einer meterhohen Welle, die aus dem Nichts aufgetaucht zu sein schien, den Zauberer erfasste und ihn fortspülte. Im lustigen Durcheinanderwirbeln blieb keine Zeit für Zaubersprüche oder andere Hexerei, jetzt war nur lebensrettendes Luftgeschnappe und heftiges Rudern angesagt … (Für alle Zartbesaiteten: Der Zauberer überlebte, wenn auch sehr geschwächt, und lebt seither als Fischer an der Stelle, wo der Fluss ins Meer mündet und wo der Fluss ihn gnädig nach 250 Kilometern ausgespuckt hatte!)

Nicht nur die Musik (jetzt war Vivaldi an der Reihe) trieb Laura vorwärts, sondern auch dieses seltsame Ziehen, das von ihrem Unterleib bis zum Bauch pulsierte, das immer stärker wurde, weil sie immer öfter an die geheimnisvollen Hände und den aufregenden Atemhauch dachte, der ihr Leben gerettet hatte.

Nicht lange musste sie in ihrem Zimmer sitzen und warten, da schlossen sich auch schon die Hände um ihre Augen und der Atemhauch flüsterte: „Jetzt, Laura, bringst du die Kiste mit den Musikinstrumenten zum König. Und wenn er dich fragt, was du als Belohnung willst, da du ihm seinen allergrößten Schatz wiedergebracht hast, antwortest du, die alte Kohlentruhe, die im Schlosskeller steht."

Jede andere hätte in dieser Situation gerufen: „Was?! Nur eine alte Kohlenkiste für die ganze Hektik!", oder etwas Ähnliches, aber dieses Teufelsweib sagte nichts, sondern gab sich ganz der Wärme und Weichheit der Hände und dem warmen und weichen Atemhauch hin, bis sie wieder verschwunden waren, Laura die Kiste schulterte und damit in den Prunksaal schlenderte.

Die nächste Szene sollte wirklich eine denkwürdige werden: Laura betritt den Raum mit der Kiste, der König springt auf, wirft seinen Kopf nach hinten, seine Arme in die Höhe und gibt mit geschlossenen Augen einen einzelnen, langgezogenen Freudenschrei von sich. Dann ist er mit einem Satz bei dem Mädchen, umarmt es, drückt es, dreht sich mit ihm ungefähr eine Minute lang im Kreis und singt dazu: „Ich liebe dieses Mädchen, ich liebe es!"

Anschließend kniet er sich vor die Kiste, streichelt sie schweigend und dicke Tränen rollen dabei über sein Gesicht. Dann will er die Kiste schon öffnen, als er – und dies wird Laura beweisen, dass der König wieder der alte, menschliche ist – innehält, aufsteht und zu Laura zurückkehrt.

„Was wünschst du dir, los sag schon, ich gebe dir alles, was du von mir verlangst!"

„Ich wünsche mir die alte Kohlenkiste aus dem Keller."

Der König starrte sie ungläubig an, kann solche Bescheidenheit bei einem Menschen einfach nicht fassen und gibt dann den Befehl, die Kiste unverzüglich herzubringen.

Vier Diener wuchteten die Kiste auf das Kreuzparkett und nun kniete sich Laura hin, streichelte das staubige Holz schweigend und dachte sich, egal welchen Schatz der unbekannte Geheimnisvolle für mich auch bereithält, ich werde ihn lieben!

Und langsam öffnete sie den Deckel und was erhob sich und fiel ihr um den Hals und drückte sie fest mit Händen, die sie kannte, und flüsterte ihr mit einem Atemwind, nach dem sie sich so gesehnt hatte, „Ich liebe dich!" ins Ohr? – Richtig: Es war der Prinz!

Mit größter Selbstverständlichkeit und Glückseligkeit gab der König im selben Augenblick sein Einverständnis zur Vermählung, die auch bald darauf zur Musik des Zauberorchesters gefeiert wurde.

Nun wisst ihr also, dass die stärkste Zauberkraft, die selbst ein Apfelmädchen zur Königin werden lassen kann, die Kraft der Liebe ist ...

(Mit Motiven eines Volksmärchens aus Italien)

Merlin

Alles wie gewöhnlich.

Der Tag hatte eben wieder einen gelben Klecks auf das blaue Himmelstischtuch gemalt. Damit war der Anfang getan und man wusste, wie es weitergehen würde.

Denn das Morgen unterscheidet sich vom Heute nur durch das, was auch gestern schon passierte: arbeiten, schlafen, essen, trinken.

Und alles, was außerhalb dieser vier Lebenseckpunkte passiert, wird übergangen. Die gleichgültige Sonne jagt mit einem harten Strahl „eventuell Besonderes" in das Dunkel der Nacht, wo es verschwindet. Und morgen, morgen heißt dieses „Besondere" schon Vergangenheit und wird auch so behandelt.

Alle, die besondere Augenblicke je erlebt haben, dachten, nun müsse das Licht doch seine Lichtgeschwindigkeit, der Erdkreisel seine Bewegung vergessen oder zumindest eine Sternschnuppe aufleuchten.

Was aber passiert? Diejenigen, die von solchen Augenblicken erfasst werden, erleben kurz etwas Intensives: Sie meinen, die Zeit würde stillstehen. Doch nebenan läuft diese verdammte Zeit ungehindert weiter, marschiert die Sonne süchtig in den Gasthof Zenit und torkelt, leicht betrunken, in den wartenden Abend. Und Geburt und Tod, Träume und Wirklichkeit, Lachen und Weinen werden von Windbombern über der Erde abgeworfen. – wir nennen es:

„Alles wie gewöhnlich."

Ja, es beginnt alles wie gewöhnlich. Der Tag hat den Morgen schon vergessen, die erste Maschine nach New York ist gestartet. Fräulein Plotz hat den Starthebel ihrer elektrischen Schreibmaschine betätigt. Ein Fleischer schießt einen Bolzen in einen Schweinekopf und ein Pfleger eines Altersheimes drückt der Hofratswitwe Schneiderle die Augen zu.

Natürlich geschehen noch Millionen anderer Dinge, doch das Märchen kann sie euch nicht alle erzählen.

Das Märchen führt euch in eine Straße. Eine ganz gewöhnliche Straße. In eine Wohnung, wie jeder sie kennt.

Eine Frau, ein Mann. – Glückliche Ehe.

Märchen, was soll das? Wo ist der Prinz, wo die Fee?? Gibt's 'n paar Kobolde, die die Arbeit besorgen? Vielleicht die Verwünschung einer Tante dritten Grades?

Draußen wandeln sich Lärm und Geschäftigkeit in Ruhe und Stillstand. Der Mond hat seinen Horchposten bezogen und schneidet silberne Grimassen. – Soeben hat die Nacht die Stechuhr gedrückt.

Da lassen vier Worte die Zeit stillstehen.

Vier Worte, die eine Zukunft verändern, die vor vier Worten noch eine ganz andere gewesen war. Es sind gewöhnliche Worte, die niemanden hochschrecken lassen: „Ich bekomme ein Kind“, entlockt euch höchstens ein: „Jö, fein, ach, wie schön.“ Nicht mehr.

Aber hört doch einmal genau hin, was diese vier Worte sagen.

Sie sagen, ein Mensch wird modelliert. Nase, Mund, die Form der Ohren. Junge oder Mädchen. Das Gehirn. Was wird es eines Tages erleben, was denken? Diese Worte sagen: Schwester Sonne und Bruder Mond. Sie sagen: Wieder ein Stück im Universumspuzzle. Und sie sagen: Armes Kind, du wächst, und es interessiert nur zwei Menschen, obwohl auch du ein Wunder bist.

Der Mann und die Frau freuen sich. Sie überlegen, ob es ein Junge oder ein Mädchen wird. Sie denken sich Namen aus, sie kauft Umstandskleider und alles ist so wie immer und der Augenblick ist schon wieder zur Gewohnheit geworden. Alle freuen sich, weil sie die Zukunft voraussagen können: „So ein Kind ist heutzutage keine leichte Aufgabe! – Angst? Mein Gott, ich habe fünf Kinder geboren und alle sind sie was geworden!“

Der Bauch wächst. Der Vater legt manchmal sein Ohr an die gespannte Haut und hört ein Klopfen.

Die vier Worte sind jetzt neun Monate Vergangenheit und in ein paar Stunden wird die Zukunft beginnen.

In einem Kreißsaal.

Irgendwelche Hände ziehen das Leben ins Leben. Klaps auf den Po – gratuliere. Hände waschen, Zigarette, der nächste Bauch. Gratuliere.

Und wieder: ein Moment – zwei Augenblicke. Die Mutter erlebt ein Stillstehen, der Arzt „wie gewöhnlich".

Dem Mond und den Sternen ist kalt, sie haben sich mit Wölkchen zugedeckt. – Darum kann man keine Sternschnuppe sehen, darum. Die Könige wären vielleicht geblieben, wären da nicht der Schrei der Schwester und die entsetzten Augen des Arztes gewesen. Zumindest Kuh und Esel hätten bleiben wollen. Aber das Gedrängel rund um das Kind ist einfach unerträglich.

Die Mutter liegt auf dem Tisch und begreift nicht und schreit nach ihrem Kind, und die Menge teilt sich und alle schauen auf die Frau und sie liest in deren Augen eine düstere Zukunft. „Gratuliere, es ist ein Junge", sagt jemand und legt ihr das Kind auf die Brust. Sie hört sein Herz schlagen und spürt einen Körper, der so zart wie Tau auf ihrer Haut liegt.

Ja, nun hält sie die Welt in ihren Armen, die vor wenigen Minuten noch so groß, so unendlich groß, so unbeschreiblich, so maßlos unbeschreiblich schien. Und die jetzt so einfach, so winzig, so zart auf ihrer Brust einschläft.

Wie alles, was ein bisschen anders als „wie gewöhnlich" ist, spricht sich auch die Geburt dieses Kindes schnell herum.

„Es soll unbeschreiblich sein", vermuten die einen.

„Wie ein Zwerg, wie ein Riese, wie eine Hexe", meinen die anderen.

Und die übrigen wissen es genau: „Eine Nase bis zum Kinn, einen Mund bis zu den Ohren und dazu noch Triefaugen."

Ja, es ist kein gewöhnliches Kind, das die Milch seiner Mutter trinkt.

Man kann nicht „dulidulidu, bist du ein hübsches Knäblein" sagen, wie man es für „gewöhnlich" tut.

Man würde lügen und die ganze Sache noch schlimmer machen.

Alle bedauern die Mutter und können nicht verstehen, dass sie dieses gräuliche Wesen mit unwahrscheinlicher Liebe umhüllt.

Auch der Vater liebt es. Und als er zum Amt geht, den Namen des Kindes einzutragen, da wissen es die Beamten schon: „Das ist das Kind, ihr wisst ja, dieses, na ...“

„Es soll Merlin heißen. Merlin.“

„Das ist ein ungewöhnlicher Name. Aber Sie haben Recht, es ist ja auch ein ungewöhnliches Kind“, und die Beamten feixen sich zu, und als der Vater draußen ist, schlagen sie sich auf die Schenkel und brüllen vor Lachen.

Die ersten Wochen und Monate verbringt Merlin abgeschirmt von der Außenwelt. Seine Mutter will Menschenaufläufe vermeiden. Sie kann Angebote von Zirkusdirektoren und Schießbudenbesitzern nicht mehr ertragen. Als die Nachbarn schwenkbare Kameras durch das Fenster schieben, um ein Bild des kleinen Scheusals zu erhaschen, beschließen Vater und Mutter umzuziehen. In eine andere Stadt. In ein anderes Land. Aber Städte erzeugen Leute, und Länder sind voll von diesen Städten mit diesen Leuten.

Die Nacht wird der erste Freund des kleinen Merlin, denn sie beschützt ihn. Auch der Mond liebt dieses Kind, weil es ihn immer so freundlich anlächelt. Und die Sterne sind Merlins erstes Spielzeug: Er schiebt den kleinen und den großen Wagen über die Himmelsstraßen und der Bär brummt nur für ihn.

Irgendeine Nacht auf ihrer langen Irrfahrt. Wolken.

„Hab keine Angst, die Sterne besorgen sich nur neue Lichter“, beruhigt die Mutter den weinenden Knaben.

Plötzlich bricht ein einzelner Mondstrahl durch das Grau. Gerade so, als wolle er auf etwas zeigen.

Und der alte Volvo, einer der wenigen, der zu ihnen hält, fährt wie von alleine in die Richtung des Lichtes.

Es ist ein kleiner, halbverfallener Bauernhof. Als die Eltern mit Merlin aussteigen, kommt ein altes, gebeugtes Paar auf sie zu. Der Wind hält seinen Atem an. Der Mond hat das Wolkenfenster vergrößert, damit auch die Sterne etwas sehen. Die Natur lauscht den Worten der alten Menschen. „Willkommen, seid willkommen. Ihr braucht Unterkunft? Ach, ihr habt ja auch ein Kind dabei. – Na, wie heißt du denn, kleiner Mann?!?"

Da wissen der Vater und die Mutter, dass sie am Ende ihrer Reise sind.

Dem alten Mann fliegt der Hut vom Kopf – das war der Wind, der erleichtert aufatmete!

Die Sonne zieht dem Land ein neues Kleid über. Farbenreich und geblümt.

Sorgfältig wacht Freund Wind über die junge Landschaft. Verjagt die aufdringlich kalten Störenfriede und holt die faule Wärme aus ihrem Winterschlaf. Nur sehr langsam und gemütlich ist sie dazu zu bewegen, sich vom Wind durch die Luft tragen zu lassen. Ist dann aber aufgeregt glücklich, als der Sommer sich meldet und seine Aufwartung macht.

Doch bald ruft die Sonne gluckhennig zum Aufbruch. Schweren Herzens machen sich alle ins Land des Winters auf. Unterwegs wird gebummelt und geblödelt, sie malen Grünes braun an, jagen ältliche Wolkendämchen über aufreizend rot gefärbte Himmelbetten und befreien Blitze aus ihren Käfigen. – Der alte Herbst freut sich darüber!

Aber dann sind doch alle froh, dass sie wieder zu Hause sind.

Die Farben legen sich ins Regal, links oben. Neben ihnen kuscheln sich die zarten Düfte aneinander. Weizen und Korn ziehen sich in bequeme Kisten zurück und die Blüten gehen noch schnell einmal aufs Klo.

Der Sommerwind wünscht seinem Kollegen Eiswind „Viel Vergnügen“, und kriecht unter einen Knospenhaufen. Ein letztes Schwätzchen, dann kommt der Schnee und breitet zärtlich und behutsam seine Decke über sie.

Die Sonne zieht sich eine warme Jacke an und knipst dann das Licht aus.

„Gute Nacht“, flüstert sie und macht sich auf, Stille, Einkehr, Einsicht und Frieden übers schlafende Land zu führen.

So erlebt Merlin die Zeit. Nicht mit Stunden- oder gar Minutenzeigern. Nicht mit Zahlen, die seine Tage benennen. Merlin *sieht* die Zeit.

Der freche Frühling, der satte Sommer, ein milder Herbst und ein schlafender Winter spielen ihm ein Jahr vor.

Eine Blüte, ein Windstoß, ein Flimmern der Luft, ein Laubblatt, das zu Boden schwebt, die erste Schneeflocke, die sich auf das erschöpfte Gras setzt, sie sind seine Uhr. Und diese Uhr zeigt ihm auch, was Leben ist.

Er lernt von der Sonne, wenn sie den ersten Grashalmen ein Loch in den Schnee schmilzt. Er liegt auf der Wiese und begrüßt die ersten Blumen mit einem Lachen.

Wenn er mit seiner Hand über die Mimosen streicht, heißt das: „Lieb, dass ihr wieder da seid.“ Und wenn alle Blumen, alle Schmetterlinge und Vögel ihren Platz auf dem Sonnenkleid eingenommen haben, rufen sie nach Merlin. Jeder einzelne von ihnen begrüßt das Menschenkind auf seine Art:

Ein Ast, so jung wie Merlin, streift über dessen Arm und meint: Ich schenk dir den Atem deiner Worte.

Eine Blume, so zart wie Merlin, zieht seine Nase zu sich hinab und zeigt ihm Süße und Milde mit ihren Düften.

Ein Schmetterling, so frei wie Merlin, entführt dessen Augen und nimmt sie mit auf seine Flüge.

Ein Wind hüllt ihn zärtlich ein und wiegt ihn in seinen Armen, ohne ihn zu berühren.

Ein Wasser erzählt seine Erlebnisse, ja, es weiß viel, denn jeder Tropfen hat eine weite Reise hinter sich.

Die Sonne strahlt ihm Wärme ins Herz, und in der Nacht lauscht Merlin den geheimnisvollen Worten des Mondes. Der erzählt von einer Sache, die er Liebe nennt. Merlin weiß nicht, was das ist, und ist doch ganz erfüllt von ihr.

Merlins Gedanken erwachen. Sie lassen die Vergangenheit mit der Gegenwart tanzen und malen Bilder, in denen die Zukunft zu sehen ist.

Und Merlin spürt etwas, so, als würde eine Blume in ihm wachsen. Eine wunderschöne Blume inmitten eines Urwaldes. Sie leuchtet in den schönsten Farben, doch keiner sieht sie. Sie duftet wie kein anderer Duft, und doch scheint niemand an ihr riechen zu wollen.

Er möchte diese seltsame Blume aus seinem Inneren hervorholen. Er würde sie ... er würde sie sicher nicht für sich behalten wollen. Nein, so denkt er, diese Blume wächst in ihm, um verschenkt zu werden.

Vielleicht gibt es jemanden, der keine Blume besitzt.

Und er überlegt und weiß, der Vogel hat eine, der Grashalm, der Schmetterling, das Wasser auch. Naja, und die Sonne, der Mond, die Sterne sowieso. An der Blume der Mutter, des Vaters und der zwei alten Menschen gibt es keinen Zweifel.

Wer also hat dann keine???

Merlin fragt die Sonne: „Sonne, wer hat keine Blume?“

„Nun, weißt du, Merlin, ich glaube, in jedem wächst eine Blume. Aber nicht jeder lässt seine Blume blühen.

Denn dazu muss man sie aus seinem Inneren hervorholen. Eines Tages wird ein Schmetterling zu deiner Blume kommen. Er wird sich zu ihr setzen. Sie wird ihm ihren Duft und ihre Farben mitgeben und der Schmetterling wird wieder fortfliegen. Er wird jede Blume, die nicht blühen darf, besuchen und ihr ein bisschen Süße und ein bisschen Licht dalassen!“

Für Merlin bleibt zum ersten Mal in seinem Leben die Zeit stehen. Zu viele Gedanken sind in seinem Kopf. Ein Grashalm ergibt noch keine Wiese, ein Wassertropfen keinen Bach, ein Lufthauch noch keinen Sturm.

... Mein Vater ... meine Mutter ... und ich.

Und ICH???

„Vater, Mutter, was ergibt viele wie ICH?“

Die Eltern haben lange auf diesen Augenblick gewartet. Sie erzählen Merlin von der Vergangenheit. Und mit ihren Worten kommt ein Schmetterling geflogen und setzt sich auf Merlins Blume.

Mit den ersten Sonnenfingern macht sich Merlin auf, alle Blumen, die nicht blühen dürfen, zu besuchen.

Liebes Märchen! Wir haben deinen Worten aufmerksam gelauscht, haben uns erlaubt, den einen oder anderen Gedanken dazu zu denken. Aber eine Geschichte, die mit der Gewohnheit beginnt, zuerst von einem abstoßenden Kind erzählt, und mit einem Jungen, der Blumen suchen geht, endet, eine solche Geschichte passt doch gar nicht zu dir. Du solltest dich lieber an das halten, was man von dir erwartet. Sonst wirst du bald wieder in alten Kisten und vergilbten Büchern stecken.

Das Märchen schrieb der Liebe vor einiger Zeit einen Brief. Es brauchte Auskünfte über Dinge, die nur die Liebe selbst wissen konnte.

Doch schon bald kam dieser Brief mit dem Vermerk „Adressat unbekannt verzogen“ zurück. Das Märchen wunderte sich. Es konnte nicht glauben, dass die Liebe abgereist war, ohne eine neue Adresse hinterlassen zu haben.

Sofort ließ das Märchen alles liegen und stehen und machte sich auf die Suche. Bald fand es heraus, wo es hinzugehen hatte. Zu den Menschen. Die sprachen immerzu von Liebe.

Sie sagten: ‚Das ist wahre Liebe‘ und ‚Wenn's die Liebe nicht gäbe‘ oder ‚Ich liebe dich‘.

Zu den Menschen war die Liebe also gegangen. Das Märchen suchte bei der Frau, die ‚Das ist wahre Liebe‘ gesagt hatte. Die saß auf einem Hügel von Edelsteinen. Zu ihren Füßen stand aus Tausenden von Rosen ihr Name geschrieben. Ihr Mann rannte um den Hügel herum und versuchte, die Mondsichel mit einem Lasso einzufangen.

„Haben Sie die Liebe gesehen?“, fragte das Märchen.

„Bald, bald“, antwortete die Frau, „er braucht mir nur noch den Mond vom Himmel zu holen. Dann werden Sie die Liebe bei mir besuchen können“, und sie gähnte und schlief ein.

„Seltsam“, dachte das Märchen und versuchte es bei dem Mann, der ‚Wenn's die Liebe nicht gäbe‘ gerufen hatte.

Der Mann saß an seinem Schreibtisch, rechnete, telefonierte und brüllte: „Wo sind die zweihundertunddreißig Weiber für Glückstadt? Und die bestellten dreißig Paare für Heiligendorf? Ich brauche hundert Zwölfjährige für Fotos und eine Vierundneunzigjährige für einen Perversen. Ich dulde keine Verzögerungen mehr.

Was wünschen Sie? Ich hätte da sehr preisgünstig zwei Schwarze, einen chinesischen Zwitter oder eine frühreife Zwölfjährige. Naaa?!“

Das Märchen hatte anscheinend sehr lange geschlafen, diese Welt verstand es nicht mehr. Verstört sah man es durch die Straßen laufen. Nach der Liebe fragend. Doch alle zuckten mit den Schultern.

Von allen Ecken tönte es wie Spottgelächter: Ich liebe dich!

Als das Märchen einen Jungen sah, der über den Nacken eines Mädchens strich, dachte es, der müsse die Liebe eigentlich kennen. „Kann sein, kann sein", sagte er, „aber es ist noch zu früh. Ich komm jetzt erst zum Busen, vielleicht kann ich es dir sagen, nachdem ich beim Knie war. Tut mir leid."

„Ich liebe dich – ich liebe dich – ich liebe dich!"

Und keiner trug die Liebe in den Augen, und keiner hatte sie bei der Hand genommen. Niemand trocknete mit Liebe Tränen, und niemand half mit Liebe einem Gestürzten auf die Beine. Langsam begannen die Leute, auf das Märchen böse zu werden, weil es immerzu fragte und mit keiner Antwort zufrieden war.

„Fragen Sie doch mal den komischen Kauz dort drüben", sagte jemand, „der schwafelt schon die ganze Zeit so seltsames Zeugs. Vielleicht kennt er das, was Sie suchen."

Das Märchen sieht einen Jüngling, der den Leuten, die an ihm vorbeikommen, wunderbare Worte schenkt. Sie mit seinen Blicken umhüllt. „Wie heißt du?", fragt das Märchen.

„Merlin, und wer bist du?"

„Ich bin das Märchen und suche die Liebe."

Merlin weiß nicht, was das ist, und er fragt, ob es vielleicht eine Blume ist, die in jedem Menschen wächst. Ob es vielleicht ein Schmetterling ist, der Süße und Licht verschenkt.

Da nimmt das Märchen Merlin bei der Hand und weiß, dass es die Liebe gefunden hat.

Der Atem

Es war einmal ... (Verzeih, ein kleiner Scherz!) ein ... irgendeiner, der kam zu mir und sagte, er habe etwas verloren, von dem er nicht genau wisse, was es ist.

Er sagte, es sei sicher einmal dagewesen. Solch Wissen macht Sehnsucht, und so ging er, es zu suchen. Bis er zu mir kam ...

Ich habe versucht zu erraten, was es ist, das er sucht. Ich wusste, dass es sich nicht einfach hervorzaubern lassen würde. Und dass man nicht in das Fundbüro gehen und sagen könne:

„Haben Sie vielleicht ..." Und es hilft nichts, wenn man danach ruft oder sich im nächstbesten Geschäft Ersatz kaufen will. Das sagte ich ihm.

„Und eine Antwort in irgendeiner Geschichte?", fragte er.

Vielleicht ...

Ich führe dich in ein Land, in dem der Wald so dicht ist, dass Erde und Sonne sich nicht kennen. Wo Menschen um Wege kämpfen müssen. Mit langen Messern durchhöhlen sie die Blattmauer und dringen ein in ein Reich, von dem es heißt, es sei der Beginn aller Zeit gewesen.

Durch diesen Dschungel zieht eine Gruppe von Menschen aus deinem Land. Die Zeit hat ihnen etwas genommen, nun wollen sie zurück an deren Beginn, um zu finden, was sie verloren haben. Doch sie sind Weiße, und dieser Wald ist nicht für Menschen deines Landes, und so „kaufen" sie sich die Menschen dieses Waldes – Indianer, die für die Fremden einen Weg schlagen.

Die weißen Männer drängen. Sie wollen doch an den Beginn der Zeit zurück, wollen etwas finden ... Da gibt es kein Rasten, kein Schauen, kein Hören. Sie schreien in Worten, die die dunklen Männer nicht verstehen, doch diese ahnen, was sie bedeuten: Vorwärts! Vorwärts! Wer an den Beginn der Zeit will, so denken die Menschen aus dem fernen Land, der darf keine Minute verschwenden, muss den Tag nutzen, muss die Nacht nutzen, um ans unbekannte Ziel zu kommen.

So bleibt auch kein Blick für die indianischen Gesichter, die sich mit jedem Schritt, jedem neuen Befehl verändern: Mit ängstlichen Augen suchen sie die undurchdringliche grüne Mauer ab, als würden sie dort irgendwelche schrecklichen Zeichen erwarten.

Plötzlich laufen sie so schnell, dass die Weißen kaum noch mitkommen, aber es sind nicht mehr die versprochenen Münzen, die vorantreiben, nicht mehr die Befehle und Drohungen, jetzt ist es die Angst!

Am Morgen der Nacht, in der die Angst in die Gesichter der Indianer kam, wachen die weißen Menschen aus dem fernen Land wie immer mit der ersten Helle auf, packen ihre Sachen und rufen ihre Führer. Doch niemand kommt, kein Laut ist zu hören.

Da entdecken sie die kleine Gruppe auf einer Lichtung. Die Indianer sitzen im Kreis, versunken in Gedanken – man „sieht" sie hören, „sieht" sie riechen, „sieht" sie sehen.

Noch bevor wütende Schreie von den Lippen der Weißen kommen, erhebt sich einer aus der Gruppe und spricht mit kaum hörbarer Stimme: „Ihr habt uns den Atem genommen, weil ihr schneller als das Auge, schneller als die Nase und schneller als das Ohr sein wolltet. Das Herz hat dem Körper befohlen, hier zu warten. Das Herz sagt uns: Wartet, bis der Atem wieder bei euch ist – er fliegt noch mit den wundersamen Vögeln um die Wette! Wartet, bis das Auge wieder in euch ist – es sucht in der grünen Mauer noch nach Geheimnissen! Wartet auf die Nase, sie sammelt noch Verborgenes. Und das

Ohr ... es ist ein bisschen langsam, muss hören, so vieles hören! Wir warten. Bis der Atem wieder bei uns ist!“

Es war einmal ... ein ... irgendwer, der ging fort von mir und sagte, er habe etwas verloren, von dem er nun wisse, was es ist ...

Gottes Bäume

In seinem Himmelslabor saß Gott und werkte unentwegt an seinem Lieblingsprojekt „Erde“.

Das Wasser war schon erschaffen, Sonne und Mond ebenfalls. Grünzeug gab es, und sogar ein paar Tiere stapften bereits durch die Gegend. Neben den wirklich ernsthaften Dingen fand der liebe Gott immer noch Zeit für Spielchen, denen er eigentlich keine allzu große Bedeutung zumaß. Würde ich mich selbst dort unten sehen wollen, dachte er in seiner unermesslichen Bescheidenheit, was müsste ich dann schaffen?

Güte, Ehrlichkeit, Großmut, Liebe und noch vieles mehr fielen ihm dabei ein. Aber ich kann diese Dinge ja nicht einfach hinunterregnen lassen, murmelte er vor sich hin, und da er in seiner Hand gerade bunte Kügelchen formte, hatte er eine Idee: Für jede seiner Eigenschaften schuf er eine Frucht und einen dazugehörigen Baum. So gab es also auf der Erde einen Baum der Güte, einen der Großmut und der Demut, einen Baum der Liebe und einen der Wahrheit – ja, es gab bald sehr viele solcher Bäume, die Gott in seiner unermesslichen Bescheidenheit geschaffen hatte ... Aber da gab es in seinem Himmelslabor von Anbeginn seiner Arbeit an das Prinzip, dass alles Geschaffene auch ein Gegenstück haben solle.

Verflixt, dachte sich der alte Herr, jetzt war ich aber ein bisschen voreilig und unüberlegt. Und es blieb ihm nichts anderes übrig, als auch einen Baum der Missgunst und des Neides, einen Baum des Hasses und der Lüge, einen Baum des Egoismus und einen der Niedertracht, einen Baum der ... – Himmel noch mal, schimpfte er, hört das denn gar nicht auf, bin ich wirklich so gut, dass ich auch so viel Schlechtes auf die Erde pflanzen muss?

Ziemlich verärgert wegen dieser dummen Fehler, die eben passieren, wenn man sich während ernsthafter Arbeit dem Spielen hingibt, schaute Gott auf seinen Plan, wo als Nächstes die Schöpfung eines „Menschen" auf der Liste stand. Auch das noch, jammerte er und machte sich an die Arbeit. Seine Stimmung besserte sich rasch, denn das Ergebnis konnte sich wirklich sehen lassen – richtig hübsch war er geworden, der Mensch. „Hör gut zu, du Mensch", sprach Gott sehr ernsthaft zu dem Winzling, „dort, wo ich dich jetzt gleich hinsetze, gibt es viele Bäume mit Früchten. Mir ist da ein kleiner Fehler unterlaufen, deshalb musst du jetzt genau aufpassen. Also: Du darfst nur und ausschließlich von den Früchten mit den gelben Punkten und der Kugelform essen, ebenso von solchen mit roten Punkten und Eierform. Auch von länglichen in Violett, Orange und Grün und von festen, die kleine Ausbuchtungen haben. Und dann noch von solchen, die ..." Die Liste umfasste 237 Früchte und endete mit einer kleinen schwarzen Frucht mit winzigen gelben Tupfen rund um den Stängel. „Unter keinen Umständen darfst du jedoch von kleinen schwarzen Früchten mit winzigen orangefarbenen Punkten rund um den Stängel und von solchen mit roten Kugeln in Rundform kosten. Auch nicht von eiförmigen mit grünen Punkten und niemals von den Früchten mit ..." Und es folgten nochmals 237 Früchte, die alle jene Eigenschaften in sich trugen, die Gott nur wegen dieses dämlichen Dualitätsprinzips hatte erschaffen müssen. So war das arme Menschlein, schon bevor es auf die riesige Welt gesetzt wurde, heillos verwirrt. Und jeder kann sich vorstellen, wie es ihm erging, als es dann vor den 474 Bäumen stand! Als Gott sah, wie sein Mensch zwischen den guten und den schlechten Früchten umherirrte, verzweifelt, weil er nicht mehr die einen von den anderen unterscheiden konnte, blieb ihm nichts anderes übrig (vor allem, um den bereits angerichteten Schaden in Grenzen zu halten), als die Weisung zu erteilen, in Gottes Namen von allen Früchten zu kosten.

Und er ermahnte den Menschen, um Himmels willen darauf zu achten, welche Früchte süß und welche bitter schmecken, um von den süßen mehr und öfter und von den bitteren weniger und selten zu essen. Aber Gott ahnte damals schon, dass das niemals funktionieren würde ...

Gunila

In Gunilas Heimatdorf im Süden Schwedens kam eines Tages ein prächtiger Wagen, gezogen von Pferden, wie man es in diesem Teil des Landes noch niemals gesehen hatte. Die Dorfleute vermuteten mindestens eine königliche Abordnung und was da aus dem Wagen stieg, schien dies nur zu bestätigen: vier sonderlich gekleidete Personen, wobei sich deutlich drei um eine scharten, wie ein Präsident und seine Leibwächter, ein Kaufmann und seine Gehilfen oder ein Kardinal und seine Adlaten. Ohne sich umzusehen, ohne von den sofort neugierig Herbeigeeilten Notiz zu nehmen, verschwanden sie im Haus des Bürgermeisters.

Dieser wird Stunden später, noch immer vor Aufregung und Angst zitternd, am Stammtisch erzählen, dass sich unter der Kapuze des geheimnisvollen Anführers ein Wesen versteckt habe, wie er es nur aus Träumen und aus den Erzählungen der Alten kennen würde: Es war nicht auszumachen, ob diese halb verborgene, gleißende Schönheit, die bei ihrem Eintreten den ganzen Raum mit Licht erfüllt hatte, aus einem männlichen oder einem weiblichen Wesen strömte, und die Worte, die an sein Ohr drangen, wurden von einer Stimme getragen, deren reiner Klang anders war als alles bisher gehörte. Und doch hatte dieser Klang in ihm, der immerhin der Bürgermeister, die Obrigkeit, die Macht in diesem Dorf war, eine derartige Willenlosigkeit erzeugt, dass er – er schwöre es bei dem Leben seiner Kinder – alles, selbst das Unvorstellbarste, getan hätte, hätte es das Wesen von ihm verlangt.

„Und was verlangte es von dir?", fragten die staunenden Dorfbewohner und hofften natürlich, nun von irgendeiner Schweinerei zu hören ...

„Die Stimme fragte mich nach einem Mädchen. Es sei schöner als die Farben unserer Wälder im Herbst, doch es müsse leiden wie ein einzelner Baum im Schneesturm. Sein Herz wäre so weit wie ein Blick über das Meer an einem klaren Frühlingsmorgen, doch quäle man es wie eine Verdurstende in der Sommerhitze."

„Was wollen die von Gunila?", rief die Stammtischrunde.

„‚Was wollt Ihr von Gunila?', habe ich auch gefragt. ‚Sie wird die Hauptrolle in einem Märchen spielen', klang die Antwort durch den Raum und ich sage euch, es war, als würde diese Antwort von Engelschören gesungen und nicht von Lippen gesprochen werden."

Gunila. Sie war die einzige Tochter eines braven Mannes und einer braven Frau. Durch ein Unglück starb der Vater und die Mutter war nach seinem Tod so verzweifelt, dass sie sich in die Hände eines Witwers flüchtete, der hinter dem Erbe der Frau her war und sich obendrein bald als besonders schrecklicher und brutaler Kerl entpuppte, der noch dazu einen ihm ebenbürtigen Sohn in die Ehe mitgebracht hatte.

Gunila wurde von ihrem Stiefvater geschunden, von ihrem Stiefbruder misshandelt und das ganze Dorf sah zu und ließ es geschehen.

Und trotz all dieser Qualen war das Mädchen wie ein Licht in der langen Dunkelheit der schwedischen Winternächte ...

„Gunila“, schrie der Stiefvater, „lauf in den Wald und hol Reisig zum Anfeuern!“

„Aber es ist so dunkel und es ist so kalt“, meinte die Mutter, „das arme Kind ...“

„Dieses arme Kind strahlt doch so, wie alle sagen, dann wird es sich schon den Weg leuchten und seine Wärme wird ihm den Schnee schmelzen!!!“

Und Vater und Sohn feixten sich zu.

„Lass nur, Mutter“, lächelte Gunila, „ein Spaziergang wird mir guttun!“

Gunila geht hinaus in die eiskalte Nacht, kommt an einer prächtigen Kutsche vorbei, die ganz in der Nähe ihres Hauses steht und ihr schon am Nachmittag aufgefallen war, als sie noch vor dem Haus des Bürgermeisters gestanden hatte, und grüßt mit ihrem Umwerf-Lachen die Gestalten, die davor stehen und ihr mit einem Nicken antworten.

Gunila verschwindet im Wald und wo sie hintritt wird es hell und schmilzt der Schnee ...

„Nun lasst uns das Werk beginnen“, sagt das Wesen, das die Gruppe anführt. „Ihr dürft euch ein Motiv aussuchen!“

„Nummer 2-1-3 würde zu dieser sternen- und kristallklaren Nacht passen", meint der eine Mitreisende und die anderen nicken: „Gut gewählt!"

„Ich bin einverstanden", sagt das Wesen, das die Gruppe anführt, „und dazu nehmen wir Prüfung Numero 7."

Gunila geht immer tiefer hinein in den Wald, als ein altes Weibl vor ihr auftaucht. Es taucht plötzlich auf, wie hingezaubert, und lässt in dem Moment, als sich deren Blicke treffen, alles Reisig fallen, das sie mühsam auf ihrem Buckel aufgestapelt hatte.

„Arme Frau", sagt Gunila, „in einer so kalten, finstren Nacht allein im Wald mit solch schwerem Bündel auf dem Buckel. Wartet, ich helf Euch."

Und Gunila sammelt alle Äste vom Boden auf und neue dazu und fragt nach dem Weg zur Hütte der Alten, damit sie es dorthin tragen könne. (An dieser Stelle wird sich Gunila wundern, warum die Alte plötzlich so verzweifelt in die Runde schaut, als würde sie nicht mehr wissen, wo ihr Zuhause ist. Was Gunila nicht sieht, ist, dass das Wesen mit seinen drei Begleitern keine 100 Meter von ihr entfernt steht und jetzt eine rasche Handbewegung macht, worauf hinter einer Tannengruppe eine Hütte erscheint, auf welche die Alte, sichtlich erleichtert, nun mit zittriger Hand zeigt.)

Gunila lädt das Reisigbündel vor der Hütte ab (hier wird sie sich ein zweites Mal wundern, weil sie diese Hütte noch nie zuvor gesehen hatte, obwohl sie den Wald wie ihre Umhängtasche kennt ...), hilft dem Weibl noch das Feuer in Gang bringen, fragt, ob es wieder einmal vorbeikommen solle, lässt die Hütte noch einmal mit ihrem Lachen erstrahlen, läuft nach Hause zurück und sammelt auf dem Weg noch ein großes Bündel Reisig.

„Ich freu mich schon auf das blöde Gesicht dieses miesen Typen von Stiefvater und seines grindigen Sohnes“, lacht eines der Wesen, die am Waldrand stehen und Gunila nachsehen, „wenn 2-1-3 in Erscheinung tritt!“

Gunila legt das Holz vor den Ofen.

„Hast aber lange gebraucht für die paar Ästchen“, schimpft der Stiefvater.

Gunila will ihm und der Mutter erzählen von der seltsamen Begegnung, aber als sie ihre Lippen öffnet, fließen statt der Worte ... fließen statt der Worte Edelsteine und kleine Goldklümpchen hervor!

Während die Mutter auf die Knie fällt und hysterisch ein Gebet aufzusagen beginnt, hat der Stiefvater sein anfängliches Erstaunen erwartungsgemäß rasch wieder im Griff und seine auf Gier programmierten Hirnzellen lassen ihn brüllen: „Los, du Trampeltier, sag was! Sag ein Gedicht auf, am besten eines mit 100 Strophen!“

Aber als Gunila sich von der hübschen Überraschung erholt hat und irgendetwas wie „Olala“ oder „Na sowas“ sagen will, fließen wieder Worte von ihren Lippen und alles, was von 2-1-3 übrig ist, wird vom Stiefvater hektisch vom Boden aufgeklaubt – immerhin rund ein halbes Kilo vom allerfeinsten Stoff!!!

„Achtung“, sagt das Wesen und späht mit den drei anderen durch das Fenster in die Stube, „nun folgt Motiv 2-1-4.“

„Ja, 2-1-4“, jubeln die drei anderen, „das ist immer besonders lustig!“

Der Stiefvater, dessen Intelligenz ihn vielleicht ganz schön weit gebracht hätte, hätte sie sich nicht allein auf Gemeinheiten und Raffsucht konzentriert, kombiniert in Sekundenschnelle: reißt seinen Sohn aus dem Schlaf und befiehlt ihm, sofort in den Wald zu gehen und Reisig zu holen.

„Soll doch die Schlampe noch einmal gehen“, sagt der liebe Junge mürrisch schlaftrunken.

„Du gehst – und zwar sofort, und hältst deine Augen offen und kommst mit einem Bündel Holz wieder!“

Der liebe Junge versteht die Welt nicht mehr: Die Nacht ist stockfinster und so eiseskalt, dass sein lautes Geschimpfe wie Klumpen aus dem Mund kollert und auf dem hartgefrorenen Boden zerschellt.

Er tapst durch den Wald, sieht nichts, stößt sich an jedem Baum, die Finger sind ihm trotz dicker Fäustlinge schon halb abgefroren. Tapst, sieht nichts, stößt sich ... stößt sich plötzlich an etwas Weichem, ein wenig Übelriechendem, und als er vor Schreck die Augen aufreißt, steht ein altes Weibl vor ihm.

„He, Bursche", sagt sie mit zittriger Stimme, „du hast mir mein Holzbündel vom Rücken gestoßen!"

Als der liebe Junge sieht, dass dies kein Geist oder Bär oder eine Hexe ist, sondern nur eine alte, verschrumpelte Frau, hat er sich schnell wieder gefangen: „Du altes Miststück hast mich zu Tode erschreckt. Was gammelst du da mitten in der Nacht durch den Wald! Aber wenigstens hast du für mich Holz gesammelt – echt super!"

Und statt hilfreich seine Hand auszustrecken, gibt er der Alten einen Tritt, rafft das Reisig zusammen und macht sich auf den Weg zurück.

„Vater und Sohn werden Äuglein machen", lacht eines der Wesen, die am Waldrand stehen und dem Jungen nachsehen, „wenn 2-1-4 in Erscheinung tritt!"

Der Sohn tritt in das Haus, steifgefroren und wütend, und wirft das Holz vor den Ofen.

„Nun mach endlich deinen Schnabel auf", brüllt ihn der Vater zur Begrüßung an. „Wie war's im Wald? Hast du den Mond gesehen? Ging alles gut? Antworte, du Idiot!"

Der Sohn verdreht die Augen, sammelt im hinteren Mundraum gerade eine nette Antwort zusammen (da er nicht gerade der Hellste ist, braucht dies immer ein Weilchen ...), hat endlich ein „beschissen" und ein „war" gefunden, will es sagen, öffnet die Lippen und ... aus seinem Mund fließen, nein, ergießen, quellen, brechen Schlangen,

Kröten, Spinnen, kurz alles, was man gerne hat, wenn es einem über den Körper kriecht und hüpft und krabbelt.

Und das tun die herzigen Tierchen – endlich in Freiheit – mit Wonne, aber seltsamerweise suchen sie sich für ihren Freigang ausschließlich männliche Körper aus, nicht ein Spinnenbeinchen, Froschbeinchen oder Schlangenzünglein berührt die in Ohnmacht gefallene Mutter oder gar Gunila, die höchst interessiert dem Treiben zusieht und mit ihren zarten Fingern liebevoll über Schlangen-, Frosch- und Spinnenkörper streicht.

Als die Mutter wieder ihre Augen aufschlägt, haben Mann und Stiefkind die Flucht ergriffen – werden auch nie wieder auftauchen – und ist die Stube wie leergefegt, keine Schlangen, keine Frösche, keine Spinnen mehr da, dafür aber ein Topf, randvoll gefüllt mit glänzendem, funkelndem Gestein und Metall!

Draußen, vor dem Haus, klopfen die drei dem einen Wesen auf die Schultern und gratulieren zu dieser ersten Tat, denn – davon ahnen die beiden Frauen im Inneren der vier Wände nichts – das Märchen ist damit noch nicht zu Ende ...

„Was jetzt geschieht", sagt das Wesen, das die Gruppe anführt, „liegt ganz allein in Gunilas Hand. Es würde mich wundern, müssten wir in die Geschichte noch ein weiteres Motiv investieren ..."

„Ich weiß nicht und kann es auch nicht ahnen", sagt Gunila, „wem wir diese wunderbare Wendung zu verdanken haben, aber wir sollten uns dankbar zeigen und den gewonnenen Schatz nicht für uns behalten."

Und sie ruft die Dorfbewohner auf, am Sonntag vor die Kirche zu kommen, sie hätte für jeden Einzelnen von ihnen, vom Baby bis zur Großmutter, eine Überraschung bereit.

Am Sonntag haben sich alle auf dem Kirchplatz versammelt.

„Schaut“, flüstert der Bürgermeister, „auch unsere Gäste sind noch da.“

Und er zeigt mit einem kurzen Nasenspitzenwink auf die Gruppe sonderlich gekleideter Personen, die etwas abseits bei ihrer prächtigen Kutsche stehen.

„Ich habe für jeden von euch ein Geschenk“, ruft Gunila und beginnt einem jeden, ob Baby oder Großmutter, einen Diamanten oder ein Goldstück in die Hand zu drücken. Und, oh Wunder, es reicht genau aus; als die Verteilung zu Ende ist, liegen am Grund des Topfes noch vier funkelnde, glänzende Edelsteine.

„Die solltest du für dich behalten“, sagt der Bürgermeister, der vor Rührung über dieses Kind seines Dorfes kaum noch reden kann.

„Wir haben doch Gäste, sie sollen uns in guter Erinnerung behalten.“

Und Gunila nimmt die vier Steine, geht langsam auf die Kutsche zu und drückt jedem der Fremden einen Stein in die Hand. Den letzten dem Wesen, das die Gruppe anführt.

Gunila versucht, etwas zu erkennen – ein Gesicht –, etwas zu spüren – einen Atemhauch –, etwas zu hören – eine Stimme. Aber alles, was sie erahnen kann, ist eine nicht zu beschreibende gleißende Schönheit, die Gunila entgegenstrahlt, sie mit einem bisher nicht gekannten Gefühl wärmt, ihr tausend Gedichte in einem Augenblick schenkt, ohne ein Wort zu sagen, mit ihr in einem Augenblick einmal zu den Sternen und zurück fliegt, ohne auch nur die Spur einer Bewegung.

Wäre das Wesen ein Mensch gewesen, hätte man das, was Gunila in den Sekunden des sich Gegenüberstehens erlebte, Liebe nennen können, aber es war ja kein Mensch ...

Die Kunde, dass ein ganz gewöhnliches Mädchen, und sei es ein noch so wunderschönes und gutherziges, ein ganzes Dorf mit Gold und Edelsteinen beschenkt hatte, verbreitete sich rasend schnell im ganzen Land Schweden.

Es ist ein Märchen, hieß es, ein wahr gewordenes Märchen.

Ganz oben im Norden, dort, wo die Sonne sich im Sommer die ganze Nacht über mit dem Landkörper vergnügt und im Winter dann – erschöpft – für kaum zwei, drei Stunden aus dem Bett zu kriegen ist, dort oben im Norden lebte ein Bursche und der hieß Per.

Eines Tages führt er sein Pferd gerade aus dem Stall, als vor dem Haus eine prächtige Kutsche zum Stehen kommt und vier sonderlich gekleidete Personen aussteigen. Eine von ihnen, wohl Anführer der Gruppe, tritt auf ihn zu und fragt, ob er Per sei.

„Das bin ich", antwortet er und ist augenblicklich wie gefangen von dieser Gestalt, die ihr Gesicht unter der Kapuze verborgen hält, und es ist weder auszumachen, ob diese gleißende Schönheit einem männlichen oder einem weiblichen Wesen entströmt, noch hat er jemals Worte – es waren ja nur drei gewesen – gehört, die von einem derart reinen Klang getragen worden waren.

„Wir kommen aus dem Süden, von dort, wo Gunila wohnt", schweben weitere zehn Worte an sein Ohr.

„Ihr meint das Mädchen aus dem Märchen, das seinen Schatz mit dem Dorf geteilt hat?"

Ohne eine Antwort zu geben, drehen sich die vier Gestalten um, besteigen ihre Kutsche und entfernen sich langsam aus dem Bild.

„Das arme Kerlchen!", lächelt eine der Gestalten. „Unser Auftritt war ziemlich dramatisch – er wird verwirrt sein!"

„Er wird wissen, was zu tun ist", sagt das Wesen, das die Gruppe anführt, „und unsere Pferde wissen es auch ..."

Vor den Tisch des Bürgermeisters tritt ein wunderschöner Jüngling in vornehmer Kleidung.

„Ich suche ein Mädchen. Es heißt, es sei schöner als die Farben unserer Wälder im Herbst. Seine Worte wären von einer Weite wie ein Blick über das Meer an einem klaren Frühlingsmorgen. Und man sagte mir, ich würde es in diesem Dorf finden."

„Die Straße runter, drittes Haus auf der linken Seite", antwortet der Bürgermeister, dem der ‚Gunila-Tourismus' schon ein bisschen auf die Nerven geht ...

Als der Jüngling – ihr habt es längst erraten, es ist Per aus dem Norden – das angegebene Haus erreicht, erzählt ihm der Augenblick eine wunderbare Geschichte davon, wie es geschehen kann, dass Märchen wahr werden!

Er sieht Gunilas nicht zu beschreibende gleißende Schönheit, die ihm entgegenstrahlt und ihn mit einem bisher nicht gekannten Gefühl wärmt.

Sie nimmt seine tausend Gedichte, die er ihr, ohne ein Wort zu sagen, in die Augen legt.

Gemeinsam fliegen sie in nur einem Augenblick einmal zu den Sternen und zurück, und das ohne auch nur die Spur einer Bewegung.

Nur wenige Sekunden des sich Gegenüberstehens braucht es, um alle Nebel zu lösen und ein Wolkenschiff, gefüllt mit nichts als Liebe, in dem Dorf im Süden landen zu lassen ...

Als ein paar Tage später Gunila, ihre Mutter und Per das kleine Dorf in Richtung Norden verlassen, um zu dem Schloss des Prinzen aufzubrechen, begegnen sie einer prächtigen Kutsche, die wie zufällig am Wegrand steht und aus der vier sonderbar gekleidete Personen winken.

So, dass Per es nicht sieht, erwidert sie den Gruß und so, dass Gunila es nicht sieht, erwidert er den Gruß. Und beide lächeln still und wissend.

Ja, es ist ein Märchen, ein wahres Märchen ...

Wie die Liebe gerettet wurde

„Ein Augenblick Liebe ist ein kleines Stück der Unendlichkeit“, heißt es in einem Märchen und jeder, der solche Augenblicke je erlebte, wenn die Welt stillzustehen scheint, wenn die Unfassbarkeit des Universums sich durch einen Kuss erklärt, wenn es scheint, als würden alle Meere in dir branden wollen – wer also diese Augenblicke je erlebte, weiß, dass das Märchen die Wahrheit erzählte – nichts als die Wahrheit ...

Dieses Märchen aber erzählt davon, wie die Liebe fast von der Erde verschwunden wäre – „fast“, sonst gäbe es ja EUCH nicht und ihr würdet nun nicht dieses Buch in der Hand halten und darin lesen ...

Wir wandern durch eine einsame Gegend zwischen Bastogne und Arlon, jeder Schritt schraubt das Rad der Zeit um ein Jahr zurück und da wir viele hundert Schritte setzen, gehen wir jetzt auf einem steinigen Weg, auf dem uns Sekunden wie Jahre vorkommen.

Inmitten der prachtvollen Landschaft finden wir ein kleines Dorf, der Name tut nichts zur Sache, weil man es auf den Karten nicht mehr finden würde. Etwas abseits steht ein Haus, ein ganz kleines bescheidenes aus Stein, doch macht es ein mächtiges Kreuz zu etwas Besonderem, das neben dem Häuschen wie ein Baum aus der Erde wächst. Colbin heißt der Besitzer des Hauses und auch des Kreuzes, er ist dort geboren, von seiner Familie ist nur noch er am Leben.

Colbin ist ein einsamer Mann. Colbin, so sagen alle, ist deshalb einsam, weil er ein seltsamer Kauz ist. Kein Wunder, wer immer nur mit Steinen und mit Tieren, mit dem Mond und dem Wasser redet, hört Antworten, die solche, die mit Worten leben, nicht verstehen können.

Aber Colbin ist nicht nur besonders, weil er anders ist, sondern wegen seines Kreuzes. Keiner weiß, wie lange es dort schon steht, sicher um viele Jahre länger als sein Häuschen alt ist.

Dieses Kreuz. Es muss eine geheimnisvolle Kraft in sich tragen, weil sich auf seinen Armen aus Holz die wunderbarsten Vögel, Schmetterlinge, Libellen niederlassen und das Kreuz klingend wie lebendig erscheinen lassen. Sie kommen im Sommer und sie kommen im Winter. Colbins Kreuz ist wie eine Insel, auf der die Tiere Zuflucht suchen, wenn die Welt um sie herum zu feindlich, grausam wird.

Natürlich entdecken das auch solche, denen Insel, Zuflucht, Heimat egal ist; solche, für die das Singen eines Vogels im Winter und die Farben eines Schmetterlings auf Schnee Geld, Gold, Geschäft bedeuten. Zuerst sind es nur Fremde, die zufällig vorbeikommen und das Wunder sehen, dann solche, die davon gehört haben und deswegen den beschwerlichen Weg auf sich nehmen, aber schließlich auch die eigenen Nachbarn, denen die pure Freude darüber zu wenig wird – auch sie beginnen nach den Gästen des Kreuzes zu greifen.

Colbin wehrt sich dagegen, muss längst alle Stunden seines Tages und die halben Stunden seiner Nächte das Kreuz beschützen und tut es mit all seiner Kraft. Doch irgendwann muss auch er ruhen und dann werden die Stimmen weniger und es sind am nächsten Morgen wieder ein paar Farben weniger am dunklen Holz, das wie ein Baum aussieht.

An einem klaren Wintermorgen sieht Colbin durch das Fenster eine Frau vor dem Kreuz stehen und sieht, wie sie ihre Hände ausstreckt, um den Vögeln und den Schmetterlingen und den anderen Gästen Futter zu reichen. Und es scheint ihm, als würde sie mit den Tieren reden, weil ihre Lippen sich bewegen und ein seltsames Summen wie eine Antwort durch die eiskalte Luft vibriert.

Als er vorsichtig und langsam, um sie nicht zu erschrecken, zu ihr tritt, sagt sie, ohne sich zu ihm umzudrehen: „Du bist ein guter Mensch, Colbin, sonst wäre dein Kreuz den Tieren nicht Heimat. Ich bin gesandt, dir einen Wunsch zu schenken, was immer du willst, es wird in Erfüllung gehen!"

Und ohne nachzudenken antwortet Colbin, der wohl zuerst nicht wirklich ernst nimmt, was die Fremde ihm da anbietet: „Schützen will ich meine Freunde. Und die bestrafen, die ihre Hände nach ihnen ausstrecken."

Die Frau berührt das Holz des Kreuzes mit der einen Hand, Colbin mit ihrer anderen und sagt wie eine Formel: „Es soll geschehen, wie du es wünschst. Und außerdem wirst du die Macht erhalten, den Zauber wieder aufzulösen!"

Mit einem geheimnisvollen Lächeln auf den Lippen wendet sich die Fremde dem Weg zu und lange sieht Colbin ihr nach, bis sie am Horizont verschwunden ist.

Der Rest des Tages vergeht so wie alle anderen Tage auch. Spät abends legt sich Colbin ins Bett und früh erwacht er wieder. Als er – wie er es jeden Morgen tut – als Erstes durch das Fenster blickt, Nachschau zu halten, ob seinen Freunden im Schutz der Dunkelheit von Klang- und Farbenfängern wieder Böses angetan worden war, traut er seinen Augen kaum: Das Kreuz hat zwei Männer und eine Frau in Gefangenschaft genommen; sie stehen da, ihre Netze noch im festen Griff, und können sich vom Holz nicht lösen!

„Befreie uns!", rufen sie mit schreckerfüllten Stimmen. „Wir sind doch nur Pilger, wollten uns vom Kreuz doch nur Kraft für unseren Weg holen, konnten doch nicht wissen, dass es vom Teufel in Besitz genommen ist!"

„Und die Netze?“, fragt Colbin. „Das Einzige, was hier mit dem Teufel zu tun hat, seid ihr. Für euren versuchten Frevel werdet ihr ein bisschen büßen!“

Und so hängen die drei den ganzen Tag am Kreuz. Es hat sich schnell herumgesprochen im Dorf und sie sind umringt von einer Horde Lachender und Spöttischer und solchen, die ehrfurchtsvoll flüstern: „Nun ist unser Colbin auch noch zu einem Hexer geworden ...“

Vor Einbruch der Dunkelheit erinnert sich Colbin an die Worte der Fremden, tritt durch den großen Kreis der Schaulustigen und sagt: „Nun, habt ihr bereut? Wollt ihr jemals wieder den Vögeln und den Schmetterlingen Böses tun für Geld, Gold und Geschäft?“

„Wir schwören's dir: niemals mehr, nur hilf und befreie uns!“

Colbin berührt sie mit seiner Hand und augenblicklich ist der Spuk vorüber und die Diebe und die vielen Schaulustigen machen vor Schreck einen Satz zurück und eine Mischung aus Entsetzen, Ehrfurcht, Angst umfasst einen jeden, der Colbins plötzliche Zaubermacht miterlebt.

Von diesem Tag an wagt sich keiner mehr zum Kreuz, um dort die Ruhe und den Frieden der Gesänge und der Farben zu stören. Ganz selten nur noch klebt einer am Holz; einer, der die Kunde von der Zauberkraft noch nicht vernommen hatte.

Und Colbin wird immer einsamer, weil er nun nicht nur seltsam, sondern auch noch Hexer und Zauberer genannt wird ...

Viele Jahre später trägt es sich zu, dass vor dem Kreuz eine prachtvolle Kutsche zum Stehen kommt, aus der eine Frau steigt, deren Schönheit und Anmut Colbin sofort gefangen nehmen. Als sie nach dem Wunder des Kreuzes fragt, von dem ihr erzählt worden war, vermag allein ihre Stimme in Colbins Innerem etwas zu entfachen, was er bisher nicht kannte. Und als sie nah an ihn herantritt, dass ihr Atem zu spüren, ihr Duft zu riechen ist, explodiert Colbins bisherige Welt und eine neue, unbekannte, warme, weiche, in zarten Pastelltönen gehaltene tritt an ihre Stelle. Mit einem Mal bedeuten die Gesänge der Vögel, die Farben der Schmetterlinge, das Schwirren der Libellen etwas völlig anderes: Waren sie es, die Licht und Klang in seine sonst so dunkle Welt der Einsamkeit brachten, so ist nun alles um ihn herum in Helligkeit und Freude getaucht, deren Kräfte er nutzen kann – das spürt er, das weiß er –, um das Wunder der Leichtigkeit, des Fliegens und des Singens zu erfahren.

Auch die Frau verspürt in Colbins Nähe dieses Gefühl, das sie schon kennt und von dem sie weiß, dass es Liebe heißt. Sie hatte geliebt, doch wurde ihr der Mann vor Jahren schon vom Tod genommen.

In wenigen Stunden durchleben die beiden ein großes Glück.

Colbin sagt: „Versprich mir zu bleiben und meine Frau zu werden!"

Sie sagt: „Ich liebe dich, doch weiß ich nicht, ob ich hier, in dieser einsamen Gegend bleiben kann. Mich rufen viele Dinge, die mir Freude machen und von denen ich nicht weiß, ob ich auf sie verzichten will. Wie schön wäre es, würdest du mich begleiten. Liebe ist nicht an einen Ort gekettet."

„Wie könnte ich mein Kreuz verlassen und meine Freunde, die dem Leben Musik und Farbe schenken", antwortet Colbin.

Eines Abends sagt die Frau: „Morgen werde ich zurückkehren in die Stadt. Wenn du mich liebst, kommst du mit mir."

Die ganze Nacht liegt Colbin wach und weiß nicht, wie er sich entscheiden soll. Als die ersten Sonnenstrahlen am Fenster hochkriechen, glaubt er, entschlossen zu sein, mit ihr zu kommen ...

Als er ans Fenster tritt, wie jeden Tag, den ersten Blick auf das Kreuz zu werfen, traut er seinen Augen nicht: Vom Holz gefangen zappelt dort ... eine Engelsgestalt! Stumm vor Schreck weckt er seine Geliebte, zerrt sie ans Fenster und deutet auf das Kreuz.

„Ja“, sagt sie, „was ist? Was willst du mir zeigen?“

Da versteht Colbin, dass dies ein ganz besonderer Fang sein muss, den nur er wahrzunehmen imstande ist. Schnell tritt er hinaus zur Engelsgestalt, die ihm schon entgegenbrüllt: „Befreie mich sofort, wenn du nicht großes Unglück heraufbeschwören willst. Ich bin niemand anderer als Amor, der Engel der Liebe, der sich ein bisschen neues Licht und neuen Klang borgen wollte. Wenn du mich hier festhältst, kann ich meinen Zauber über keine anderen Lebewesen mehr werfen!“

Colbin will dem Engel schon seine rettende Hand reichen, als er innehält und dem zu lauschen beginnt, was die in ihm erwachte Liebe ihm zuflüstert.

„Hör nicht auf sie, Colbin“, schreit Amor, der weiß, was deren Plan ist.

„Hör nicht auf Amor, Colbin“, flüstert es in ihm. „Wo war er denn die ganzen Jahre, als du einsam hier wartetest? Solange er hier bei dir festgehalten wird, wird auch deine Geliebte bei dir bleiben und Amor wird schon einen Weg finden, seinen Zauber auf andere Weise in die Welt zu bringen.“

„Colbin!“, schreit Amor immer wütender. „Die Liebe hat Recht: Solange ich hier bin, wird auch sie bleiben. Aber bedenke den Preis, Colbin, den Preis: Du raubst mir nicht nur meine Freiheit, sondern verweigerst allen Menschen das Glück auf Liebe!“

Colbin setzt sich verzweifelt auf einen Stein und versucht, seine Gedanken, die sich in wilden Kreisen drehen, zu einem einzigen, klaren zu ordnen.

„Ich habe es mir überlegt", sagt seine Geliebte, die sich neben ihn setzt. „Ich bleibe. Die Liebe zu dir ist wohl stärker als die Sehnsucht nach meinem alten Leben."

„Colbin", ruft Amor wieder, „was zählt die Liebe, die erzwungen wird. Wenn eure Liebe wahr und ehrlich ist, wird sie auch bleiben, wenn ich gegangen bin, denn ich bin doch nur der, der den ersten Schuss in eure Herzen setzt. Schon die wenigen Stunden, in denen ich nun gefangen bin, haben vielen Unglück und Tränen bereitet. Wie könntest du dich an der Liebe, an den Farben und Klängen deiner Freunde erfreuen, wenn du jeden Augenblick mein Wehgeschrei hörst?!"

„Was immer auch geschehen wird", haucht Colbin zärtlich ins Ohr seiner Geliebten, „ich liebe dich und will bei dir bleiben."

Und dann steht er auf und reicht Amor die Hand und befreit ihn.

„Danke, Colbin", sagt Amor, „ich muss gleich los, das Versäumte aufzuholen! Und du wirst sehen, alles wird gut – das verspreche ich dir!"

Ja, und alles wurde gut! Lasst euch von eurer Fantasie erzählen, wie das Märchen weiterging …

Wie der Zauberer die Liebe verzaubert …

Kommt, ich habe hier die Liebe für euch, die ich – ohne Zauber, ohne Tricks – allein durch die Kraft der Geschichte verwandeln werde. So wird es euch gelingen, dem Alltag, dem Blick der Gewohnheit, dem Selbstverständlichen zu entfliehen und damit eine wahre Wunderwelt zu erfahren ...

Der Zauberer betritt die Bühne und ... schweigt. Er steht nur da und lässt seinen Blick ganz langsam von einem zum anderen schweifen, bis er jedes Augenpaar einmal erreicht hat. Beim letzten macht sein Blick wieder kehrt und pendelt in der gleichen Geschwindigkeit zurück – von einem zum anderen. In diesen Minuten fällt kein einziges Wort, nicht das geringste Geräusch ist zu hören, kein Husten, kein Sesselrücken, keine von beginnender Unruhe ausgelöste Bewegung, die vielleicht ein Knistern, ein Schleifen oder ein Wetzen erzeugen würde. Schwebte das Schweigen zunächst noch als spannungsvolle Ungewissheit im Raum, was denn nun gleich passieren würde – denn jedem war klar, dass es nur die Ouvertüre war zu irgendetwas –, so ändert sich dieses Gefühl nun mit jedem weiteren Blick des Zauberers: Das Schweigen wird zu einem wohlig warmen Strom, der in das Innere eines jeden vordringt, sich dort langsam ausbreitet wie feiner Morgentau über einem See, jeden noch so kleinen Raum des Körpers erreicht und ihn mit seiner Wärme vollständig ausfüllt. War die Erwartung bis zu diesem Augenblick ausgerichtet auf die Sensation, das Sichtbarmachen von Unsichtbarem, das Möglichmachen des Unmöglichen, auf das hautnahe Miterleben eines Wunders, so spüren nun alle Anwesenden, dass die Sensation, das Unsichtbare, das Unmögliche, das Wunder, gerade in seinem Inneren zu wirken beginnt – im Schweigen, in diesem wohlig warmen Schweigen.

„Geschafft." Der Zauberer weiß, dass nun jeder seiner Gäste den Zustand erreicht hat, den es braucht, um in ihnen Bilder wachzurufen, die normalerweise die Denkpolizei aus Sicherheitsgründen sofort unter Verschluss nehmen würde.

Jene Bilder, die außerhalb der messbaren, prüfbaren Wirklichkeit der Menschen liegen, und von dieser Schutztruppe unerbittlich in einen mit „Märchen", „Fantasie" oder „Liebe" gekennzeichneten Schutzraum verbannt werden, wo sie so lange zu schmachten haben, bis sie übermalt oder ausradiert sind.

Der Zauberer vollzieht die erste Bewegung nach vielen Minuten: Er hebt seinen linken Arm – wie ein Dirigent, der sein Orchester auffordert, mit den ersten Takten der Musik zu beginnen. Und mit dem noch kaum hörbaren Einsetzen der Geigen und der Bratschen taucht ein solch unwirkliches Bild jenseits aller Vorstellungskräfte auf, wird klarer, schärfer, bekommt Farben, Schatten, Licht, bis es als Produkt der Wirklichkeit vor den Augen der Besucher steht.

Das Bild zeigt einen See in unvergleichbar schönen Farben. Und inmitten des blaugrünen Wassers ruht, wie eine Insel, eine gigantische Riesin unvorstellbaren Ausmaßes. Sie ruht dort, als würde sich ein kleines Menschenwesen in einer Badewanne räkeln. Ihr nackter Oberkörper mit wohlgeformten Brüsten lehnt sich entspannt zurück, ihre Knie ragen wie zwei steile Berge aus dem Wasser hervor. Ihre Augen, so groß, dass ein ausgewachsener Mann sich locker zwischen ihren Liddeckeln strecken könnte, sind sehnsuchtsvoll starr auf etwas in der Ferne gerichtet.

Es ist nicht seine Stimme, die das wundervolle Schweigen verletzen würde, sondern etwas völlig anderes, Sprachloses, „Vibrations" würde man es mit einem englischen Wort nennen, mit dem der Zauberer nun beginnt, die Riesin lebendig werden zu lassen.

„Sie kennt nur das Schweigen und die Stille, weil ihr nicht geschenkt ist, was sie fühlt und denkt und sieht, in Worte kleiden und sie versenden zu können, weil ihr nicht geschenkt ist, zu hören, was die Vögel, der Wind und die Wellen ihres Sees zu erzählen haben. Sie fühlt, ohne diese wohlige Wärme oder diesen brennenden Schmerz benennen zu können, es ist in ihrem Inneren einfach da, wie feiner Morgentau über einem See, der jeden Raum ihres Körpers ausfüllt. Sie denkt, ohne das Gesehene oder Gespürte bestimmen, vergleichen, einordnen und bewerten zu können – es existiert ganz einfach. Es ist.

Doch in dieses System des arglosen Dahinlebens, des unaufgeregten Ruhens und eines im Wiegebett der Zeit entspannenden Räkelns beginnt sich etwas Unvorgesehenes, Ungeplantes einzuschleichen. Etwas, das die Riesin nicht kennt, weil ihr innerer Plan es nicht kennt: Sehnsucht. Wie das Magma des Erdinneren einen Vulkan braucht, um die Kraft, die ihm innewohnt, herausexplodieren zu können, so strebt die Sehnsucht nach der Vereinigung zweier unendlich weit voneinander entfernter Punkte, zweier paralleler Geraden, und will einen Stern in den Händen halten.

Das, was die Riesin wahrnimmt, seitdem sie sehen kann, liegt vor ihr in der Ferne. Für uns ist es Ferne, doch für sie sind es nur ein paar Schritte.

Dieses Etwas hatte, wie alles andere auch, einfach nur existiert. Ist als Bild der Augen dagewesen. Doch mit einem Mal – für uns würde dies einen Augenblick bedeuten, doch in der anderen Dimension von Zeit, in der wir uns befinden, wären es wahrscheinlich Jahrtausende – hatte die Sehnsucht hinterrücks und ohne jede Vorwarnung mit ihrem Farbenspiel begonnen, alle Gesetze der Geometrie und Physik außer Kraft gesetzt und in der Riesin einen unbändigen Willen entstehen lassen, dieses Unbekannte zu benennen, diese wohlige Wärme, so wie wir es können, in ein Wort zu kleiden und es damit sichtbar zu machen. Nicht nur die Existenz des Gesehenen, Gehörten, Gespürten zu akzeptieren, sondern Wege zu finden, den Weltenraum zwischen zwei Planeten, den Ozean, den Bach zwischen Ratio und Gefühl zu überwinden."

In der nahen Ferne, inmitten unwirklich schöner grüner Hügel, sitzt ein Riese unvorstellbaren Ausmaßes. Er ruht dort, als würde sich ein kleines Menschenwesen auf einem Sofa räkeln. Sein nackter muskulöser Oberkörper lehnt sich entspannt zurück, sein linkes Knie ist angezogen, das andere, ausgestreckte Bein hat in den Wald eine Schneise geschlagen. Seine Augen, so groß, dass ein ausgewachsener Mann sich locker zwischen seinen Liddeckeln strecken könnte, sind starr in die Ferne gerichtet.

Wieder ist es nicht seine Stimme, die das wundervolle Schweigen verletzen würde, sondern etwas völlig anderes, Sprachloses, „Vibrations", mit dem der Zauberer nun beginnt, den Riesen lebendig werden zu lassen.

„Er kennt nur die Finsternis, weil ihm nicht geschenkt ist, was er fühlt und denkt und hört, in Worte kleiden und sie versenden zu können, weil ihm nicht geschenkt ist, zu sehen, was die Vögel, der Wind und die Bäume seiner Hügel zu erzählen haben. Er fühlt, ohne diese wohlige Wärme oder diesen brennenden Schmerz benennen zu können, es ist in seinem Inneren einfach da, wie feiner Morgentau über einem See, der jeden Raum seines Körpers ausfüllt. Er denkt, ohne das Gehörte oder Gespürte bestimmen, vergleichen, einordnen und bewerten zu können: Er hört ein Singen und weiß nicht, dass es ein Vogel ist, er spürt etwas über seine Haut streichen und weiß nicht, dass es der Wind ist, er hört ein Flüstern und weiß nicht, dass es die Bäume seiner Hügel sind – alles existiert ganz einfach. Es ist.

Und so wie bei der Riesin wird auch beim Riesen etwas Unvorgesehenes, Ungeplantes lebendig. Etwas, das dem Riesen fremd ist, weil sein innerer Plan es nicht kennt: Sehnsucht.

Sehnsucht nach dem Unbekannten, das der Riese erahnt, seitdem er hören kann, dessen unerreichbare Ferne jedoch zu seinem Leben gehörte wie das Atmen und das Schlafen.

Doch mit einem Mal beginnt auch bei ihm die Sehnsucht hinterrücks und ohne jede Vorwarnung mit ihrem Farbenspiel und setzt damit alle Gesetze außer Kraft. Mit einem Mal entsteht auch im Riesen dieser unbändige Wille, dem Unbekannten näherzukommen, es in etwas zu kleiden, das er kennt, vielleicht mit den Stimmen, die sein Ohr erreichen, ohne dass er weiß, warum sie es tun. Und sein Verlangen wird immer größer, getrieben von einer Ahnung, dass seine Finsternis auch einen Klang besitzt – so wie das Streichen des Windes über die Haut untrennbar verbunden ist mit einem kaum hörbaren Lied."

Nun, da die Bilder des Zauberers sich durch das Schweigen in den Köpfen manifestiert haben, unauslöschlich geworden sind, kann der nächste Akt der Illusion beginnen: Vom Herzen ausgehend lässt er die Bewegung seiner rechten Hand einen Halbkreis beschreiben, wie ein Dirigent, der sein Orchester auf den Schlussakkord vorbereitet und im Gleichklang mit dem Stoppen seiner Hand zum Verklingen bringt.

Nun sind die Zuseher genau in der Mitte des Weltenraumes, des Ozeans, des Baches, genau zwischen Ratio und Gefühl, zwischen dem inneren Schweigen und der rasenden Wirklichkeit angelangt. Und der Zauberer beginnt, so wie man nach Verweilen in der Finsternis sich zuerst mit Kerzenlicht wieder an die Helligkeit gewöhnt, mit leiser Stimme fortzufahren: „So wie das Magma nicht weiß, dass seinem unstillbaren Trieb zu explodieren bereits der Plan eines Vulkanes innewohnt, genauso wenig wissen Riesin und Riese, dass der Sehnsucht nach dem unbekannten Fernen längst die Erklärung für alles innewohnt.

Die Riesin spürt es als Erstes: Als die Sehnsucht sie in der Mitte des Weltenraumes, des Ozeans, des Baches absetzt, nimmt sie ihren Herzschlag wahr, beginnt auf ihn zu hören, ja, zum allerersten Mal *hört* sie! Aus dem dichten Nebel, der sie bis jetzt umfangen hielt, tritt ihr Herzklang mit jedem Doppelschlag deutlicher hervor und durchströmt, erfüllt ihr Inneres. Und mit einem Mal nimmt sie wahr, dass dieser wunderbare Klang aus Teilen, aus einzelnen Tönen besteht und diese Töne ihr etwas zurufen. In dem Augenblick, in dem das Magma seinen Vulkan gebiert, sagt die Riesin ihr erstes Wort: Liebe.

Plötzlich hört der Riese ein Wort, das all den Klängen, die er bisher in seinem Leben gehört, allem, was ihn berührt hatte, ohne zu wissen, was es war, augenblicklich ihren Sinn gibt. Nichts ist mehr ein Rätsel, alles wird mit einem Mal klar und lässt die Finsternis verschwinden. Und in dem Moment, als das Magma seinen Vulkan gebiert, sieht der Riese sein erstes Bild: die Riesin."

Hier hält der Zauberer inne, macht langsam einen Schritt zurück zur Mitte der Bühne und ... schweigt. Er steht da und lässt seinen Blick wieder ganz langsam von einem zum anderen schweifen, bis er jedes Augenpaar erreicht hat. Beim letzten macht sein Blick wieder kehrt und pendelt in der gleichen Geschwindigkeit zurück – von einem zum anderen.

Sein Schweigen wird noch einmal zu einem wohlig warmen Strom, der in das Innere eines jeden vordringt, sich dort langsam ausbreitet wie feiner Morgentau über einem See, jeden noch so kleinen Raum des Körpers erreicht und ihn mit seiner Wärme vollständig ausfüllt. Kaum hörbar setzen Geigen und Bratschen ein und lassen ein unwirkliches Bild jenseits aller Vorstellungskräfte entstehen, das klarer, schärfer wird, Farben, Schatten, Licht erhält, bis es als Produkt der Wirklichkeit vor den Augen der Besucher steht: Ein See. Blaugrün. Umgeben von sanften Hügeln. Eine Riesin, die sich langsam aus dem Wasser erhebt, ein paar Schritte macht. Ein Riese, der sich langsam aus den waldigen Hügeln erhebt und es ihr gleichtut. Dort, wo See und Hügel ineinanderfließen, stehen sich die Riesin und der Riese jetzt gegenüber.

In diesem Augenblick wird die unbewohnte Insel Toawahu im Pazifischen Ozean nach einem heftigen Vulkanausbruch vom Meer verschlungen ...

Der Prinz

Als das Wasser noch klar und der Schnee noch weiß war, lebte in einem nicht allzu fernen Land ein Prinz – nicht etwa einer von der Sorte der Drachentöter, Jungfernverführer und Gesellschaftstiger. Er hätte genauso gut ein aufrichtiger Bauer sein können mit geradem Blick und Händen, die sich der Erde verwandt fühlen und nicht dem Himmel. Der Unterschied bestand darin, dass der Bauer bei seinem Land bleiben muss, während Prinzen es sich leisten können, ihr Streben in den Horizont zu werfen. Und so handelt diese Geschichte, die euch das Märchen erzählen will, von dem Prinzen und nicht vom Bauern.

Dem Prinzen waren höfische Machtkämpfe, kleinmütiges Intrigenspiel und Heiratsandrohungen langweiliger Blaublüterinnen eines Tages zu dumm geworden, und so warf er also sein Streben in den Horizont. Nirgendwo ist der Horizont so deutlich wahrzunehmen wie vom Ufer eines Meeres aus. Der Prinz bestieg ein Schiff, vergaß die Schatzkiste nicht, und bald waren Prinz und Segel nur noch ein Punkt im krausen Blau.

Die große Hand hatte längst den Anker für ihn geworfen und entlang der straff gespannten Leine zog das Schiff zu einer nicht allzu fernen Insel. Riesen hatten aus dem Felsblock eine gespenstisch schöne Form gemeißelt, das Meer schliff und polierte, um den Gast mit nichts als Schönheit zu empfangen. So empfand es der Mann aus dem nicht allzu fernen Land, als er die Insel auftauchen sah. Er würde sie nicht betreten, nicht in Besitz nehmen können, er würde sie berühren, nur berühren.

Als sein Fuß und ihre Erde sich trafen, wusste er, dass jeder Augenblick seines bisherigen Lebens nur diesem jetzigen gedient hatte. Es war, als kehrte er heim, in die Arme der für kurze Zeit verlassenen Geliebten. Ja, er kannte die grünwollenen Armberge, die Mandelblütenwolken über rotbrauner Haut, ihre verborgenen Plätze, die Furchen und Buchten im Felskörper, die den Wellen einen goldfarbenen Sandteppich ausgelegt hatten, auf dem das Wasser zaghaft vor- und zurückbalancierte. Sich kennen und erinnern lässt die Rückkehr noch viel stärker erscheinen: kein Anbiedern und Suchen, kein ungeschicktes Erforschen. Sie war seine Geliebte, ein paar Menschenjahre oder mehr war er fort gewesen, jetzt war er zu ihr heimgekehrt. Das Leben, das ihn während dieser Zeit geformt hatte, zeigte nun das lange vorbereitete Geheimnis: Was er in der Berührung der Erde mit seinen Händen empfunden hatte, war nichts anderes als reine, klare Liebe, die nicht zwei Punkte durch eine Linie verbindet, sondern unendlichen Raum erfüllt.

Er durchzog den Inselkörper und traf überall Vertrautes: Wege, die er ging, Bäume, unter denen er rastete, Häuser, in die er einkehrte. In den Augen der Menschen standen Verehrung und Achtung für ihre Erde. Ihre Ackerfurchen zogen sie wie zarte, rote Linien eines Liebesspieles. Wo die Riesen zu viel gemeißelt hatten, schlichteten sie Stein auf Stein, um fruchtbare Treppen entstehen zu lassen. Und wo kein Wasser Grünes malen konnte, hatten die Menschen der Insel hölzerne Adern gelegt, die dem Stein Pflanzenorden wachsen ließen. Es war kein Aufbäumen gegen die unumstößliche Macht der Insel, sondern ein Zusammenspiel der Hände mit den ewigen Gesetzen.

Bäume hatten sie gepflanzt, die Menschen der Insel, die waren wie sie selbst: Sie hatten sich den launigen Gefährten der Insel, dem Sturm und dem Regen, unterwerfen müssen und waren durch diesen Kampf zu eigenständigen Geschöpfen gewachsen. Diese Olivenbäume, viel mehr als nur Bäume, waren für den Menschen aus dem nicht allzu fernen Land lebendig gewordene Gefühle seiner Insel. Blütenlose Bescheidenheit, kein marktschreierisches Anbieten ihrer matten Früchte, sondern aufrichtiges Zeigen ihres Innersten, der Wurzeln, die keine Möglichkeit hatten, sich im harten Boden zu verbergen. Jede Windung des Stammes war eine Regung gewesen – diese Offenheit wünschte sich der Prinz aus dem nicht allzu fernen Land auch für sich selbst.

Es wurde Zeit, ein Haus zu bauen. Wie ein Teil der Insel sollte es aus dem Boden wachsen, nur durch die gerade Linie als Werk eines Menschen zu erkennen.

Dort, wo er seinen Fuß hingesetzt und gesagt hatte: „Hier soll es wachsen“, dort hätte kein Mensch der Insel es gewagt, Steine zu setzen, um sie durch den Atem des Wohnens lebendig werden zu lassen. Zu nahe dem Meer, zu trotzig dem Wind entgegengesetzt, zu einsam in langen Winternächten.

„Ich will in ihr und mit ihr sein“, sagte der Prinz und setzte Pflöcke.

„Ich will gemeinsam mit ihr erleben, wie es ist, von Riesen geformt zu werden“, sagte der Prinz und maß den Grundriss mit seinen Schritten.

„Wenn sie mich in die Tiefe reißen will, wird es ein neuer Beginn an ihren Ufern sein“, sagte der Prinz und gab Zeichen, endlich mit der Arbeit zu beginnen.

Und die Menschen der Insel bekreuzigten sich und schlugen ihre Meißel in den Felsen.

Das Haus wuchs. Zwar bauten es Menschenhände, doch manchmal, wenn grauer Winterregen Schleier um die Insel zog, wurde es Teil der Schöpfung, Teil des ganzen Körpers; und der Prinz stand am Hang unter Palmen und sah der Insel ein Kind wachsen.

Der Prinz war nun schon Jahre auf der nicht allzu weit entfernten Insel. Er sprach die Sprache der Menschen, aß ihr Essen und hatte den Rhythmus ihres Lebens angenommen. Die Fensterwelt seines Hauses zeigte ihm, was für sein Leben wichtig geworden war: das Meer, die Berge, die Stellen, wo – je nach Jahreszeit – der Tag im Meer verschwand, seine Olivenbäume und Mandelbäume. In den Hainen Schafherden, die gleichtönige Musik spielten.

Das Haus lebte, und doch fehlte noch der letzte Hauch, es wirklich lebendig zu machen. Der Prinz wusste, was das bedeutete, und wusste, es könne nur ein Mädchen der Insel sein, mit feingliedrigen Bauernhänden, welches mit einer Handvoll Erde auch das Leben in die Hand nahm.

Mit dem Mädchen zog die Seele in das Haus am Felsen ein, die Mauern schienen zu vibrieren und mit ihnen die ganze Insel, die erfüllt war von ihrer Liebe. Menschen, Tiere, Pflanzen tanzten aus Glück über den Prinz aus dem nicht allzu weit entfernten Land und sein Mädchen, ein Kind ihrer Insel.

Der Prinz wurde alt. Von den Menschen, die ihn damals bei seiner Ankunft, vor fast vierzig Jahren, argwöhnisch betrachtet, die seine Spuren verfolgt hatten, die mitansahen, wie er ihre Insel mehr und mehr zu seiner Geliebten machte, die ihn ihre Sprache lehrten, ihre Art zu essen, die ihm näherkamen, dann vertrauten, die mit ihm und für ihn tanzten, von diesen Menschen war kaum noch einer übriggeblieben. Die wenigen, die sich erinnerten, erzählten die Geschichte des Prinzen, als wäre es ein Märchen aus alter Zeit – so alt war der Prinz geworden. Er lebte zurückgezogen in seinem Felshaus, konnte gerade noch ein paar Schritte in seinem Olivenhain gehen, um die hölzernen Freunde zu treffen.

Immer länger dehnte er die Besuche bei seinen Bäumen aus und eines Tages wollte er nicht mehr in sein Haus zurückkehren. Seine Diener beschworen ihn, doch der alte Prinz ließ sich mitten unter den Stämmen nieder und war nicht mehr fortzubewegen. Als der halbe Mond langsam hochstieg, spärlich Silberzeug vergoss, hätte man glauben können, zu den alten wäre ein junger, neuer Olivenbaum gekommen.

Am nächsten Morgen trieb der Schäfer seine Herde durch den Hain und entdeckte seinen Herrn. Der stand unbeweglich da, konnte – oder wollte – sich nicht mehr bewegen, rührte kein Bein, keinen Arm, aber er lächelte.

So hatten die Menschen der Insel noch nie jemanden lächeln gesehen: Es war das vollkommenste Lächeln, Ausdruck vollendeten Glücks.

Ein Lächeln, das mit feinen Strahlen sein Gegenüber traf, es in seinen Bann zog, es in gemeinsame Empfindungen versetzte – jeder, der ihn sah, hatte das Verlangen, auf die Knie zu fallen, dem alten Mann für diesen Augenblick zu danken.

Natürlich sprach sich die Nachricht schnell herum. Zuerst kamen die Menschen nur aus dem Dorf, bald von der ganzen Insel, den Prinzen aus dem nicht allzu fernen Land zu bestaunen, der unbeweglich mit unglaublichem Lächeln zwischen seinen Olivenbäumen stand – nichts mehr aß, nichts mehr sagte, kaum noch atmete und doch lebte! Jeder, der es zuerst nicht für möglich hielt, konnte sich mit eigenen Augen überzeugen: Der Prinz lebte und verstrahlte Glück!

Nach kaum einem Jahr hatte sich Gras über seine Füße gelegt, waren seine Beine seltsam gedreht und die Arme in eigenartiger Stellung nach oben gebogen. Sein Lächeln war eine tiefe Furche im Stamm geworden, der Lidschlag seiner klaren Augen ging im Rhythmus der Jahreszeiten und seine Ohren, hätte sie jemand angefasst, was natürlich niemand wagte, hätten sich ledrig dünn wie Blätter angefühlt.

Die Letzten, die sich an den Prinzen erinnern konnten, starben. Kaum einer mehr kam in den Olivenhain des Felshauses, um nach dem geheimnisvollen Baum zu sehen, der dort Wurzeln gefasst hatte. Die Beine waren aneinandergewachsen, die Arme kräftige Äste geworden, der Kopf des Prinzen ragte halslos aus seinem Körper empor, noch immer dieses unglaubliche Lächeln auf den rindenen Lippen.

Lange Zeit verging, selbst das Märchen über den Prinzen aus dem nicht allzu fernen Land war vergessen, als die Zweigfinger den Menschen der Insel das erste Mal ihre Früchte schenkten. Wer sie sammelte, erfreute sich an dem seltsamen Baum, der, besah man ihn sich nur lange genug, wie ein Mensch mit unglaublichem Lächeln aussah.

Das Flugzeug

Sehr geehrtes Flugzeug!

Ich besitze keinerlei Erfahrung im Umgang mit Flugwesen Ihrer Art. Vielleicht haben Sie von mir gehört. Mein Gebiet sind eher Elfen, Drachen, gelegentlich auch Engel.

Sie wundern sich sicher, warum das Märchen gerade Ihnen einen Brief schreibt, wo ich doch einerseits in meinen Geschichten kleine Seitenhiebe gegen diese *neue Generation* austeile. Andererseits: Weil ich ein bisschen böse sein müsste, habe ich doch viel an Ansehen durch die Zauberdinge dieser Zeit eingebüßt. Doch, verehrtes Flugzeug, um Ihnen die Wahrheit zu sagen: Eigentlich bewundere ich die Technik – ganz besonders Sie! (Was natürlich die, die meinen, mich zu kennen, gar nicht verstehen ...) Deshalb nehme ich es auch nicht tragisch, dass mich Bücher der Art „Wie funktioniert das?“ allmählich aus den Regalen verdrängen und Mädchen lieber Pilotinnen spielen, als sich als altmodische Prinzessinnen zu verkleiden.

Was mir aber in letzter Zeit wirklich Sorge bereitet (obwohl es mich eigentlich gar nichts anzugehen hätte), ist, dass das Interesse an Ihnen und Ihren Verwandten wieder abzuflauen scheint. Da habe ich mich ja recht gut gehalten!

In Urwaldsiedlungen konnte ich noch einige Bewunderung für Sie entdecken, da strecken sich noch die Hälse, wenn Sie am Himmel erscheinen. Aber sonst – kümmert sich kein Mensch mehr um Sie.

Für mich aber sind Sie ein Wunder! Ich finde ja, Sie würden ganz ausgezeichnet in unsere Familie passen, auch wenn Sie ein künstliches Werk sind. Mein Gott, so was ist auch bei uns vorgekommen! Nicht gerade aus Stahl, dafür aus dem, woraus die Menschen sind.

Schon oft, wenn ich von Ihnen schwärmte, wollten mir langgediente Druiden- und Dolmenprofessoren erklären, dass dies alles gar nicht so geheimnisvoll und sogar vollkommen logisch sei, wie Sie *funktionieren* – ein scheußliches Wort übrigens, das ich gar nicht leiden mag. Und außerdem *will* ich es gar nicht wissen. Es würde meine herrlichen Vorstellungen zerstören, mein Herzklopfen abstellen und meine Augen an Sie gewöhnen. Wo ich mich doch an Ihrem Anblick gar nicht sattsehen kann!

Wenn Sie aus Ihrer Garderobe rollen, auf dem Laufsteg erscheinen, viel größer als die größten Drachen, empfinde ich es jedes Mal als Wunder, wie Sie, mühelos, ohne Flügelschlag, geheimnisvoll und elegant die Erde verlassen. Sphärische Musik begleitet Sie auf das Podest, stolz und bedächtig beginnen Sie den Weg zu einer erreichbaren Unendlichkeit.

Und dann, der ungeheuerlichste Moment für mich! Wie eine Bewegung mit gerader Hand. Sie setzt an, zieht nach oben, immer schneller – bis die Bewegung der Hand entwischt und befreit von aller Schwere davonschwebt. Ich male Ihren Flug mit meinen Augen auf das Himmelpapier, bis die Linie immer dünner, schmaler wird und Sie und ich den Blatthorizont erreichen.

Und Ihre Rückkehr!

Zuerst sind Sie ein Stern, so einer, den man sich näher wünscht, um ihm seine Wünsche anzuvertrauen, und der sich plötzlich wirklich auf einen zubewegt, größer und größer und dabei immer wahrer wird. Dieselbe Handbewegung – wunderschön –, bis die Hand nur noch einen

Haarberg hoch von der Hautlandschaft entfernt ist, bis der Flug in Berührung übergeht.

Sie sind zurück und warten auf die Menschen.

Und ich stehe schon die ganze Zeit so da mit tausend Bildern. Verehrtes Flugzeug, meinen Sie, wir könnten uns irgendwann mal treffen? Ließe sich das machen?

Noch eine Bitte. Erwähnen Sie nichts von diesem Brief meiner Familie gegenüber. Sie wissen, die sind etwas eigenwillig, würden von all dem nichts verstehen.

Ihr Märchen

Die goldene Ente

Seid nicht traurig, wenn euch das Märchen von einem Unglück erzählt: Das Märchen weiß, dass erst dann, wenn die Geschichte zu Ende erzählt ist, sich zeigt, wie wichtig das Unglück für das Erreichen des Glückes war ...

Ist es nicht zum Weinen, versteht man nicht das Fluchen gegen den Schöpfer, kann dahinter überhaupt Sinn oder Plan erkennbar sein, wenn das Märchen nun von einer Frau zu erzählen beginnt, deren Mann von einem umstürzenden Baum erschlagen wird und sie mit ihrem Kind plötzlich völlig allein dasteht? Im ersten Moment überlegt sie, sich mit der kleinen Zuzana von einem Felsen zu stürzen, doch dann sieht sie das Mädchen und erkennt in seinen großen, unschuldigen Augen den Blick ihres geliebten Mannes und weiß, dass im großen Buch eine Zukunft geschrieben steht, die viel Gutes bereithalten wird. Und sie schöpft Kraft und meistert ihr Leben und Zuzana wächst heran.

Dann wird im großen Buch das nächste Kapitel aufgeschlagen. Wieder hört man Fluchen, wieder kann niemand verstehen, wie Gott, zu dem man doch tagein, tagaus betet, solch Unglück befehlen kann: Der Bruder der Frau stirbt und dessen Witwe besitzt nicht die Kraft, ihre beiden Kinder alleine aufzuziehen, und so kommen Jindra und Katia zu ihrer Tante.

Es ist ein hartes Leben, das die vier führen müssen: Der kleine Jindra hütet die Schafherde, die Mädchen spinnen die Wolle und stricken. Doch das wichtigste Gut, das die Mutter und Stiefmutter ihrem Kind und ihren Stiefkindern zu schenken imstande ist, sind ihre Liebe und ihre Fürsorge und so wachsen in der armen Hütte gute Menschen heran, solche, auf die das Leben schon wartet.

Es ist nicht zu erklären und niemand sollte auch versuchen herauszufinden, wie es kommt, dass mitten in der Nacht, während eines wilden Schneegestöbers, ein altes Weib, das von irgendwoher irgendwohin unterwegs ist, gerade an diese Haustür klopft, um Unterschlupf zu finden.

Ohne langes Fragen, ohne argwöhnisches Schauen wird die Alte hereingebeten, willkommen geheißen, wird das Wenige, das in der Vorratskammer ist, auf den Tisch gebracht. Zuzana gibt ihr trockne Kleidung, Jindra kocht Tee und Katia umhüllt sie mit Fürsorge und wärmenden Worten, als wär die Fremde die eigne Großmutter.

Als sie am nächsten Morgen erwachen, freuen sich die Frau und ihre Kinder über ein goldenes Licht, das ihre armselige Hütte erstrahlen lässt: Draußen wird wohl die Sonne an einem über und über blauen Himmel stehen, wird mit Farbe und Wärme um Vergebung bitten für die letzte schlimme Nacht.

Doch wie erstaunt, verwirrt, erschreckt sind sie, als sie entdecken, dass das Licht nicht durch die Fenster, sondern aus der dunklen Ecke strahlt, in der die Alte sich am Abend zur Ruhe begeben hatte!

Und nun erhebt sich das Licht, das goldene, und als sich ihre Augen daran gewöhnt haben, da sehen sie, dass der Gast von gestern nicht mehr das alte, runzelige Weiblein ist, sondern eine Gestalt von einer Anmut und Reinheit, wie sie in nichts, was man irdisch nennt, zu finden ist.

„Fürchtet euch nicht“, spricht keine alte, raue, sondern nun eine helle, weiche Stimme zu ihnen. „Ich bin auf der Suche nach guten Menschen. Denn nur mit Hilfe solcher Menschen kann das Reich der Elfen, Feen und Zauberwesen seine Kräfte nutzen und helfen, eine bessre Welt zu schaffen. In dieser Hütte habe ich gefunden, was ich suchte. Mit meinem Zauber werde ich nun eure Not beenden. Doch müsst ihr wissen, dass damit ein neuer Weg beginnt, der euch auf die nächste Probe stellt. Besteht ihr auch diese, werdet ihr und alle, die mit euch sind, das große Glück gefunden haben!“

Die Fee tritt ganz nah an Katia heran und als würde sie ihr ein unsichtbares Kleid über den Körper streifen, schweben ihre Hände in einer einzigen Bewegung vom Kopf bis zu den Füßen. Dazu spricht sie:

„Alle Tränen, die du weinst, werden sich zu Perlen wandeln und jedes deiner Haare wird, sobald es nicht mehr Teil von dir ist, zu einem goldenen Faden. Doch höre, Katia: Als Preis für diese Auszeichnung, die du von nun an trägst, haben sich die bösen Geister, die ebenso unser Reich bewohnen, ausgedacht, dass niemals mehr ein Sonnenstrahl dein Antlitz treffen darf. Tut er es doch, haben wir dich an sie verloren und auf dein Glück wird Unglück folgen.“

Das Licht wird mit einem Mal so unerträglich stark, dass alle vier die Augen schließen müssen, und als sie es wagen, wieder vorsichtig dorthin zu blinzeln, wo die Gestalt gestanden hatte, da ist es wieder grau und dunkel in der Hütte.

„Habe ich geträumt?“, fragt Jindra.

„Dann hätten wir alle denselben Traum gehabt“, sagt Katia und gedankenverloren fährt sie sich durch das

Haar. Im selben Augenblick wissen sie – es war kein Traum: Ein Haar, das sich zwischen ihren Fingern verfangen hatte, verwandelt sich in einen goldenen Faden!

Die Stiefmutter bekreuzigt sich, Jindra und Zuzana schlagen die Hände vors Gesicht und aus Freude oder Angst – sie weiß es selbst nicht – beginnt Katia zu weinen. Und nun ist es letzte Gewissheit: Aus ihren Augen fallen keine nassen Tränen, sondern rollen schimmernde Perlen!

Nun hat die Not wahrhaftig ein Ende: Zweimal mit der Bürste durch das Haar gefahren – und es ist Gold genug da für drei Schafe! Zwei Stunden Witze oder herzzerreißend traurige Liebesgeschichten erzählt – und die zu Perlen geweinten Tränen reichen locker für ein Kistchen Dukaten.

Aber nicht nur dieser Teil der Prophezeiung wird erfüllt, auch was die Suche nach den „guten Menschen“ betrifft, hat sich die Fee mit ihrer Wahl nicht getäuscht: kein Neid, keine böse Stiefmutter, die den Zauber der eigenen Tochter mehr vergönnt hätte. Jeder trägt seinen Teil zum Ganzen bei und es ist nicht nur das Glück des Geldes, das die vier ein wunderbares Leben wie im Märchen führen lässt.

Und das kleine Problemchen mit der Sonne, die Katia meiden muss – nun, tagsüber sind die Läden aller Fenster fest verschlossen, sodass kein einziger Strahl sich in das Innere verirren kann, und verlässt sie das Haus bei Sonnenschein, so trägt sie einen undurchdringlichen Schleier und vor den Augen Gläser aus gerußtem Glas.

Nach ein paar Monaten des Kämmens und des Weinens ist das Schatzkistchen der Familie so prall gefüllt, dass sie von der armseligen Hütte in einen prachtvollen Gutshof übersiedeln können.

Nun gab es damals keine Lotterie und auch der Aktienhandel wurde erst viel später erfunden. Woher also, so fragten sich die Leute, haben die armen Schlucker plötzlich so viel Geld? Und woher kommt es, dass man Katia, das bildhübsche Kind, nur noch mit verhülltem Gesicht zu sehen bekommt? Verbergen sich dahinter etwa Warzen, Teufelskrähen und Hexenzeichen? Erst ist es nur einer, dann die Nachbarn, dann bald das ganze Dorf.

„Verbrennen sollte man sie“, hört man immer öfter, vor allem dann, wenn Jindra wieder ein neues Dutzend Schafe in die Ställe treibt.

Der Neid und mit ihm der Hass wird immer größer, schon will der Pfarrer der gottesfürchtigen Familie die Sonntagsmesse verwehren.

„Wir müssen fort von hier“, sagt die Mutter und schickt Jindra los mit ihrem schnellsten Pferd und einem Sack voll Gold. In einer fernen Stadt, fern genug von Küchentratsch, soll er ein Haus für sie besorgen.

Am siebenten Tag seiner Reise kehrt Jindra abends in ein Wirtshaus ein. Keine Angst, das Gold ist sicher, keine Räuber weit und breit. Ganz im Gegenteil: Beim Essen kommt er mit einem edlen jungen Mann ins Gespräch – einem Prinzen, wie sich bald herausstellt. Sie reden und finden Gefallen aneinander und Vertrauen.

„Wohin des Weges?“, fragt der eine und fragt auch der andere.

„In irgendeine Stadt“, antwortet der eine und auch der andere antwortet: „Irgendwohin.“

„Was suchst du dort?“, fragt der eine und fragt auch der andere.

„Ein Haus für meine Familie“, antwortet der eine und der andere antwortet: „Eine Frau fürs Leben. Schön, klug und reich!“ (Ein bisschen unverschämt, denkt sich der junge Prinz, als er sich das sagen hört, denn im Grunde seines Herzens ist er bescheiden und ein guter Bursche ...)

„He da!“, ruft der eine.

„Oh ha!“, ruft der andere.

„Ich hätt vielleicht ein Haus, so eines, wie ihr es sucht!“

„Und ich hätt eine Schwester, noch viel schöner, noch viel klüger, noch viel reicher, als ihr es euch denken könnt!“

Und weil er ihn so sympathisch findet, rückt Jindra gleich mit der ganzen Wahrheit heraus und erzählt seinem zukünftigen Schwager alles: von der Fee, vom Gold und von den Perlen und auch von dem Problemchen mit der Sonne.

„Ich wage kaum zu glauben, dass dies alles stimmt, was du mir da erzählst“, ruft der Prinz voller Entzücken. „Doch ich spüre, dass du ein ehrlicher Bursche bist. Und außerdem glaube ich an die Bestimmung, die uns hier, an dieser Kreuzung, zueinander führte. Ich will es wagen – natürlich nur, wenn Katia ebenfalls mit mir einverstanden ist.“ (Hier zeigt sich nun deutlich das gute, wackre Herz des Prinzen: Er denkt auch an das Mädchen, was zu dieser Zeit und in seinem Stand durchaus nicht üblich ist ...)

Jindra jagt nach Hause (zurück schafft er es in fünf Tagen, so sehr treibt er sein Pferd ...) und berichtet von dem Treffen mit dem Prinzen samt dessen Versprechen, Katia ungeschauter, vom Fleck weg, Katz-im-Sack zur Frau zu nehmen.

„Jindra, sag mir ehrlich“, will Katia wissen, „wird er mich auch lieben ohne Gold und Perlen? Und können wir seinem aufrichtigen Herzen vertrauen, dass er nicht, würd er einmal wütend auf mich werden, aus Rache meinen Schleier nimmt und mein Gesicht der Sonne preisgibt?“

„Mein Kopf kann es nicht sagen“, antwortet der Bruder, „aber mein Herz sagt mir, dass er für dich ein guter Mann und für uns ein guter Schwiegersohn und Schwager wäre!“

Am nächsten Morgen jagt Jindra wieder in die Stadt (diesmal schafft er es in vier Tagen, sein Pferd ist weiß vom Schweiß und schon halbtot ...) und vermeldet dem Prinzen die gute Nachricht. Und wie ist dieser entzückt! Lässt sofort das Aufgebot bereiten und überall verkünden, dass der Stadt eine Hochzeit bevorstehe, wie man noch nie zuvor eine erlebte: Ochsen, Wein und Tanz für alle!

Sodann gibt er den besten Handwerkern der Stadt den Auftrag, eine eigne Kutsche für die Reise der Braut in die Stadt zu bauen, mit nur schmalen Fenstern in Höhe der zarten Füßchen, damit nur ja nicht ein Sonnenstrahl ihr Antlitz streife ...

Bereits neun Tage später (den Handwerkern versprach der Prinz für jeden gewonnenen Tag der Fertigstellung einen derart hohen Lohn, dass sich die Kerle fast zu Tode schufteten ...) reist Jindra mit der Kutsche (sein Pferd erholt sich inzwischen von der Raserei ...) in die Heimat, um die Braut, den Rest der Familie und ein paar Kisten Gold abzuholen.

Schnell ist alles eingepackt, sind die Zelte abgebrochen und die Mutter, Zuzana, Katia und Jindra besteigen die Kutsche, die sie in die Stadt und in das große Glück bringen soll.

Eine Woche sind sie schon unterwegs, alles ist in bester Ordnung, die Vorfreude auf den Prinzen, die Hochzeit und das neue Haus sind groß.

Gemütlich rollen sie dahin, als ein Kutschenrad so heftig gegen einen Stein anfährt, dass durch den Stoß die Tür sich öffnet und ein Sonnenstrahl ins Innere des Wagens fällt. Nun geht alles blitzesschnell: Katia trägt keinen Schleier, sitzt mit einem Mal im vollen Sonnenlicht, ein spitzer Schrei von allen, der Schrei aus Katias Mund ist nur ein halber, weil die andere Hälfte bereits ein schrilles Quaken ist, ein Quaken, weil auf dem Platz, wo vor einem Augenblick noch ein wunderschöner Menschenkörper saß, nun plötzlich eine fette, goldene Ente sitzt, die sofort die Flucht ergreift und durch die offene Tür in den meeresblauen Himmel fliegt.

Der Rest der Familie gerät in Panik: Am schlimmsten ist natürlich, dass der böse Zauber ihnen Katia fortgenommen, nicht unbedeutend aber auch, dass die Gold- und Perlenquelle versiegt ist und dem Bräutigam die Braut genommen hat.

Die Mutter gewinnt als Erste wieder Fassung, schließt die Tür und befiehlt Kutscher und Dienern die Weiterfahrt, es sei weiter nichts geschehen, man habe sich nur des Stoßes wegen erschrocken.

Es bleiben ihnen, so rechnen sie, gut drei Tage Zeit, eine Lösung des Problems zu finden.

Lösung Numero eins: dem Prinzen die Wahrheit sagen, seine Tränen trocknen, rasch ein Haus und Arbeit suchen und mit den Dukaten in den Kisten ein paar gute Jahre noch genießen.

Lösung Numero zwei – noch zögert die Mutter, diese Möglichkeit auszusprechen: „Sollen wir den Prinzen wirklich mit der Wahrheit enttäuschen? Ihn ins Unglück stürzen, wo er doch alles vorbereitet hat?"

„Was meinst du, Mutter?" Die Kinder verstehen nicht. „Sollen wir Katia suchen, ihm eine Ente vor dem Traualtar servieren?"

„Versteht ihr nicht? Der Prinz hat Katia doch nie gesehen. Es gibt den Schleier und es gibt noch ein Mädchen hier im Wagen ..."

„Mutter!", rufen Zuzana und Jindra entsetzt, „du willst doch nicht ..."

„Ich weiß, es wäre Betrug. Doch andererseits, wem nützt denn schon die Wahrheit? Katia wird dadurch ihr Entenkleid nicht los, der Prinz bekommt ein gutes Mädchen und wir ein Haus und unseren Frieden. Wir sollten es uns überlegen. Zumindest gewinnen wir so ein bisschen Zeit, wer weiß, ob sich nicht alles noch zum Guten wendet!“

Die Kutsche hält vor dem Schloss. Der Prinz ist schon so ungeduldig, seine Braut endlich zu sehen und sie in die Arme zu nehmen.

„Prinz, verzeiht“, sagt die Mutter, „unsere Katia ist von der langen Reise in der dunklen Kutsche so unendlich müde. Gönnt ihr ein bisschen Ruhe, bald wird sie dann munter vor Euch stehen.“

Und die Mutter und Jindra bringen das Mädchen mit dem Schleier in das Zimmer, dessen Fenster schon verdunkelt sind.

Am nächsten Tag hat die Braut ganz starkes Bauchweh, am dritten Tag plagt sie ein rätselhafter Ausschlag am Gesäß. Am vierten Tag hat sie sich beim Aufstehen den Kopf gestoßen, dass sie alles doppelt sieht, am fünften Tag ...

Am fünften Tag klopft der Prinz wie schon die Tage zuvor an die Tür zum Brautgemach, langsam schon etwas ungeduldig, und fragt nach Katia. Die Mutter kommt und antwortet, das Mädchen sei ... es habe leider ... plötzlich wäre ...

„Nun reicht's mir aber“, schreit der Prinz, dem schon Böses schwant, „egal welche Krankheit sie heute auch quält, ich will nicht länger warten!“

Und an der verdutzten Mutter vorbei stürzt er ins Zimmer und hin zum Frisiertisch, wo die Braut sich gerade kämmt.

Das Mädchen springt erschrocken hoch und versucht noch, sein Gesicht zu verbergen, doch der Prinz nimmt ihm die Hände vom Gesicht und sieht – und was sieht er: eine junge Frau, nicht hübsch und auch nicht hässlich, aber auf keinen Fall so schön, wie der Bruder sie beschrieben hatte. Naja, denkt sich der Prinz, die Geschmäcker sind verschieden, ich hatte mir was andres vorgestellt. Aber sei's drum, goldene Haare und Perlentränen lassen doch so manches Hässliche gleich viel hübscher erscheinen.

Er nimmt seiner Zukünftigen die Haarbürste aus der Hand, um wenigstens gleich ein paar goldene Fäden zu ernten, aber nichts als ein paar braune Haare drehen sich zwischen seinen Fingern. Das Ende des Schwindels rückt immer näher und so beginnt die arme Zuzana nun bitterlich zu weinen. Das würde den Prinzen, den guten und verständnisvollen, normalerweise unverzüglich rühren und ihn zum Trösten bringen, aber da die Tränen Tränen bleiben und sich statt eines kleinen Perlenbaches nur ein Tränensee auf den Boden ergießt, erkennt der Bräutigam nun den Betrug und schreit und tobt und ist völlig außer sich!

„Raus, ihr Schwindlerbande", japst er und zeigt sich wieder von der wahrhaft edlen Seite: Mutter und Tochter dürfen rennen, nur den Bruder, den armen Jindra, sperren sie in eine dunkle Kammer – da helfen keine Erklärungen, kein Erzählen von der goldenen Ente, die es irgendwo zwischen hier und dort im Unterholz zu finden gäbe.

In dieser ersten Nacht, weggesperrt und streng bewacht, kann Jindra kein Auge zutun – verständlich, nach diesem Sturz aus siebentem Himmel.

„Wir hätten ihm die Wahrheit sagen müssen", murmelt er immer wieder vor sich hin, „hab seine Freundschaft und meine Ehre verraten. Und nach Katia nun auch noch meine Stiefmutter und Zuzana verloren."

Wie er so vor sich hinredet, erscheint im Fenster ein immer stärker werdendes Licht, ein solches, wie es damals auch in der Hütte zu sehen gewesen war, als die Fee erschien. Doch dieses Mal ist es keine Fee, sondern eine goldene Ente!

„Katia, bist du es?", ruft er und wirklich antwortet ihre Stimme:

„Ja, ich bin's!“

Sie setzt sich auf die Fensterbank und erzählt die ganze Nacht, wie es ihr bisher ergangen war: wie oft sie nur mit knapper Mühe den Jägern entkommen war, dem Fuchs und auch dem Menschen, wie schrecklich es für sie ist, als Frau zu denken, aber als Vogel handeln zu müssen. Welche Sehnsucht sie nach ihrer Familie habe. Und wie sie so erzählt, beginnt sie ganz bitterlich zu weinen, so bitterlich, dass der Boden des Zimmers über und über mit Perlen bedeckt wird ...

„Bei Sonnenaufgang muss ich fort, damit sie mich nicht entdecken“, flüstert sie, „aber nach Einbruch der Nacht komme ich dich wieder besuchen.“

Und die Ente verschwindet im ersten blauorangenen Streifen, den der Tag auf den Horizont malt.

Es ist eine glückliche Fügung, dass der Wächter vor Jindras Zelle gerade heftig verliebt ist und schon seit dem Abend, als er seinen Dienst angetreten hat, sehnsüchtig aus dem Fenster lehnt und sich vom Mond Antworten auf seine tausend Fragen erhofft. Er sieht auch eine Ente, die seltsam schimmert, zum Zellenfenster fliegen, aber er ist so mit dem Träumen beschäftigt, dass er meint, es sei sicherlich ein kleiner Amor gewesen, der ihn necken wolle.

Als er jedoch Stunden später das Tier davonfliegen sieht – im Morgengrauen erkennt er nun deutlich, dass es tatsächlich eine Ente ist und noch dazu eine mit goldenen Federn – und als er schnell die Zellentür aufsperrt, weil er im ersten Fantasiewahn glaubt, der Häftling habe sich womöglich in eine Ente verwandelt, um zu fliehen – und hineintritt in das finstre Loch, sieht er Jindra auf dem Boden tief schlafen und um ihn herum einen Teppich aus schimmernden Perlen!

Nachdem er sich die Taschen und die Stiefel und die Unterhose mit Perlen vollgestopft hat, erstattet der brave, verliebte Wächter seinem Herrn Bericht – und Minuten später stehen sich der Prinz und Jindra gegenüber.

„Verzeih mir", sagt der Prinz, „dass ich dir nicht geglaubt habe."

„Nein, verzeih du mir", sagt Jindra, „dass wir dich belogen haben."

Es wird umarmt und vergeben und beratschlagt, was sie tun könnten, erst die goldene Ente zu finden und dann die bösen Geister zu besänftigen, damit Katia wieder das schöne Mädchen werde, das sie einmal war.

Zuzana und ihre Mutter haben sich inzwischen in einem Wald am Stadtrand verkrochen.

„Ich würde alles darum geben", schluchzt die Mutter, „nichts als unsere armselige Hütte, unsere paar Schafe und den kleinen Acker, aber dafür wieder ein reines Gewissen zu besitzen. Was nützen Gold und Perlen, wenn du schon am Morgen wünschst, es wäre Nacht."

Kaum hat sie dies ausgesprochen, blendet sie ein helles Licht, und als die beiden ihre Augen wieder öffnen, steht die Fee, die ihnen den Zauber gebracht hatte, vor ihnen.

„Ich wusste, dass ihr gute Menschen seid, denn bedeutender, als einen Fehler zu begehen, ist, ihn zu bereuen. Geht zurück ins Schloss, dort werden Jindra und der Prinz auf euch warten. Wenn heute Nacht die goldene Ente wieder ans Fenster der Zelle kommt, muss der Prinz ihr seine Liebe schwören. Muss schwören, dass er sie zur Frau nimmt, egal, ob als Ente, als verwunschenes Wesen, das Perlen weint, oder als ganz gewöhnliche Katia. Sagt ihm aber auch, dass er dies aus ganzem Herzen wollen muss, denn meint er es nicht aufrichtig, wird er selbst in einen Enterich verzaubert."

Und noch ehe die beiden Frauen auch nur irgendetwas fragen oder sagen können, ist die Fee verschwunden und der Wald tut so unschuldig still, als hätte er nichts gesehen ...

Wie groß ist die Wiedersehensfreude, als die Mutter und Zuzana ins Schloss zurückkehren: Es wird umarmt, vergeben und berichtet!

Der Mutter ist jedoch ganz angst und bange beim Erzählen – wie der Prinz wohl reagieren würde, wenn er von der Prüfung hört, die ihm die Zauberwesen stellen.

„Ich würde alles tun, um Katia aus ihrem goldenen Federkleidgefängnis zu befreien. Und ich wünsche mir nichts so sehr, als dass sie bei mir bliebe, als was auch immer, solange sie mir nur ihr gutes Herz schenkt!"

Die Dunkelheit hat schon alles in ihren schwarzen Sack gesteckt, als ein Schwingen, Schwirren wie von großen Vogelflügeln immer lauter wird und auch ein goldenes Glänzen immer näher kommt und schließlich als Licht im offenen Fenster landet.

„Jindra, wo bist du?", ruft die Ente mit Katias Stimme.

„Hab keine Angst und hör mir zu", antwortet der Prinz. „Ich habe dich noch nie gesehen, doch seit dein Bruder mir von dir erzählte, von deinem guten Herz, das selbst die Feen berührt, liebe ich dich. Nun komm zu mir, ich will mein Leben mit dir teilen, ob du nun eine Ente oder Katia bist. Und ob deine Haare Haare oder goldene Fäden, ob deine Tränen Tränen oder Perlen sind, ist mir sowas von egal, wenn ich dich nur in meinen Armen halten darf!"

Die goldene Ente öffnet ihre Flügel und schwebt unwirklich langsam auf den Boden. Und noch im Schweben verwandelt sich der plumpe Federkörper und mit jedem Zentimeter, den er sich der Erde nähert, kommt mehr und mehr ein Mädchenkörper zum Vorschein, der in der Sekunde, als er festen Grund berührt, in seiner ganzen Schönheit sichtbar wird.

Und dann dieser Augenblick, in dem die beiden, Katia und der Prinz, sich zum ersten Mal in die Augen sehen und im selben Moment im Zauberreich der Liebe versinken!

Bald gibt es wirklich Ochsen, Wein und Tanz für alle: Eine Hochzeit wird gefeiert, wie die Stadt, ja, das ganze Land sie noch nicht erlebte.

Nun könnt ihr glücklich eure Augen schließen und davon träumen, dass euch selbst ein solch wunderbares Märchen widerfährt ...

(Mit Motiven eines Volksmärchens aus Tschechien)

Der lange Weg

Der Eselin kam die Sache äußerst verdächtig vor: Jeden Morgen sah sie Maria zum Bach laufen, hörte sie dort röcheln und sich übergeben.

„Also ich finde", sagte sie zur Kuh, „sie sollte es Josef endlich sagen. Er hat ein Recht darauf, es zu erfahren." Die alte Kuh nickte bedächtig mit dem Kopf und murmelte zwischen zwei Bissen, dass erstens gar nichts feststünde, zweitens sie sich niemals in solche Angelegenheiten einmischen würde und drittens sie seit ein paar Wochen ein seltsames Knistern in der Luft und einen unheimlichen warmen Schüttelfrost spüre und nur das interessiere sie wirklich.

„Meinst du, ich sollte sie darauf ansprechen?", bohrte die Eselin weiter und ließ ihr linkes Ohr herunterbaumeln – das war ein Zeichen höchster Aufregung!

„Ich sagte dir bereits, ich halte mich da raus. Maria ist alt genug zu wissen, was sie tut. Auch wenn ich nicht verstehe, warum es ausgerechnet der alte Josef ..."

„Aha", schrie die Eselin auf, „jetzt hast du dich verraten. Du glaubst es also auch!"

„Ich glaube gar nichts. Ich habe nur Erfahrungen mit solchen Dingen“, und mit Wehmut trabte sie hinüber zur Weide, wo sie sich unter ihre Kinder mischte.

„Morgen werde ich mit Maria sprechen“, nahm sich die Eselin vor und schlug vor Nervosität kurz aus.

Am nächsten Morgen, als Maria wieder, wie schon seit acht Wochen, am Bachufer kniete und sich im Wasser ihr verkrampftes Gesicht spiegelte, sah sie plötzlich das verwackelte Bild der Eselin neben sich: „Was tust DU hier?!“

„Ich, ich ... dachte, du bräuchtest vielleicht Hilfe“, stotterte die Eselin.

„Mir ist schlecht.“

„Ich sehe und höre es seit acht Wochen.“

„Ich weiß auch nicht, was los ist mit mir.“

„Aber ich!“

„Was erzählst du da, alter Esel? Ich weiß, du bist klug, aber wie solltest DU wissen, was mir fehlt!“

Da legte sich das Tier neben Maria ins Gras, sah ihr tief in die Augen und lächelte: „Beschreib mir deine Gefühle.“

„Ach, Esel, ich weiß nicht. Vor acht Wochen hat es begonnen. Ich saß hier am Bach und plötzlich war mir, als wäre ich selbst der Bach und würde zu einem Meer ziehen. Dann wurde ich Meer, wurde Wolke – plötzlich bin ich die Erde gewesen. Baum, Vogel, Korn, Körper – alles passierte in mir.“

Die Eselin nickte und blinkerte mit ihren Augenlidern – sie kannte diesen Zustand, oh ja, sie kannte ihn. „Und wer war es?“

„Wovon sprichst du? Wer soll wer gewesen sein??“

„Na, Mäuschen, ER, der Glückliche, der dir die Augen verdreht hat und weiß Gott, was noch alles ... du verstehst schon ...“

„Ich verstehe kein Wort. Was meinst du mit dem Glücklichen? Ich war allein!“

„Allein??? Komm, du weißt, du kannst mir vertrauen.“ Und etwas barsch fragte die Eselin: „Also, wer war es? Jokl oder Abraham? Vielleicht Shekel? Der ist gar nicht übel.“

Maria sprang auf und lief davon: „Mir reicht dein Gequatsche. Ich dachte, du würdest mich verstehen, aber du denkst nur schlecht von mir.“

„Aber, aber, was heißt schlecht? Du bist jung und hübsch, und Blütenblätter öffnen sich, wenn der erste Sonnenstrahl auf sie fällt. So ist's nun mal.“

„Esel, ich weiß nicht, wovon du sprichst, und nun lass mich in Ruhe.“

Die Eselin hatte Maria eingeholt und sich ihr in den Weg gestellt. „Verzeih, wenn ich dich gekränkt habe. Komm lass uns zusammensetzen und reden.“

Und Maria und die Eselin setzten sich ins Gras und saßen lange schweigend da, bis die Eselin begann: „Du sagtest ... Meer?“

Maria nickte und ein paar Tränen schlichen sich davon.

„Und du warst allein? Niemand war bei dir?“

Wieder nickte Maria und schniefte kurz auf: „Ich war allein, und doch hatte ich dieses Gefühl, als wäre die ganze Welt in mir. Als wäre ein Sonnenstrahl direkt in mein Herz gefallen!“

„... direkt ins Herz gefallen ...“, wiederholte die Eselin nachdenklich, „Maria, hast du schon einmal, nun ... mit einem ... ich meine, habt ihr euch schon mal geküsst und so?“

Maria wollte schon aufspringen, aber die Eselin legte ihr die Hufe auf die Beine.

„Ich sagte dir doch schon: nein. Noch nie. Ich wüsste gar nicht mit wem und wieso.“

„Und Josef?!“

„Was heißt Josef?! Er ist wie ein Vater für mich.“

„Wenn ich dir glaube, Maria, wird die Sache kompliziert. Da stimmt irgendetwas nicht."

„Eselin, seit diesem Tag fühle ich mich unheimlich gut. Wie warmer Schüttelfrost. Ich fühle mich, als würde ich in einer großen, einer riesigen Hand liegen, die mich über alles hinweghebt. Und ich spüre einen Atem, der allen Nebel von den Dingen nimmt und sie klar und deutlich erscheinen lässt."

„Also doch", dachte sich die Eselin und kratzte sich hinterm Ohr.

„Nein", sagte Maria sanft, „glaube und vertraue mir. Es gibt kein also doch ..."

Die Eselin erschrak – nun konnte dieses junge Ding auch noch Gedanken lesen –, langsam wurde die Sache unheimlich. „Maria, wann hast du das letzte Mal deine Tage gehabt?"

Maria starrte auf den Boden und würgte ein „Vor zehn Wochen" hervor.

„Also doch, also doch", wieherte die Eselin und schlug sich auf die Hinterschenkel. „Maria, du bist schwanger!!!"

Maria blickte die Eselin mit entsetzt aufgerissenen Augen an – nun war die Wahrheit ausgesprochen, die Wahrheit, die ihr schon seit Wochen aus dem Spiegelbild des Baches entgegengesehen hatte.

Am nächsten Morgen hatte Josef die Eselin aus dem Stall geholt, ihr einen Sack Getreide auf den Rücken gelegt und sie auf die Straße zum Dorf geführt. Eine Zeitlang waren sie nebeneinander dahingetrottet, als die Eselin anhielt. „Josef, ich habe mit dir zu reden."

Josef war ein schweigsamer, bedachter Mann. Auch er blieb stehen, blickte der Eselin kurz in die Augen, schüttelte den Kopf und ging weiter. „Höre, Josef, es hat diesmal nichts mit der Gewerkschaft und unserer Frauenbewegung zu tun – es geht um dich. Halt an und vertraue mir – in schwierigen Dingen erkennt der Esel oft den geradesten Weg!“

„Esel, trag du deine Last, ich trag die meine.“

„Aber ich habe noch eine mit mir herumzuschleppen, die ist viel schwerer als das, was du mir aufgeladen hast. Vielleicht haben unsere Sorgen sogar gemeinsame Ursachen.“

Josef war stehen geblieben: „Ich bin ein geduldiger Mann, Esel, aufgeschlossen und liberal, aber gemeinsame Ursache ...“, und mit großen Schritten ging er dem Dorf zu.

„Es geht um Maria.“ – Josef blieb ruckartig stehen.

„Na, habe ich es nicht gesagt, wir Esel ...“ – Josef drehte sich um – „... entstammen doch derselben Hand, da gibt es dann und wann gemeinsame Ebenen. Setzen wir uns?“

„Ich denke nicht daran. Was ist mit Maria? Sprich, und dann will ich meiner Tierliebe ein Ende setzen.“

„Wir auf dem Ho...“

„Zur Sache, Eselin, zur Sache und keine wissenschaftlichen Analysen bitte.“

„Also, wir beobachten, dass du mit Maria unter einem Dach wohnst.“

„Soll ich die Viecher vielleicht fragen, wo und mit wem ich leben darf?“, rief Josef zornig.

„Das brauchst du nicht. Nu... wir finden Maria so verändert.“

„Verändert? Wie verändert?“, und er suchte verlegen die Gegend nach irgendetwas Unsichtbarem ab.

„Du hast es also auch schon bemerkt. Beachtlich für ein Mannsbild, bravo“, sagte die Eselin mütterlich und hätte am liebsten ihr Vorderbein um Josefs Schulter gelegt.

„Herrgott, wie komm ich dazu, mit einer Eselin hier im Gras zu sitzen un... ich finde sie auch verändert. Aber sie erzählt mir ja nichts.“

„Darf ich dir eine aufrichtige Frage stellen: Liebst du Maria?“

„Jetzt reicht es aber. Warum sollte ich dir diese Frage beantworten? Natürlich liebe ich sie, aber nicht so, wie du denkst. Ich liebe sie, wie ein Vater seine Tochter liebt, oder ein Bruder die Schwester.“

„Ihr habt also kein Verhältnis miteinander?“

„Genug, genug“, schrie Josef, sprang auf und rannte davon. Die Eselin hinterdrein.

„Warte, Josef, warte doch. Maria bekommt ein Kind!“

Josef war gestolpert und der Länge nach hingefallen. Die Eselin baute sich neben ihm auf.

„Bekommt was?!?“, stotterte Josef.

„Du hast recht gehört, ein Baby.“

„Von wem?!“

„Das möchten wir alle gern wissen.“

„Diese, diese ...“

„Josef, tue ihr nicht unrecht. Maria ist unschuldig, sowohl im Geist als auch im Körper.“

„Blödsinn, wie kann sie dann ...“

„Das ist’s, worüber ich mit dir sprechen wollte.“

Und Josef erzählte von Maria und ihrem Leben unter einem Dach und sank immer mehr in sich zusammen und seine Augen begannen zu verstehen und plötzlich erinnerte er sich daran, vor ungefähr acht Wochen einen Schüttelfrost, angenehm und warm, gefühlt zu haben.

Eines Tages, fünf Wochen später, herrschte helle Aufregung, als Maria einen spitzen Schrei ausstieß: Sofort rasten alle zu ihr, allen voran Josef, um ihr zu Hilfe zu kommen. Maria hatte sich ins Gras gesetzt, die Hände an den Bauch gehalten und lauschte. „Es hat sich bewegt“, flüsterte sie, als wolle sie das Kind nicht stören.

„Es hat hier geklopft“, und sie zeigte auf die Stelle. Eigentlich wollten sich ja alle, Eselin, Kuh, Kater und

Hahn, auf diese Stelle stürzen, besannen sich dann aber doch und ließen Josef den Vortritt.

Josef, sonst nicht so zimperlich, legte seine Hand so vorsichtig auf den Bauch, dass sich Esel und Kuh zuzwinkern mussten.

„Spürst du es?“, fragte Maria.

„Ich ... ja. JA, es klopft“, strahlte er, und drei Tränen wollten das Kind auch begrüßen und wurden ein kleiner Bach und die Tiere fielen sich in die Pfoten und machten einen solchen Krawall, dass Maria sie ermahnen musste. Dann schubste die Eselin Josef, der nicht genug vom Klopfen kriegen konnte, einfach weg und legte ihre Nase auf Marias Bauch. Und so ging es, bis der Hahn, nachdem er an der Reihe gewesen war, einen solchen Schrei ausstieß, dass man meinte, eine zweite Sonne hätte mitten am Tag einen neuen Morgen anbrechen lassen.

„Ich verspreche euch, ich gebe sofort Nachricht, wenn das Kind geboren ist“, sagte die Eselin zum Abschied und küsste ihre Freunde, die Kuh, den Kater und den Hahn. Dann trabte sie zur Hütte, leise wie ihr aufgetragen worden war, um nur ja nicht die bevorstehende Flucht zu verraten, nahm Maria auf den Rücken und zottelte neben Josef der Lichtspur nach, die der Stern für sie gelegt hatte.

Die Welt, die links und rechts ihres Weges lag, schien atemlos. Nur das gleichmäßige Luftholen der drei, die da dem Meer der Sehnsucht entgegenzogen, ließ erkennen, dass dieses Bild lebendig war: Es ist alles so selbstverständlich – als hätte die große Hand es persönlich gemalt. Ein Mann führt einen Esel, darauf eine Frau, genau dorthin, wo man sie bereits erwartet. Der große schwarze Vogel gehört dazu und die geschorenen Schafe, die über die rote Sandstraße marschieren und sich wundern, warum die Luft plötzlich so anders ist. Auch der blaue Himmel, den sie sich als Kulisse gewählt haben, und Staubstreifen, die eilige Reiter hinterlassen. Und dann wird in das herrliche Bild ein Dorf gebaut: eine Herberge, ein Laden, ein Dutzend Häuser. Dann die Figuren. Scherenschnitte sollen es sein, haargenau und menschenfein. Ein Alter, gebeugt, mit weißem Haar, der die Gegend nach der Vergangenheit absucht. Zwei Soldaten, die die Zukunft, die schon angebrochen ist, nicht begreifen wollen. Und noch ein Zimmermann, der Maßstab und Säge aus der Hand legt, als die kleine Gruppe an ihm vorüberzieht. Das ist alles. Das reicht. Noch wehrt sich die Welt vor dem Bild gegen die Wahrheit im Bild. Hastig wird der Wirt der Herberge gemalt, eher verschwommen, wie er gerade den Josef fortschickt. Schnell noch werden lauernde Gesichter mit ihren Fallbeilen aufs Bild geworfen, die höhnen und lachen und mit ihren Fingern auf Maria zeigen, die auf dem harten Rücken des Esels die erste Forderung des Kindes spürt, auf diese Welt zu kommen. Nein, so schnell gibt die Welt da draußen diesen Kampf nicht auf – PENG – Soldaten des Generals Herodes im linken Bildrand – PENG – Beamte, die von der halb ohnmächtigen Frau Papiere verlangen – PENG – das stille Dorf, gemalt mit der Farbe Liebe, verwandelt sich in einen Hexenkessel aus Lauernden, Betrunkenen, Spielern, Huren, Obrigkeiten und mittendrin ein Esel mit zwei Menschen. ER, am Rande der Verzweiflung, doch immer die jetzt aufs äußerste gespannte Kugel im Auge. SIE, die nicht mehr aufnimmt, was um sie herum vorgeht. Und die Eselin, getreten und geblendet, die ein warmer Schüttelfrost, der immer stärker, immer heftiger durch ihren Körper fährt, auf den Beinen hält. Da endlich hat das Bild ein Einsehen mit ihnen und malt den Ort, der auf Maria und das Kind gewartet hat. Eine ärmliche Bretterbude mit Stroh darin – vielleicht ein Stall –, aber die Farbe Liebe verleiht ihr Güte, Wärme und Stille.

„Mach schnell, Josef“, keucht die Eselin und Josef hebt Maria in das Stroh und eine große Hand wischt langsam über das Bild – und am Horizont eines neuen Bildes erscheint ein Meer. Bei der ersten Woge, die auf sie zukommt, fällt die Eselin auf die Knie, bei der zweiten krempelt sich Josef die Ärmel hoch und bei der dritten läuft von einem kleinen, unscheinbaren Stall in einem namenlosen Dorf ein Schüttelfrost, angenehm und warm, um die ganze Welt ...

Liebe:Venus:Rot

Du, Planet Liebe, sendest deinen Klang, um Worte, die niemals zuvor gesagt, Blicke, die niemals zuvor geschaut, Berührungen, die niemals zuvor gespürt, lebendig werden zu lassen. Du lässt Materie so leicht, die Ewigkeit so nah und wahre Stille als wunderbarste Musik erfahren.

Nichts und niemand vermag diesem Klang zu widerstehen, er ist die Quelle aller Schöpfung.

In deinem Reich jedoch regiert nicht nur die Harmonie, sondern auch der Hass, regiert der Egoismus und der Zorn. Du färbst das Schlachtfeld und färbst den Mund, der küsst. Du trägst die Fahne, mit der die, die unbarmherzig nehmen, ebenso voranschreiten, wie die, die barmherzig geben. Du spiegelst dich in den Augen der Aggression und in den Augen der Lust. Du bist das Licht der Leidenschaft.

Von den Göttern des Himmels wurdest du geschaffen, um Wasser und Feuer, Erde und Luft zu einem einzigen Ganzen zu vereinen, zu diesem unvollkommnen Wesen Mensch.

Von Amael, deinem Engel, in dein Reich geführt, sollen die Menschen vom Klang der Hingabe kosten, um die Höhen und die Tiefen des Seins wahrzunehmen.

Und so hören wir dich, Planet Liebe, nach uns rufen und spüren deine Kraft, die uns mit Sehnsucht tief erfüllt …

Einsamkeit

Das Märchen. Es greift in seine alte Kiste und holt hervor:

'ne Prinzessin, der man vergammeltes Gemüse ins Bett gelegt hat,

'ne emanzipierte Hexe, die gegen Biokultur im Obstbau protestiert,

und eine Fee, die es satt hat, sich Blasenentzündungen zu holen, und beschließt, ab sofort nur noch in Blue Jeans rumzulaufen.

„Ja, ja, die Jugend“, lächelt das Märchen, „aber sie haben Recht. Alle reden vom Fortschritt, vom Umdenken, von der Gegenwartsliteratu… versuchen kann man's ja zumindest.“

Das Märchen verkleidet sich!

Und für einen Tag bekommen alle aus der alten Kiste Ausgang. Sie schlüpfen aus ihren Brokatgewändern, schnallen die Buckel ab, vergessen die Zauberstäbe und schweben in den Tag, das HEUTE zu erfahren.

Eigentlich wollte das Märchen diesen Tag so richtig genießen, naja, es war immerhin der erste Urlaubstag seit ein paar tausend Jahren. Aber jemand, der sein ganzes Leben gearbeitet hat, der hält Nichtstun nicht aus. „Eigentlich könnte ich doch die alte Kiste saubermachen. Jetzt, wo alle weg sind, ist das die Gelegenheit."

Und als es mit der Arbeit fast fertig ist, entdeckt es auf dem Boden einen alten, schon vergilbten Brief. Das Märchen erkennt die Handschrift. Es ist seine eigene, aus jungen Jahren.

Und so, wie wir das auch tun würden, hätten wir nach langer Zeit einen unserer eigenen Briefe in der Hand, setzt sich das Märchen in seinen bequemsten Stuhl und beginnt zu lesen.

Hallo Einsamkeit!

Hab gerade den Himmel blau gestrichen. Ich konnte das Grau nicht mehr ertragen. Und dann habe ich mir ein rosa Wölkchen gemalt, habe es geküsst, und jetzt verreisen wir zwei. Das ist auch der Grund, warum ich Dir heute schreibe. Wir waren immerhin eine ziemlich lange Zeit wie ein Reißverschluss. Deshalb wollte ich nicht so einfach davonschweben, ohne Dir vorher auf Wiedersehen zu sagen.

„Wiedersehen" – wie fröhlich das klingt. Ganz anders war es, als wir uns kennenlernten. Du warst sofort verliebt in mich, ich habe es dir aber auch leicht gemacht. Stundenlang, tagelang saßen wir zusammen und haben gespielt. Immer wieder dasselbe blöde Spiel.

Wie hieß es noch? Gedächtnis ins Küberl und durch ein Sieb schütteln. – Ich durfte die Erinnerungen zählen, die zu groß waren, um durch die feinen Löcher des Vergessens zu entkommen. Manchmal trugen sie sogar noch Namensschilder, riefen mir einzelne Worte zu oder malten mir Bilder an die Wand.

Aber du, schlaue Einsamkeit, hast immer gut aufgepasst. Wenn du am Verlieren warst, hast du mir schnell das Sieb weggenommen und mir einen Spiegel vorgehalten.

Dann habe ich es wieder gesehen: den hungrigen Mund, der nicht küssen durfte; Augen, die den Laden dicht gemacht hatten, weil sie nichts mehr zu verkaufen hatten; und gelähmte Hände, die keine Entdeckungsreisen mehr unternehmen konnten.

In meinen Tränen wollte ich Dich ertränken, ein Floß aus den herumschwimmenden Hoffnungsplanken bauen und rudern, rudern, bis ich eine Insel gefunden hätte. Aber Du, liebste Einsamkeit, konntest Dich ja meisterlich verwandeln: der Staudamm, der mich zurückhielt, der Strudel, der mich hinabzog, und die Wassergefühle, in denen ich wieder und wieder ertrank. Großartig, Einsamkeit, wirklich großartig, wie Du das geschafft hast.

Deine kalten Besuche. Wenn die Wände mich auslachten und die Buchstaben der Bücher Ausgang hatten.

Jeder Vogel, der am geschlossenen Fenster vorbeiflog, zeigte mir die lange Nase.

Die Stille, die ohrenbetäubender Krach war, dass ich mein eigenes Rufen nicht hörte.

Ein Blick hätte mich retten können. Ein Blick! Du wolltest mir wohl beweisen, dass ich nichts mehr zu suchen hätte. Dass es niemanden gibt, der mir einen Mondballon schenken würde.

Kannst Du Dich erinnern, wie ich mit einer Schere durch die Straßen gelaufen bin und alle Blicke durchgeschnitten habe? Ich stach ein Loch in die Sonne, damit sie mich nicht mehr wecken konnte. Und dem Mond wollte ich an die Kehle, damit er mir nichts mehr von der Liebe erzähle.

Nur Dich, grausame Einsamkeit, habe ich nicht zu fassen gekriegt. – Welch ein lustiges Versteckspiel!

Aber damals bist Du ein bisschen zu weit gegangen. Du hattest mir zu sehr vertraut. Damals habe ich nämlich schon bei 76 geschaut, nicht erst bei 100. Ja, bei 76, liebe Einsamkeit, drückte mir der Wind die Fensterläden auf, die ich wegen Dir so fest verschlossen hatte. Und bei 76 sah ich sie: die Liebe.

Und ich spürte, was ich so lange nicht gespürt hatte. Ich wusste in diesem Moment, dass ich nur meine Blicke losschicken musste. Die würden davonjagen, einholen, festhalten. Ich jagte, holte ein, hielt fest. Nicht sehr fest – lieb fest.

Aber das verstehst Du nicht: näherrücken, Atem spüren. Worte, die man nicht erst suchen muss. Gedanken, die sich in einem Blick auf die Reise machen und mit einem Lächeln zurückkommen. Hast du mich ein Mal angelächelt???

Siehst du!!!

Einsamkeit, ich habe so lange keine anderen Hände als die meinen mehr gespürt. Es war so schön, wie sich meine Finger davonmachten und mir eine Gänsehaut zurückbrachten.

Oh, Einsamkeit, ich bin so glücklich.

Vielleicht nur für eine Stunde, einen Tag, für eine Woche: Ein Augenblick Liebe ist ein kleines Stückchen Unendlichkeit.

Deshalb schreibe ich Dir ja auch, bevor ich abreise. Denn wer weiß, ob ich nicht schon morgen wieder vor Deiner Türe stehe, um mich bei Dir zu verstecken. Wir wollen uns nicht zerkrachen. Manchmal braucht man Dich; doch nur um zu sehen, wie schön es ohne Dich ist.

Wenn Du jetzt hochsiehst, Einsamkeit, siehst Du vielleicht das rosa Wölkchen auf dem blau gestrichenen Himmel dahinschweben. Das sind WIR.

Wir haben uns eine Sonne ausgeschnitten, damit uns bei Gänsehaut nicht friert. Und einen Mond haben wir auch, der singt die Melodien zu unseren Texten.

An Gewitter haben wir vorerst noch nicht gedacht, aber selbstverständlich werde ich Dich benachrichtigen, sollte Regen aus unserer Wolke fallen.

Doch ... sei so gut und rechne nicht damit.

Wahrscheinlich wirst Du mich längere Zeit nicht besuchen können – Du weißt, die Liebe wird hier sein, und – Du würdest stören.

Sei nicht allzu traurig.

Dein Märchen

In dieser Nacht geschieht Seltsames.

Die Bewohner der alten Kiste kehren nicht mehr zurück.

„Auf, Freunde!“, ruft die Prinzessin, die nicht länger in Brokatgewändern auf die Ankunft wunderschöner Prinzen warten will.

„Nieder mit den kostümierten Kasperln!“, heißt die Parole der Hexen, die es satthaben, sich auf den Kopf hauen zu lassen.

„Freiheit!“, verlangt die Gewerkschaft der Feen, die sich aus ihrem Drei-Wünsche-Gefängnis befreien wollen, um sich endlich mal ihre eigenen zu erfüllen.

Und in dieser Nacht geschieht es, dass man aus allen Märchenbüchern rosa Wölkchen in den blau gestrichenen Himmel aufsteigen sieht.

Inhalt

Folke Tegetthoff
Die Bewunderung der Welt
Eine Verzauberung
156 Seiten, fest gebunden mit Schutzumschlag
€ 18.90/sfr 32.90
ISBN 978-3-85218-597-2

Leon Dorin ist ein Magier – aber keiner, der Kaninchen aus Zylindern zieht oder Kartentricks vorführt. Leon Dorin ist ein Geschichtenzauberer: Jeden Abend versammelt er die Bewohner des kleinen Dorfes in einem Saal und erzählt ihnen von den kleinen Wundern, die der Alltag jedem zeigt, der sich die Zeit nimmt innezuhalten, genau hinzusehen, hinzuhören und hinzuspüren. Er erzählt von Begegnungen und Trennungen, von Austausch und Gespräch, von den Geheimnissen der Liebe und der Freundschaft, er schärft die Sinne für die Mysterien der Natur, das Wachsen und die Veränderungen des Lebens. Und als er sich, nach seiner letzten Erzählung, aus dem Dorf verabschiedet, hat er die Menschen dort längst mit seiner Poesie verzaubert.
Ein Magier ist auch Folke Tegetthoff: Seine Geschichten über die Kraft des Erzählens und des Zuhörens spinnen zarte Fäden in die Herzen seiner Leser und ermuntern sie, alle Sinne zu öffnen und sich bezaubern zu lassen von den vielen kleinen Wundern, die das Leben zu bieten hat.

„Sein Kunststück besteht darin, den Menschen Herz und Verstand zu öffnen.“
Tiroler Tageszeitung

„... entfaltet ‚Die Bewunderung der Welt‘ ihren Sog, von dem man sich gern mitreißen lässt. Und dabei vielleicht manches Wunder im Alltag neu entdeckt wird.“
Oberösterreichische Nachrichten, Karin Schütze

.de